Gregor Heidbrink

Finsterbergen 1943

Kriminalroman

cmz

Bibliografische Information der Deutschen Nationalbibliothek

Die Deutsche Nationalbibliothek verzeichnet diese Publikation
in der Deutschen Nationalbibliografie; detaillierte bibliografische Daten
sind im Internet über http://dnb.d-nb.de abrufbar.

An der Glasfachschule 48, 53359 Rheinbach
Tel. 02226-912626, info@cmz.de

Schlußredaktion:
Clemens Wojaczek, Rheinbach

Satz
(Aldine 401 BT 11 auf 14,5 Punkt)
mit Adobe InDesign CS 5.5:
Winrich C.-W. Clasen, Rheinbach

Papier (Lux Creamy 90 g mit 1,8f. Vol.):
Arctic Paper S.A., Poznań / Polen

Umschlagabbildung
(Wilhelm Walther [† 1983], *Finsterbergen mit dem alten Kurhaus*;
Foto zwischen 1932–1935 entstanden)

Umschlaggestaltung:
Lina C. Schwerin, Hamburg

Gesamtherstellung:
Bookpress, Olsztyn/Polen

ISBN 978-3-87062-349-4

331–600 • 20211017

www.cmz.de

https://www.facebook.com/Finsterbergen1943

Sterb ich – in Tales Grunde will ich begraben sein;
singt mir zur letzten Stunde beim Abendschein:
Dir, o stilles Tal, Gruß zum letzten Mal!
Singt mir zur letzten Stunde beim Abendschein.

1. Kapitel

Als der Opel der Staatspolizeistelle Weimar ins Leinatal einbog, grinste der Wald vergnügt vor sich hin. Er bezirzte die Ankömmlinge in ihrem Cabriolet mit Vogelsang und Farbenspiel – und schaute doch blöd und naiv aus dem Blätterkleid, wie ein Dreijähriger, der im Matrosenanzug vor dem zerbombten Elternhaus steht, mit dem Finger darauf zeigt und ganz harmlos über die Tränen der Eltern hinweg so dahin sagt: »Kuck! Putt!« – als könne einfach wieder ein neues Spiel beginnen. Denn an jenem Tage lag die schönste Blume des Dorfes gebrochen im Moos; Augen, die gestern funkelten vor Witz, stierten als flaschengrüne Scherben zum Blätterdach hinauf.

Die Straße zog sich bis Finsterbergen. Nur wo es steil bergan ging, hatten unsere Väter sie gepflastert, aber nicht, um es unseren heimischen Fuhrleuten einfacher zu machen. Die waren Geschichte. Es ging um die Kurgäste, die vor dem Krieg reichlich strömten. Der Motor übertönte das Rauschen der Leina, die ohnehin des Sommers ihre Gewalt einbüßte. Zwischen dem Sägewerk und den Mühlen stand der Schuppen einer Zimmerei; eine Baracke, die zwischen den rasselnden und klappernden Mühlenbetrieben an der Straße wirkte, als ob sie nicht mehr lange standhalten würde. Der Zugwind des Fortschritts müsste nur ein bisschen rütteln.

Dort hielt der Wagen, als die beiden Ermittler den Tischler Christoph Rudolf erspähten; Christoph strich den Türrahmen in leuchtendem Rot, bedächtig, wie es aussah, und ließ sich von den ungewöhnlichen Gästen nur ungern ablenken. Der Opel Olympia tuckerte im Leerlauf. Ganz langsam wandte Christoph sich den Besuchern zu.

»Heil Hitler!«, grüßten die Männer.

»Guten Tag«, sagte Christoph mit dem Pinsel in der Hand.

Der jüngere der beiden richtete sich augenblicklich noch gerader auf, als er ohnehin schon saß, hielt aber den Blick auf die Straße gerichtet. Seine Handschuhe verkrampften sich um das Lenkrad. Nur die Kiefer mahlten sanft. Man kann auch dann recht böse schauen, während man Bonbons lutscht. Er führte den Beweis. Unter seinem Ledermantel lauerte eine schwarze Uniform. Ziemlich jung für einen Offizier. Der Ältere legte ihm die Hand auf den Unterarm und bat ihn, er solle es gut sein lassen. Dabei hatte er noch gar nichts getan. Während Christoph seinem Blick standhielt, fragte der Ältere, ob da hinten irgendwann noch das Dorf käme.

Sicher, antwortete Christoph, sie befänden sich am Steiger, und der sei bekanntlich die einzige Straße dorthin. Von nun an gehe es bergauf, fügte er hinzu, in einem Ton, als ob er sie beglückwünschen wollte.

Frech war er schon immer, der Christoph. Obwohl du besser manchmal runterschluckst, was dir auf der Zunge liegt. Gerade gegenüber so einem Offizier von der SS. Keiner müsste es besser wissen als er. Aber nicht einmal vor den Kerlen, die bei uns im Dorfe das Sagen hatten, nahm er sich in Acht, selbst nicht vor Huthgang, dem alten Lehrer, vor dem sonst alle kuschten. Mit den meisten war Christoph verwandt. Sie kannten seine Geschichte. Und schwiegen. Nicht nur wegen der Nazis, sondern weil es einige offene Rechnungen gab, auf deren Begleichung er irgendwann pochen würde. Und Christoph, wenn er betonte, dass ihn Gerechtigkeit nicht mehr interessiere, nun, die Leute kannten ihn in dem Punkte besser, als er sich selbst zu kennen glaubte; sie erinnerten sich an seinen Vater Wilhelm und mehr noch seinen Großvater, dessen Namen er trug, und der einst die Zimmerei aufgebaut hatte. Das waren alles Menschen wie Elefanten gewesen, schon immer, die nie eine Sache vergaßen, selbst wenn für alle anderen schon Gras darüber gewachsen war. Oder Wald, der sich eine jede Rodung irgendwann wiederholt.

Die Baracke. Mehr war nicht geblieben. Särge, sein einziges Produkt.

Der Alte von der Staatspolizei blickte Christoph einen Moment zu lang in die Augen. Traurige Christoph-Augen, wie der Brunnen in einer alten Burg: Wirfst du einen Stein hinein, so kannst du die Sekunden zählen, bis es unten klackt oder platscht. Niemand weiß, was unten alles liegt. Hineingeworfen in Jahrhunderten. Das behalten sie schön für sich. Die Brunnen und die Augen. So schaute Christoph zwischen strähnigen Haaren in die Welt; etwas zu wild, diese Strähnen, und länger als der gute deutsche Geschmack es befahl. Oft sah er aus, als hätte der Führer in eine Steckdose gegriffen (was der Führer leider nie tat, aber bei seinem Glück vermutlich trotzdem überlebt hätte, der Vorsehung sei Dank).

»Danke, der Herr«, sagte der Alte und nickte dem Fahrer zu.

Der Fahrer legte den Gang ein und trat auf das Gaspedal. Das Auto entschwand Christophs Blicken. Er stellte Farbe und Pinsel auf die Fensterbank und humpelte in die Werkstatt. Der rote Türpfosten blieb unvollendet. Mit wem es auf- oder abwärts ginge, würde sich allerdings zeigen. Und zwar bald.

Die Tür fügte sich knarrend in ihren Rahmen. Da stand ein Sofa, und auf dem Sofa lag einer. Der stöhnte. Auf dem Ofen blubberte eine gusseiserne Teekanne vor sich hin. Die Hütte umfasste zwei Räume; der größere befand sich im hinteren Teil und war für die gröberen Arbeiten eines Zimmermannes vorgesehen. Der vordere Raum eignete sich neben der Arbeit zum Aufenthalt. Christoph nahm dem Verletzten das Tuch von der Glatze und wusch es mit heißem Wasser aus. In einem Zuber schwamm ein Kochtopf. Eine Seemannskiste war dazu da, Kleidung und Decken vor Staub zu schützen. »Seeadler« hatte jemand auf ihr eingeritzt. Sie war das einzige Stück Inventar, das nicht von hier war. Von irgendwo aus der weiten Welt wie zufällig in Finsterbergen angespült, genau wie der Professor. Aber nützlich, wenn man sich hier einrichten wollte (oder musste).

»Wachen Sie auf!«

»Bin doch längst wach! Bedanke mich ganz herzlich für die Ruhegelegenheit.« Man hörte selten einen Rheinländer bei uns in Thüringen. Wie man es seinem Stamme nachsagt, machte der Mann zu viele Worte.

»Ich hatte Ihnen gesagt, Sie sollten versuchen, rechtzeitig nach Hause zu kommen.«

»Der Schlaf hat gut getan. Danke vielmals, dass Sie die Stellung gehalten haben. Was haben Sie getrieben in der Zwischenzeit? Gemalt? Erfolgreicher als ich, wie ich hoffen will.« Selbst ein leises Kichern schien ihn zu schmerzen. Aber die Rippen waren vermutlich nur geprellt. »Ich bin erst von dem Motor wach geworden.«

»Davor hatte ich Sie gewarnt, Herr Professor.«

Das Lachen würde ihm bald vergehen.

Der Mann lag auf Christophs altem Kanapee in der Ecke hinter der Tür. Wer da schon alles Platz genommen hatte? Kinder, deren Väter nie zurückkehrten und die genug hatten vom Kräutersammeln für den totalen Krieg, machten Pause bei Christoph. Und Frauen natürlich. Die Hausierer, die ins Dorf kamen und Rasierklingen und Seife feilboten. Und manchmal ein paar von den Alten auf dem Wege von Schönau herauf, die niemand anderen mehr hatten, der die alten Zeiten besser fand (und sei es der Pfarrer, welcher zu ihrem Bedauern eine Liebe zur Gegenwart entwickelt hatte, die man von seinem Berufsstand nicht erwarten sollte. Zumindest bis der Gestellungsbefehl kam.)

Zuletzt war es öfter Professor Orelli selbst gewesen, der bei Christoph einen kurzen Plausch gesucht hatte, beschwingt von seinen Wanderungen und dem Engelsbacher Bier. Ein letzter Halt, wie als Ausrede gegen den alten Körper, den anstrengenden Aufstieg in seine Villa oberhalb des Ortskerns noch etwas aufzuschieben. Aber noch nie war er so früh gekommen wie an jenem Tag. Und zum ersten Mal hatte er schlechte Nachrichten gebracht.

Der Verletzte stöhnte kurz, nickte aber. Blut lief wieder aus der Platzwunde an der Schläfe. Christoph tupfte daran herum.

»Soll ich noch mal?«, fragte er. Christoph winkte mit dem Jodfläschchen.

Der Professor wehrte ab. Das rechte Auge schwoll zu. Ansonsten war er glimpflich davongekommen, wenn man davon absah, dass er einen Schneider bräuchte. Der Kragen des Jacketts hing lose herab; das ganze Kleidungsstück bettelte um seine Versetzung in den Ruhestand. In seinem Anzug hätte Professor Orelli vor zwanzig Jahren an der Spitze des Modebewusstseins durch jede deutsche Universitätsstadt flanieren können. Hatte er auch getan. Inzwischen war der Stoff fadenscheiniger als Hermann Görings Versuche, das Versagen in Stalingrad als eine Heldentat nach Art der Nibelungen auszumalen.

Christoph band ihm einen Turban um den Kopf. Zusammen mit dem dunkelgrauen Bärtchen, das wie ein Beduinenzelt auf der Oberlippe aufgeschlagen war, wirkte er reichlich exotisch für den Thüringer Wald im Sommer 1943. Ein Auftritt von Josephine Baker beim Reichsparteitag hätte weniger Aufmerksamkeit erregt. Man sollte nicht zu auffällig sein in solchen Tagen, sonst ergeht es dir nämlich, wie es einem nun mal ergeht. Man sollte sich überlegen, wo man seine Nase reinsteckt. Nur Kindern und Besoffenen sagt man besondere Schutzengel nach. Aber die letzten Jahre hatten Christoph seine eiserne Ration an Naivität gekostet – und ein Trunkenbold zu sein, gehörte zu den wenigen Dingen, die niemand hinter seinem Rücken behauptete, wenn sie sich im Dorf das Maul zerrissen. Ach, wie gerne sie darüber spekulierten, wie lange er sich mit der kleinen Bude begnügen würde, seit man dem Onkel die Mühle abgeluchst hatte. Und ob Christoph wirklich nur zurückgekehrt war, vor bald neun Jahren, um den Onkel zu pflegen, und warum er blieb, als der Onkel endlich tot war und die Villa verkauft. Hatte er nicht seine Verlobung gelöst, damals? Hatte er wohl! Aber wie in jedem Dorf wird bei uns über Leute gesprochen, die sich Respekt verdient haben – und sei es durch eine konsequent gespielte Außenseiterrolle.

»Waren sie es tatsächlich? Sind sie also gekommen? Wie Sie es mir angekündigt haben?« Der Professor rang die Hände wie im Amateurtheater.

»Natürlich«, sagte Christoph, »sie sind im Dorf. Es ist schlimmer, als ich dachte. SS. Gehen Sie nun?«

»Donnerlittchen. Wie soll es denn jetzt weitergehen?«

»Sie müssen nach Hause. Bevor die Bullen wieder runter ins Tal kommen. Ich will Sie dann nicht hier haben. Und reden Sie mit niemandem!«

»Auch nicht mit Ihnen?«

»Ich will nichts hören.«

»Wieso sollten sie denn zu Ihnen ins Tal kommen?«

Christoph schwieg.

»Sie haben doch nichts damit zu tun!«, schob er nach.

Christoph kramte in dem Schränkchen neben dem Ofen. Er stellte das Jod zurück an seinen Platz.

Der Professor wartete immer noch darauf, dass Christoph redete. »Sie nehmen mir doch ab, dass ich nichts damit zu tun habe?« Er glaubte, nachhaken zu müssen. Endlich erhob er sich. Im Stehen war er größer als Christoph.

»Ich hab Ihnen geholfen, in Ordnung? Warum lassen Sie mich nicht in Frieden?«

Christoph blickte ihn von schräg unten an, aber es nahm nichts von der Schärfe aus seiner Stimme. Nicht hochgewachsen war Christoph, aber stämmig, einer der immer nach oben schauen muss, wenn er sich mit anderen Männern unterhält. Dennoch besaß er einen Schlag bei den Frauen, der immer entsteht, wenn sich Kraft und Geheimnis mischen, ein Pfund Unnahbarkeit und dazu eine Prise Trauer, abgeschmeckt mit den Narben alter Kämpfe.

»Wir sind nicht verwandt. Ich schulde Ihnen nichts.«

»Und die Wahrheit? Interessiert Sie das nicht? Ich dachte, Christoph, Sie wären ein Mann, der stets für die Gerechtigkeit eintritt.«

»Gerechtigkeit, Herr Professor, das bedeutet: Wer zuletzt lacht, lacht am besten. Und wissen Sie, was man tun muss, damit man der ist, der zuletzt lacht?«

»Nein.«

»Überleben.«

»Es ist Ihre heilige Berufung, für die Sache des Rechts einzutreten!«

»Früher. Heute gilt ein anderes Gesetz. Wer überlebt, hat Recht.«

»Diese Lektion haben Sie also von denen übernommen...«

»Von wem?«

»Den braunen Herren.«

Christoph stockte nur kurz, öffnete die Tür, sah sich auf der Straße um und winkte seinen Gast heraus, als er niemanden bemerkte. »Wandern Sie hinter dem Hüllrod hoch in Richtung Schwimmbad, dann laufen Sie ihnen nicht über den Weg.« Er reichte dem Verletzten einen Stock, der ihm Halt geben sollte.

Der Mann erhob sich und wankte zur Tür. Schnaufend stützte er sich auf die Werkbank. Er tastete sein Jackett ab, wie einer, der schon weiß, dass er nichts finden wird.

»Ist noch was?«, fragte Christoph.

»Diese Jungen ... die mir das hier angetan haben. Sie haben etwas. Ich habe es dort verloren. Meine Sorge ist, dass es in die falschen Hände geraten könnte. Die Polizei ...«

»Was denn?«

»Ein Heft. Mit Skizzen.«

»Welchen Inhalts?«

Der Professor hob lächelnd den Zeigefinger. »Nur Privates!«

Christoph dachte natürlich, dass er das gerne sehen würde. »Waschen Sie sich. Räumen Sie auf. Richten Sie sich auf Besuch ein.«

»Sie könnten es sich natürlich anschauen. Ich weiß, dass Sie Verständnis hätten, wahrscheinlich mehr als die anderen, die es mir früher oder später ohnehin werden zurückgeben müssen. Aber …«

Christoph seufzte.

»Meinen Sie, man würde zu guter Letzt mich für den Mörder halten?«, fragte Orelli.

»Einen wird man dafür halten.«

»Und der wahre Mörder?«

»Konzentrieren Sie sich aufs Überleben. Ein ganz allgemeiner, kostenloser Ratschlag, wenn man es mit Mördern zu tun hat. Ob sie Morde begehen oder ob sie kommen, um sie aufzuklären.«

»Aber …«, setzte der Professor ein, doch Christoph legte nur den Finger auf den Mund.

Christoph sah das graue Männchen an, während er mit einem Lappen über den Sofabezug scheuerte. Wie hatte es überhaupt so alt werden können? Es stand da und wollte nicht gehen. Christoph presste die Lippen aufeinander.

Der Professor beteuerte, dass es Christophs Schaden nicht sein solle, wenn er ihm helfe, wenn es so weit wäre, er brauche dann einen treuen Zeugen auf seiner Seite, der seine Version der Geschichte bestätige. Aber vor allem brauche er sein kleines Heft zurück. Es sei keine Bestechung, sondern nur ein Freundschaftsdienst, wenn er sich für ihn von einem Teil seines kostbarsten Besitzes trenne.

Da überlegst du natürlich. Angesichts des fadenscheinigen Anzugs kann das nicht viel sein.

Gab Christoph nicht klar genug zu verstehen, dass er beschäftigt sei, wie er so versuchte, Blutflecken aus dem Polster zu reiben? Aber Blut geht nicht so einfach raus. Christoph kippte Salz aus einer Blechdose über die Flecken. Er rubbelte mit einem Tuch. »Nein«, sagte Christoph, »eine Möglichkeit hätte es gegeben: Sie hätten es früher gesagt. Ich hätte gehen können und es für Sie holen.«

»Meinen Sie, die hätten es Ihnen überlassen?«

»Wenn man lieb bittet.«

»Doch ich wusste schon nicht, wie ich Sie bitten sollte, mir zu helfen, Christoph.«

»Rechtzeitig. Nur rechtzeitig.«

»So habe ich wohl Ihrer Ansicht nach alles falsch gemacht?«

»Gehen Sie. Los!«

»Versprechen Sie, mir zu helfen?« Der Professor streckte Christoph die Hand hin.

Christoph ging zu ihm, drückte die Hand, öffnete die Tür und schob ihn hinaus.

»Dann haben wir einen Vertrag«, unterstrich der Professor von der Straße aus, und es wirkte, als ob die alte Fröhlichkeit aufsteige. »Sie haben eine gute Entscheidung getroffen!«

»Ob sie gut ist, wird sich zeigen.«

»Nein, wird es nicht«, widersprach Professor Orelli. »Was einmal gut und richtig ist, muss doch gut und richtig bleiben. Das lässt sich nicht an schnöden Ergebnissen ablesen.«

Christoph legte die Hand an die Mütze, zweifelnd. Mit dieser Argumentation hätte der Professor auch den aktuellen Frontverlauf für die Wochenschau kommentieren können. Dort lief es eher so mittelgut für die Herrenrasse. Wobei, wäre es richtiger gewesen, den Krieg zu beginnen, wenn er zu gewinnen gewesen wäre? Hätte er, Christoph, nicht ganz woanders stehen können, wenn Deutschland nicht kollektiv dem Führer zugefallen wäre?

Der Rheinländer winkte noch einmal. Aus dem Anzug fingerte er einen Zigarrenstumpen, aber scheiterte dabei, ihn anzuzünden und warf ihn schließlich fort.

Am Fenster wartete Christoph, bis der Professor verschwunden war. Er stürzte sich auf das Kanapee. Unter dem Sofa zog er ein Stück Stoff hervor, ein Sommerkleid mit roten Streifen, mit einer Knopfreihe vorne, gute handgemachte Knöpfe noch von der alten Sorte, wie sie die Menschen im Dorfe früher machten, während des langen Winters. Leicht bebend vergrub er seine Nase in dem Kleid, als könne er, wenn schon sonst nichts, so wenigstens ihren Geruch für immer behalten.

Dass sie wirklich tot war, diese Erkenntnis griff langsam Raum. Dann öffnete er die Klappe des gusseisernen Ofens und ließ das Kleid darin verschwinden. Und ohne die Klappe geschlossen zu haben, ging er nach draußen, das rechte Bein immer ein Stück hinter sich her ziehend, stolpernd, hob den weggeworfenen Stumpen des Professors auf und übergab auch ihn den Flammen.

Hinter dem Schuppen stand sein Fahrrad. Christoph stieg auf und hielt sich links in Richtung Leinagrund.

2. Kapitel

Der Opel schaffte den Anstieg der Steigerstraße spielend und erreichte das Dorf; der Fahrer gab Gas, überfuhr drei Hühner, hupte die Witwen von der Dorfstraße und zog eine Staubwolke hinter sich her, kaum kleiner als bei einem Ausbruch des Vesuvs. So kam es den Kindern jedenfalls vor, hüllte sie die Wolke doch komplett ein und legte wie Pelz auf ihre Zungen, als der Wagen die Dorfschule passierte und zum Stehen kam.

Diese Geschmäcker der Kindheit, die du nie vergisst.

Der Staub schmeckte nach Sommer und nach Hoffnung. Eine der letzten großen Pausen des zu Ende gehenden Schuljahres, dessen Ferien schon viele Wochen ferner schienen als der Endsieg, wenn sie auch eine Winzigkeit gewisser waren.

Finsterbergen war in den letzten Jahrzehnten erblüht wie ein hässliches Entlein: Aus einem Heimarbeiterdörfchen voller Fuhrleute, Reisläufer und Holzhacker entstand ein Luftkurort mit mehrstöckigen Residenzen und Pensionen, die sich um den alten Dorfkern mit seinen gedrungenen Häusern und den viel zu kleinen Kammern lagerten.

Heute siehst du oft stundenlang keine Menschenseele, wenn du am Küchenfenster sitzt und rausschaust auf die Straße. Wie anders in jenen Tagen!

Die Neugier, wer da fuhr wie der Teufel, trieb die Menschen herbei. Die kleineren Kinder, die nicht zu halten waren, stürmten dem seltenen Fahrzeug entgegen, teils von der Straße, teils aus dem Schulgebäude. In Berlin hätten sie nicht weniger erstaunt auf die Kuhgespanne geschaut, die hier immer noch das Straßenbild prägten, Kühe mit langen Hörnern und einem Stirnjoch. Als Ortschronist habe ich noch eine ganze Kiste mit Bildern und Negativen davon. Wer interessiert sich dafür, wenn wir Alten mal nicht mehr sind? Ein Opel Olympia, das war damals eine Sensation.

Solange der Herr Lehrer, Ortsgruppenführer Huthgang, sich nicht blicken ließ, musste man einen Blick erhaschen.

In Finsterbergen besaß längst nicht jeder Mann ein Auto. Und in den Hotels logierten keine reichen Sommerfrischler mehr, sondern landverschickte Schulkinder mit oder ohne Aussicht, ihre Eltern einmal wiederzusehen. Noch immer räumten sie Zimmer und schraubten an Etagenbetten, damit neue Klassen aus Duisburg oder Solingen nach Finsterbergen gebracht werden konnten. Im neuen Schuljahr bekäme der Ort ein anderes Gesicht, und das vertraute Finsterberger Platt würde deutlich seltener. Aussterben würde es vorerst nicht, denn eine eigene Sprache, bei der schon die Catterfelder fragen müssen, was bedeutet dies, was bedeutet das … ein eigener Dialekt … der ist Goldes wert. Gerade in Zeiten, in denen man sich nicht mit jedem freiheraus verständigen möchte. Es waren nicht mehr die Tage, an denen Sommerfrischler harmlos nach einer Empfehlung für ein Gasthaus fragten, sondern es herrschten Tage, an denen man eine private Wahrheit brauchte, die man für sich behielt.

Das Kurhaus auf dem Dinsterberg, wo vor dem Krieg die Festbälle des Reichsnährstandes stattfanden, diente als Lazarett. Wer nicht kriegsblind war, genoss eine famose Aussicht.

Und unten, in der Straße vor der Schule, da standen die Frauen an den Fenstern und in den Einfahrten und glotzten sich die Augen wund an den Ankömmlingen, die da ausstiegen.

In Finsterbergen hatte längst nicht mehr jede von ihnen einen Mann. Und die noch Männer oder Söhne hatten, fürchteten die Post mehr als die Polizei oder selbst den SD, obgleich sie wussten, dass Schreckliches im Dorfe geschehen war. Nur eben das Grausigste, was dir geschehen konnte, war doch, wenn du diesen einen furchtbaren Brief erhieltst, zitternd übergeben von der Hand eines bleichen Hilfsbriefträgers der HJ mit Flaum auf der Oberlippe, wie ihn der eigene Sohn noch getragen hatte, als man ihn geholt hatte.

An diesem Tag munkelte man es von Haus zu Haus, schon früh am Morgen, und trotz der verstörenden Gewissheit, dass Finsterbergen sein bis dato schlimmstes Verbrechen erlebt hatte, mischte sich Erleichterung in ihre Botschaft. Dass es Ännchen Dielenschneider erwischt hatte, nahmen sie routiniert zur Kenntnis. So bitter der Kelch war, vorerst war er am eigenen Hause vorbeigegangen.

So unpolitisch dachte man natürlich nicht in der Gauhauptstadt. Der Tod eines blonden Mädchens ist propagandistisch wichtiger als der Tod einer ganzen Division auf der Krim. »Ja«, hatte Kommissar Münster gesagt, als sie ihn schicken wollten, »wen interessiert schon die Krim?« Aber sie hatten ihn trotzdem geschickt. Seine Strafe war Neumann. Der zugewiesene Begleiter, ein verklemmter Bonbonlutscher mit Adolf-Hitler-Erweckungserlebnis. Und natürlich war das eine Strafe, dass es nach »Finsterbergen« ging. Mehr als ein böses Omen. Eine böse Erinnerung.

Die Mehrzahl der Frauen an den Fenstern und in den Hofeinfahrten hätte sich für den großen Blonden entschieden, der den schützenden Ledermantel auf den Rücksitz legte und in seiner tadellosen schwarzen Uniform in die Vormittagssonne trat. Verklemmt hin oder her, das sah man nicht. Weißt du, nicht von ungefähr kommen schüchterne Menschen gerne etwas arrogant herüber. Und das funktionierte. Man sah, er hatte Statur. Einige Jungen von der HJ lehnten an der Schulhofmauer und taten, als wären sie gelangweilt, während sie flüsternd wetteiferten, als erster die Rangzeichen des SS-Offiziers zu erkennen und den Orden, den er am zweiten Knopfloch trug. Bis auf die wenigen, die überm Berg in Friedrichroda eine Lehrstelle gefunden hatten, konnte der Ortsgruppenführer seine Truppe zu Sondereinsätzen zusammentrommeln, wann immer es ihm beliebte, und Huthgang, dem beliebte es regelmäßig, zumal wenn das Verbrechen das Leben des friedlichen, deutschen Volkes störte.

Obwohl es daheim Arbeit genug gab, für den Führer war niemand unabkömmlich, und wenn es nur der früher bettelarme Dorflehrer war, den die Vorsehung mit Befehlsgewalt ausgestattet hatte und der seine HJ-Truppe dafür einsetzte, die Quoten seiner Schule bei der Altmaterial- oder Heilkräutersammlung zu erhöhen.

Das Lob der Kreisleitung sackte er alleine ein. Dort hatte er einen Stein im Brett, und alle wussten, in der Kreisleitung, da saßen die Männer, die die nächsten tausend Jahre das Sagen haben würden.

Endlich. Denn wie viele Jahre zuvor hatte er sich am Stammtisch aus Mitleid aushalten lassen müssen! Weil sie alle das Beste für ihre Sprößlinge herausholen wollten natürlich. Doch seit der alte Wietzerodt ins KZ geschafft worden war, hatte die Bewegung endgültig die Oberhand. Wegen eines Radios, das ihm gar nicht gehört hatte. Seitdem war Funkstille. Eins brauchte man gar nicht auszusprechen: Wenn Wietzerodt … dann kann jeder der nächste sein. Mittlerweile zahlte der Stammtisch aus Furcht für Huthgang mit. Und Körner, der alte Kommunist, kam gar nicht mehr in die Tanne. Huthgang tat im Gegenzug so, als wüsste er nicht, dass sie heimlich alle noch Sozialdemokraten waren, mehr oder weniger gut braun angestrichen.

Für den regulären Unterricht fand Huthgang bei dieser Arbeitsbelastung zum Glück immer weniger Zeit. Er beobachtete die Ankunft von seinem Fenster unter dem Schuldach aus.

Der zweite Mann, der dem Wagen entstieg, ein kleiner Braunhaariger, war deutlich älter und trug Zivil; zwar schien er das Sagen zu haben, fand aber weniger Bewunderer unter den Damen. Er blickte sich um, bis doch eine auf ihn zukam und fragte, ob sie helfen könne. Nervös zuppelte sie an ihrer Schürze, nur das schwarze

Kopftuch ließ in ihr eine Witwe erkennen, von noch längst nicht vierzig Jahren.

»Kriminalkommissar Münster«, stellte er sich vor und zückte seine Marke. »Und das dort drüben ist Obersturmführer Neumann, Sicherheitsdienst, Staatspolizeistelle Weimar!«

Die Witwe lächelte breit. Durch die Schürze drückten sich ihre Brustwarzen. Münster sah zu Boden.

Vor drei Tagen war Reinhold Münster das letzte Mal bei seiner Frau gewesen. Er hatte sich von Isolde verabschiedet. Hier, jetzt, das war eine andere Welt. Niemand erwartete hier, dass er Rücksicht nehme. Am wenigsten diese Witwe. Wie deutete sie sein Stocken?

Die Witwe hatte einen feinen Film aus Schweiß über der Lippe. Sie roch nach Heu.

»Also?«, fragte sie.

Er schaute auf. Wer hier das Sagen habe, fragte Münster zurück.

»Wird gleich hier sein«, sagte sie in kaum verständlichem Dialekt. Mit einem Mal wirkte sie verschlossen. Aber ehrlich gesagt, der Kommissar hörte kaum zu.

Der Obersturmführer zog unterdessen einen Beutel mit Bonbons aus der Tasche. Die Kinder bildeten um ihn einen Kreis, der vor Erwartung schwieg. »Heil Hitler!«, grüßte Neumann.

»Heil Hitler!«, schrien die Kinder. Die Arme flogen in die Höhe zum deutschen Gruß und verharrten konzentriert. Neumann ging herum wie der Pfarrer beim Abendmahl, nahm die Rechte eines jeden Kindes und legte ein Bonbon hinein, außer bei Rolfie, einem besonders staubigen Jungen, der die Arme verschränkt hielt.

»Na, und du? Weißt du nicht auch, wie man grüßt?«

Der Junge war dürr, als käme er aus Dachau, und schüttelte heftig den Kopf.

»Dann bekommst du keine Süßigkeit!«

Rolfie presste den Mund zusammen und konzentrierte sich darauf, seine Augen nicht überlaufen zu lassen. Neumann sah sich nach dem Kommissar um, und wandte sich zum Gehen, da rief ihm eine Kinderstimme nach. »Herr Obersturmführer!«

Die älteren Kinder zischten. »Marianne, reiß dich am Riemen!«

Neumann drehte sich um. »Nehmen Sie es ihm nicht übel, Herr Obersturmführer«, sagte das Mädchen, »der kommt von der Landverschickung aus Wuppertal.«

Magnus Neumann strich sich über das glatt rasierte Gesicht. Und die gute Marianne lächelte mit weißen Zähnen, und ihre Augen strahlten so blau wie der Himmel über dem Obersalzberg.

»Aus Wuppertal, hm? Verstehe. Du sollst also dennoch ein Karamell haben.« Niemand würde mit einem Wuppertaler tauschen wollen, 1943. Neumann zog den Beutel erneut heraus, und wollte dem Knaben Rolfie eines reichen, da stoben die ersten Kinder auseinander und Marianne wurde nach hinten gerissen. Eine Zange aus spitzen Fingernägeln kniff ihr ins Ohr. Da hatte keiner Mitleid. Marianne hatte sich ihren Ruf bereits erarbeitet. Zu rebellisch für ein Mädchen. Von wem nur hatte sie das?

»Belästigst du also den Herrn Obersturmführer!? Du gehst nicht zum Mittagstisch. Begib dich in den Klassenraum. Und schreibe mir zwei Dutzend Mal: ›Mein Leben ist gebunden an das Leben meines ganzen Volkes.‹«

Er schubste die Kinder fort, alle, die sich noch nicht in Sicherheit gebracht hatten, um ihren Abgang zu beschleunigen. Marianne fiel hin und kroch eilig vorwärts, die Leinenschürze durch den Staub ziehend, die älteren wandten sich ab und beobachteten außer Schlagdistanz, wie es weitergehe. Der Lehrer lächelte schmal.

»Huthgang«, stellte er sich vor, laut, als ob es nicht alle längst wüssten, »Ferdinand Huthgang, Führer der örtlichen Lehrerschaft und Ortsgruppenleiter der NSDAP! Heil Hitler!« Er knallte die Hacken zusammen.

Münster ließ die Witwe stehen und schlenderte herbei. »Heil Hitler, Herr Studienrat.«

Gegenseitig wünschten sie gründlich dem größten Feldherrn aller Zeiten Glück und Wohlergehen. (Das hatte er damals bitter nötig. Seinem Unternehmen »Zitadelle« fehlte so etwas wie der letzte Schwung. Schlecht für deinen Nimbus als Feldherr: Wenn du monatelang Truppen versammelst, ohne anzugreifen, fällt das dem dämlichsten Bolschewiken auf, und die Leute fangen an, blöde Fragen zu stellen, wenn es nicht so läuft; natürlich nicht im OKW, da vertrauen sie dir weiter. Aber sonst ...)

Huthgang zeigte sich erleichtert über das schnelle Eintreffen der Ermittler, die er selbst über das Telefon im Hotel zur Linde angerufen hatte. Er pfiff einen Fähnleinführer herbei und befahl ihm, nach der Mittagspause die Pimpfe zu Leibesübungen zu versammeln; die Mitglieder der HJ, welchen er befohlen hatte, sich den ganzen Tag zu seiner Verfügung zu halten, teilte er ein, teils über die Führer der Pimpfe zu wachen, teils zu seiner und der Polizei Diensten zu stehen. Vier der älteren Mädchen kommandierte er herbei, um »die Offiziere« in Finsterbergen willkommen zu heißen.

»Und Sie, meine Herren, trinken Sie erst einmal nach der langen Fahrt!« Hinter ihm erschien eine magere Dame, auf ihren sehnigen Unterarmen trug sie ein schweres Tablett. Bier stand darauf und klarer Korn.

Die Mädchen sangen: »Kein schöner Land in dieser Zeit«. Leicht kontroverse Behauptung, aber liebreizend vorgetragen.

Das Bier schien kühl zu sein, denn die Gläser beschlugen. Es glitzerte durch die Sonne. Doch die Ermittler machten keine Anstalten zuzugreifen. Neumann hatte noch nie getrunken. Münster schon viele Jahre nicht mehr. Er ärgerte sich über den unerfahrenen Bonbonlutscher neben ihm, der gar nicht wusste, was ihm entging. Aber Dienst war Dienst, selbst wenn ihm Isoldes Vorbehalte gegenüber dem Trinken egal sein konnten. Er seufzte. Erste Beobachtung jedenfalls: Sie trafen hier nicht auf ein unvorbereitetes Dorf. Münster besah den Schulleiter, der sich beim Obersturmführer entschuldigte, dass nicht alle vor ihm stramm stünden. Dabei war das noch gar kein so hoher Rang.

Ferdinand Huthgang war viel zu pausbäckig für seine dürre Gestalt. Leptosom, wie die Rassenforscher sagten. Die Froschaugen zwinkerten, wenn er Befehle gab. Münster bemerkte, dass es die Kinder nicht lustig fanden. Sie spurten. Als die Mädchen endlich fertig waren, erklärte sich der Ortsgruppenführer.

»Ich hatte heute früh einen Waldlauf angesetzt. Vor der Hitze des Tages. Dabei hat meine HJ sie gefunden.«

»Wo finden wir sie?«, fragte Münster.

»Wollen Sie sich nicht erfrischen?«

Ohne eine Antwort abzuwarten, winkte er die Dürre näher heran.

»Wir sind keine Kurgäste, Herr Studienrat.«

»Selbstredend«, sagte Huthgang und verbeugte sich leicht. Es verstand sich, dass die Männer zunächst ihre Arbeit verrichten wollten.

Unten im Tal radelte Christoph über den Weg im Leinagrund. Die Vögel quietschen hämisch und der Bach gluckste völlig pietätlos. Christoph trat in die Pedale. Normalerweise ließ es die Jahreszeit noch nicht zu, nach Braunkappen zu suchen, zumal bei der Trockenheit. Bei jener Braunkappe, die vor ihm auftauchte, handelte es sich erstens noch um ein äußerst mickriges Exemplar und zweitens trug sie neben der braunen Mütze braunes Hemd und schwarzes Halstuch. Hitlerjugend. Eindeutig ungenießbar. Christoph stellte sein Fahrrad dreißig Meter abseits ins Gebüsch und hinkte den restlichen Weg.

Der Braunkappe schien die pervers gute Laune der Natur nicht peinlich zu sein; sie lief halb vergnügt und halb nervös auf der Brücke hin und her, bereit, jedermann in die Flucht zu schlagen, der sich von oben her aus der Richtung des Dorfes dem Fundort von Ännchens Leiche nähern würde.

»Mahlzeit, Manne!«, grüßte Christoph.

»Heil Hitler, Onkel Christoph.« Und unsicher schob der blasse Wicht die Frage hinterher, was Christoph hier tue.

»Pilze suchen, du Pfeife! Und Himbeeren. Und ich möchte dich davon abhalten, einen großen Fehler zu machen.«

»Was könnte das für ein Fehler sein?«

»Warst du mit dabei? Heute Morgen mit dem Professor?«

Manfred schwieg und beugte sich interessiert über das Brückengeländer, als ob er ein Forellenkundler wäre.

Christoph gab ihm einen Stoß, umfasste seine Beine und hob ihn über die Brüstung, so dass sein Körper über dem Wasser pendelte wie ein Kuhschwanz.

»Bitte nicht, Onkel Christoph!«, rief Manfred.

»Vergiss nicht, wer ich bin. Und wozu ich in der Lage bin.«

»Nein, das vergesse ich nie.«

»Beantworte meine Frage!«

»Nicht so ganz.« Manfred zitterte. »Lass mich nur nicht los!«

»Was heißt: nicht so ganz?«

»Ich war nicht so ganz dabei. Ich habe Befehl, diese Brücke zu bewachen und sie unter keinen Umständen zu verlassen.«

»Wer hat's befohlen?«

»Baldur. Unser Kameradschaftsführer.«

»Was haben sie getan?«

»Sie haben den Professor vom Fundort vertrieben, weiter nichts!«

»Und sonst nichts?«

»Nicht so ganz nichts.«

Das hatte Christoph bereits gesehen, als er Orelli verarztet hatte.

»Wo finde ich sie?«

»Hochwärts Richtung Totenstein. Und dann links in den Wald zur Lichtung. Sie bewachen Ännchen!«

Christoph wandte den Kopf zum alten Friedhofsweg, der steil vom Tal anstieg. Ihm blieb wenig Zeit.

»Haben sie etwas erbeutet? Irgendetwas, das der Professor verloren haben könnte?«

Die braune Kappe war längst die Leina herabgetrieben, und Manfred selbst bekam einen roten Kopf von der unnatürlichen Haltung.

»Baldur hat es. Baldur hat es.« Er wimmerte.

Christoph vergewisserte sich noch, ob er Baldur oben fände, und schärfte Manfred ein, die Schnauze zu halten. Dann riss er seine Beine in die Höhe und kippte ihn nach vorne über das Geländer. Manfred fiel einen knappen Meter. Wasser spritzte auf, und es platschte im Kiesbett des Flüsschens. Endlich hatte die Leina einen Grund für ihr schadenfrohes Gekicher. Manfred heulte auf. Ohne sich umzusehen, versuchte sich Christoph am Aufstieg.

Das steife Fußgelenk schmerzte, aber wo es lang ging, stand außer Zweifel. Die trampelnden Jungs von der HJ hatten mehr Spuren hinterlassen, als die alliierten Luftangriffe im Ruhrgebiet. Trotzdem glotzten die Braunhemden überrascht, als sich die Äste der Fichte bogen und Christoph Rudolf auf die Lichtung gehumpelt kam. Sie zog sich den Berg ein Stück hinauf, nach oben verjüngt, ganz birnenförmig im Hang. Fingerhut wächst dort; und einen unserer größten Ameisenhaufen konnte man dort finden. Da solltest du nicht barfuß sein. Wie Ännchen Dielenschneider.

»Gleich zu viert seid ihr hier hochmarschiert, um unser Ännchen zu bewachen. Lasst sie nur nicht entkommen. Es wäre besser gewesen, dem Brückenposten noch einen Mann zu geben, Scharführerchen!«

Baldur sprang gleich in Christophs Richtung. Er überragte die anderen drei um Haupteslänge; ein früh entwickeltes Gardemaß, das die Führungsrolle widerstandslos erbeutet und in ihr seine Berufung gefunden hatte. Außerdem war sein Vater Bertram Fink Wehrmachtsoffizier und Mühlenbesitzer. Alleiniger Mühlenbesitzer. Wietzerodts Frau hatte verkaufen müssen, nachdem die Gestapo ihren Mann mitgenommen hatte. Das war noch gar nicht so lange her.

Die Sonne strich durch die Lichtung.

»Was ich befehle, geht niemanden an. Wir brauchen keine weiteren Hilfspolizisten.«

In ihrer Mitte lag Ännchen, ein frisch erblühter deutscher Traum von einer Frau, der die Arierherzen zum Lodern bringen könnte, wie ein Funke ein trockenes Reichstagsgebäude. Wenn sie nur nicht so schrecklich tot wäre.

Sie war nackt.

»Ich fand den Gedanken putzig, die örtliche HJ zu beobachten, wie sie ihr Selbststudium der weiblichen Anatomie betreibt. Habt euch wirklich ein entzückendes Objekt gesucht!«

Ännchen sagte nichts dazu, sie lag nur tot da und zeigte jedermann so freizügig ihre Brüste, wie sie es lebendig höchstens auf dem Babelsberger Besetzungssofa für Joseph Goebbels persönlich getan hätte, beziehungsweise: wahrscheinlich hätte tun müssen, wenn die Ambitionen ihrer Mutter zum Ziel gekommen wären. Ännchens Allüren hatten schon immer zu einem Ufa-Sternchen gepasst.

»Ein kleiner Rat: Hinterlasst keine verräterischen Spuren, wenn ihr so um sie rumsteht und in den Handbetrieb geht. Nachher kommt die Kripo, und die werden sie sorgfältig unter die Lupe nehmen.«

Eine solche Gelegenheit, eine nackte Frau zu sehen, gab es für die Finsterberger Jugend nicht mehr seit den zwanziger Jahren. Damals bereicherte noch »Erich Hammelbecks Anatomisches Panoptikum« die Friedrichrodaer Kirmes. Wer die fünfzehn Pfennig Eintritt berappte, wurde im Inneren über die Schrecken der Geschlechtskrankheiten aufgeklärt, wobei Marie, die taubstumme Nichte von Hammelbeck, manchem begriffsstutzigen Jüngling geholfen haben soll, das abstrakte medizinische Thema fasslicher zu gestalten.

»Männer«, rief Baldur, »ich habe den Eindruck, dieses Subjekt stellt die Ehre unserer HJ-Schar in Frage. Wisst ihr, was das heißt?«

Sie antworteten im Chor. »Er stellt die Ehre des Führers selbst in Frage!«

Baldur rückte ganz nahe auf Christoph zu. Er hätte ihn küssen oder in die Nase beißen können. Stattdessen zischte er ihn an. »Ein Krüppel wie du gereicht kaum dem deutschen Volke zur Ehre in diesen Tagen.«

»Du solltest ans Propagandaministerium schreiben. Sie sollen beginnen, überall vor Hinkefüßen wie mir zu warnen.«

Baldur hob die Hand und wollte Christoph eine Ohrfeige verpassen, aber der fing seinen Arm mit der Linken in der Luft und verdrehte ihm den Unterarm. Es knackte. Christoph stieß ihn fort.

»Dem Herrn Professor ist was abhandengekommen. Wenn ihr es mir sofort gebt, geschieht euch nichts.«

Die unsicheren Blicke seiner drei Untergebenen zeigten Baldur, dass der Moment gekommen war, Führungsstärke zu zeigen. »Klappe halten!«, schimpfte er, wobei unklar war, ob er Christoph meinte oder seine Untergebenen. Jedenfalls belegte er Christoph mit dem schlimmsten Schimpfwort, das er kannte. »Wehrkraftzersetzer!«

Wenn es je eine Zeit gegeben hat, in der die Alten zurecht auf die Verkommenheit der Jugend schimpfen konnten, war es damals. Baldur stürzte sich erneut auf Christoph und packte ihn am Kragen.

Ein Fehler. Daran kannst du schon sehen, dass er seit langem keinen ernsthaften Herausforderer mehr gefunden hatte.

Christophs Hemd riss, als er Baldur von sich wegdrückte. Aber die Faust des Zimmermanns rauschte in die Magengrube von Baldur Fink wie ein Zug, der in einen Tunnel fährt. Er fasste ihn am Kragen, hob ihn hoch und warf ihn rückwärts ins Moos. Da krümmte er sich, weinte und erteilte Befehle, die keiner verstand.

»Das werden Sie uns büßen«, warnte der zweite in der Rangordnung, der unversehens zum amtierenden Scharführer aufgestiegen war und daher nervös begann, Christoph förmlich anzusprechen.

»Zunächst einmal rückt ihr heraus, was ihr dem Professor gestohlen habt.«

»Wir haben es nicht gestohlen, er hat es verloren.«

Baldur keuchte und würgte. Den anderen kam der Schweiß.

»Wir hätten es ihm selbstverständlich wiedergegeben«, log Albin mit den gelben Zähnen.

»Macht euch keine Mühe. Rückt es heraus.« Christophs Blick glitt durch Heinz hindurch. Heinz, eigentlich nannten sie ihn alle Hatschi, griff hinter sich und holte aus dem Hosenbund ein dunkelblaues Heft, ein gebundenes Skizzenbuch nach französischer Art, aber aus deutscher Produktion.

Christoph griff das Heft, grüßte und drehte sich um.

»Nicht entkommen lassen!«, stöhnte Baldur.

Hatschi schämte sich. Gerhard und Albin aber warfen sich schnelle Blicke zu und stürzten sich auf Christoph. Gerhard traf Christoph am Hals, aber der Junge hatte nicht genug Kraft in den Schlag legen können. Christoph verstand nicht gleich, was geschehen war, drehte sich zur Seite und sah die Fäuste der beiden kommen. Er wich aus, geriet aber ins Stolpern; Albin hatte sich in seinen Rücken geschlichen und seinen Stock in den Weg gestellt.

Christoph fiel zu Boden.

Hatschi schnappte sich erneut Orellis Heft. Christoph bekam Albins Knöchel zu fassen, riss ihn herum, so dass er ebenfalls fiel; Christoph griff sich seinen Stock. Sitzend schlug er damit zu, traf die Hand Hatschis, der das Heft fallen ließ. Eine Schrecksekunde später zerrten Hatschi und Christoph an dem Heft, Christoph mit der Kraft des Tischlers, Heinz mit der Kraft der Verzweiflung, um seinen Fehler auszubügeln, als er es so leichtfertig herausgerückt hatte. Trotz der Befehlslage. Die Bindung gab nach und jeder hielt eine Hälfte in der Hand. Christoph stützte sich auf den Stock und richtete sich auf. Er ging auf Hatschi zu, der nicht wusste, was er mit dem halben Heft anfangen sollte.

»Lauf!«, krächzte Albin. Hatschi drehte sich um, sprang mit großen Schritten den Berg hinauf, und mit ihm hüpfte das Skizzenbuch davon. Christoph versuchte erst gar nicht, ihm zu folgen. Unter der Dankbarkeit des ganzen Dorfes hatte Huthgangs Truppe einen Wildschutzzaun um das Dorf gezogen. Den würde Hatschi rasch überklettern. Spätestens dort musste er den humpelnden Christoph abhängen.

»Das ist noch nicht das Ende«, sagte Christoph.

Albin und Gerhard schauten halb ängstlich und halb spöttisch. Baldur hielt sich noch immer den Bauch. Drei Backpfeifen später hastete Christoph ins Tal zu seinem Fahrrad. Dort unten hatte Manfred seine abgetriebene Mütze zurückerobert und war dabei, seinen Posten wieder einzunehmen. Als Christoph ihn passierte, legte er nur den Zeigefinger auf die Lippen. Und Manfred nickte. Der würde mit niemandem reden.

Von oben aus dem Dorf hörte Christoph Stimmen, die sich näherten. Keine schlechte Idee, erstmal von der Bildfläche zu verschwinden, mitsamt dem erbeuteten Teil des Cahiers und seinem zerfetzten Hemd.

3. Kapitel

Ortsgruppenführer Huthgang drängte darauf, die Ermittler durch das Dorf bis zum Schauplatz des Verbrechens zu geleiten, schon damit er übersetzen könne, falls nötig; denn die meisten Finsterberger sprächen ein so unverständliches Platt, dass man als Fremder wenig Fortune haben werde. Er selbst habe Jahre gebraucht. Um seine These vom unverständlichen Thüringer Kauderwelsch zu beweisen, zerrte Huthgang ein zauseliges Männchen mit weißem Backenbart und roter Nase herbei und begann zu dolmetschen, wonach sich der Hutzelmann als Vertreter des ehrwürdigen Berufsstandes der Hirten auswies. Zur Sache könne er aber leider keine Angaben machen. Dann nannte er noch seinen Vornamen: Enoch. Durchaus gebräuchlich noch in dieser Zeit.

Wenn die Herren wollten, könnten sie ein Foto mit ihm, dem Enoch, in seiner Hirtentracht beim Fotografen bestellen, Hindenburgplatz, das gefalle den Gästen sonst immer. Huthgang redete auf Enoch ein und erklärte, er habe ihm befohlen, gegenüber den Beamten aus Weimar nicht die Hand dafür aufzuhalten.

Warum der Hutmann um diese Tageszeit überhaupt noch im Dorfe sei, fragte Münster.

»Mit achtzig Jahren?«, fragte Huthgang zurück. »Da gibt es doch mittlerweile einen Jüngeren für die Arbeit mit den Kühen. Seinen Sohn. Obwohl niemand den Wald so gut kennt, wie der alte Enoch. Selbst dass es keinen Wetterbericht mehr gibt, wegen der Flieger, das stört uns hier oben im Wald nicht. Wir fragen Enoch. Er versteht es, die Zeichen zu lesen.«

»Kaum zu glauben, wenn man gleichzeitig in der Lage ist, derart dümmlich aus der Tracht zu glotzen«, meinte Neumann.

Huthgang grinste komplizenhaft zurück. Zudem, meinte der Ortsgruppenführer, habe der alte Hutmann sein Leben lang nicht so viel verdient, wie jetzt als Greis, da er nachmittags in seiner Hirtentracht vor dem Fotogeschäft stehe und mit wettergegerbter Mimik gemeinsame Portraits anbiete. Gegen Trinkgeld – und ein paar Prozente vom Fotografen Blüthner. Das Hutzelmännchen grinste debil nickend zu Huthgangs Erläuterungen, ohne den Eindruck zu vermitteln, dass er viel davon verstand.

Der Lehrer beugte sich Münster zu. »Ich erlaube ihm gelegentlich, von dem zu essen, was in der Schulküche übrig bleibt. Wenn Sie mir kurz gestatten, nachzusehen, was ich für ihn tun kann.« Und damit hakte der Ortsgruppenführer den Hirten Enoch unter und verschwand im Schulgebäude.

»Ein Führer kümmert sich um seine Leute«, meinte Neumann anerkennend.

Nur einen Augenblick später erschien unser örtlicher Ober-Nazi und schritt zackig auf die Ermittler zu. »Wir müssen wieder hinab ins Tal«, erklärte Huthgang. Zielsicher steuerte der Ortsgruppenleiter auf das Kraftfahrzeug der beiden Ermittler zu, mit dem er am liebsten einmal mitgefahren wäre. Kann man sich vorstellen. Ein eigenes Automobil lag für einen Dorflehrer außer Reichweite. Neumann schloss sich ihm an, doch Kommissar Münster bestand darauf, zu Fuß zu gehen, um das Umfeld besser wahrzunehmen.

»Scheuen Sie sich nicht, mich weiter als Dolmetscher zu bemühen. Bloß bei Gesprächen mit den Fremdarbeitern im Tal kann ich natürlich nicht dienen«, erklärte Huthgang, »die Franzosen im Sägewerk oder bei Rhodius, Schmedding & Co. Und was noch so an fremdem Blut durch den Ort strömt. Ich beneide Sie nicht um die Aufgabe, dort Gerechtigkeit zu schaffen, meine Herren.«

»Was für eine Firma ist das, Rhodius und so weiter?«

»Patentbürsten! Die Einheimischen nennen sie die Besenfabrik.«

So führte Huthgang die beiden Ermittler durch das Dorf zurück, die Hauptstraße hinunter, dann über einen Schleichweg ins Tal. Kühle schlug ihnen entgegen. Die Leina plätscherte vor sich hin, gleichwohl verriet sie nichts. »Dort hinten liegt sie. Bei der Totenbrücke. Zwischen Sägewerk und Besenfabrik.«

»Eine passende Bezeichnung«, entfuhr es Neumann.

»Nein, Herr Obersturmführer, die Brücke trägt diesen Namen, weil die Finsterberger in alten Zeiten keinen Friedhof besaßen. So musste jeder den letzten Gang über diese Brücke antreten und auf die andere Seite des Tales bis rüber nach Altenbergen.«

Münster schaute auf die steilen Felswände, die sich auf der anderen Seite der Leina erhoben. Es gab bequemere Wege, die man einschlagen konnte, um eine Leiche zu entsorgen. Hinter der Brücke nahm ein klein geratener Hitlerjunge kümmerlich Haltung an, als er die drei Männer bemerkte. Seine Uniform troff von Wasser, und er zitterte. Er hielt sich mit einer Hand den Schädel und kühlte eine Beule mit dem schwarzen, nassen Halstuch.

Huthgang missfiel es. Peinlich, wenn du deine dressierte Jugend vorführen willst, und dann triffst du auf so etwas. Er herrschte ihn an. »Du bewachst die Brücke?«

»Jawohl, Herr Studienrat!«

»Und hat jemand die Brücke überquert?«

»Nein, Herr Studienrat.«

Das war nicht einmal gelogen. Christoph hatte sich ja aus Richtung Schönau genähert.

»Weitermachen!«

Der Junge wies sie auf den schmalen Aufstieg in Richtung Altenbergen.

Der Lehrer erklärte schwitzend, er habe seine besten Männer abgestellt, um den Fundort zu bewachen.

»Warum hat der Junge die Brücke in so einer nassen Uniform bewacht?«, fragte Münster.

»Weil man es ihm befohlen hat, natürlich.«

Neumann nickte anerkennend, als wäre ihm aufgefallen, dass Münster eine dumme Frage gestellt hatte. Münster hakte nach, ob das nicht ein grausamer Befehl wäre.

»Gelobt sei, was hart macht«, sagte Huthgang und dozierte. Das moderne Thüringen und das antike Sparta verschmölzen unter seiner Führung zur besten Zucht. Alles für die Zukunft des Reiches! »Von hier geht selten einer aufs Gymnasium! Der Führer braucht keine Stubenhocker.«

So sehr er mittlerweile Durst verspürte: Münster war froh, dass er Huthgangs Bier abgelehnt hatte.

Der Aufstieg war mühsamer, als Münster gedacht hatte. Wie lange hatten sie hier die Toten hochgetragen, bis man ihnen erlaubt hatte, einen eigenen Friedhof anzulegen? Der Dorfchronist weiß es. 500 Jahre. Im Winter ließen wir die Toten liegen, sie verdarben nicht, und was nützte es, sie durch den verschneiten Wald zu zerren, wenn man dann oben, wo jetzt der Kandelaber steht, nicht die Kraft hatte, den gefrorenen Boden des Gottesackers zu öffnen. Wie mussten sie gestöhnt haben mit dem Sarg auf dem Karren, wenn der steile Waldweg sie verschlang. Mal hob herbstliches Gold das Gemüt, mal schwenkten Buchen, Birken und Fichten warnend die Arme, bald verdüsterten Nebelschwaden nicht nur die Aussicht, sondern die Herzen der Totengräber. Bis zum Totenstein, nach dem ersten steilen Drittel. Da hielten sie inne und nahmen einen Korn.

Für die Ermittler gab es nichts, sie passierten den Stein achtlos. Dafür warf die Sonne Strahlen wie eine Faschingsprinzessin Handküsse. Und der Wald sah eine Tote mehr. Aber ob er sie noch zählte, seine Leichen aus längst vergangenen Tagen?

Nach wenigen Metern öffnete sich links des Weges die Lichtung. Fingerhut blühte. Ein Kuckuck rief. In der Sonne vertraten sich die anderen »Männer« des Studienrats die Füße in ihren teils zu großen Uniformen. Heinz, Albin und Gerhard grüßten nach deutscher Art. Baldur Fink kotzte in den Holunder. Ännchen regte sich natürlich nicht. Bis auf ein Halsband aus Würgemalen trug sie ihre bloße Haut.

Selbst so tot hatte sie ihren Reiz.

Neumann musste gleich schlucken, als er sie sah. Münster schimpfte, was sie hier täten, sie hätten ihm sämtliche Spuren zertreten. Oder, mit Blick auf Baldur: Sie verteilten ihre Magensäfte darauf. Die Hitlerjungen gaben sich Mühe, den dreien zu salutieren: ihrem gefürchteten Lehrer, dem ehrfürchtig bestaunten Obersturmführer vom SD und dem Zivilbeamten, der einen höheren Rang zu bekleiden schien, wo die beiden anderen ihm so bereitwillig folgten.

»Für das neue Deutschland ist nicht geeignet, wer keine Leiche sehen kann!«, sagte Münster.

Neumann sah aus, als wüsste er nicht, ob er zustimmen oder energisch widersprechen sollte.

Münster grinste.

Der Studienrat entschuldigte sie hinter vorgehaltener Hand mit der Bemerkung, die Kinder, jetzt waren es »Kinder«, hätten noch nie etwas so Grausiges gesehen.

Nein, antworteten sie auf Münsters Frage, es sei ihnen in der Zwischenzeit niemand begegnet. Alles ruhig. Huthgang befahl den Vieren, unten bei Manfred zu warten, und die atmeten auf, als sie sich entfernen durften.

»Sie werden es überleben«, meinte Huthgang. »Die Front fordert noch ganz andere Dinge. Das wissen Sie besser als ich, Herr Obersturmführer«, sagte er mit Blick auf Neumanns Ordensschnalle, die, wie er bemerkte, von der Teilnahme an der Winterschlacht 1941 zeugte. Die ›Gefrierfleischmedaille‹, für eine von vielen Schlachten, die mehr glorreich als erfolgreich waren.

»Sie werden bald ebenfalls beweisen dürfen, was in ihnen steckt«, gab Neumann zurück und meinte die Jünglinge, die sich gerade verdrückt hatten.

Huthgang richtete sich stolz auf. »In diesen Tagen erwarten sie ihren Gestellungsbefehl zur neu aufgestellten Division Hitlerjugend. Alle Eltern haben der freiwilligen Meldung ihrer Söhne die stolze Zustimmung gegeben.«

»Herzlichen Glückwunsch«, sagte Neumann. »Das werden die Elitekämpfer des Führers.«

»Das heißt, sie erleben ihren letzten Sommer hier?«, fragte Münster.

Neumann fuhr herum. »Passen Sie auf, was Sie sagen; es könnte leicht als Kritik verstanden werden. Und dann muss ich Meldung machen.«

»Was habe ich denn gesagt?«

»Letzter Sommer. Letzter Sommer! Wir bauen doch ein Reich für tausend Sommer.« Neumann zeigte sich giftig. Endlich wehrte er sich einmal gegen die subtilen Bemerkungen des Kommissars. Er war der Offizier, er musste Acht geben, wie er mit sich reden ließ.

Huthgang nickte zustimmend, während Münster irgendetwas über Missverständnisse murmelte. Er kauerte sich über Ännchen und suchte sie nach Spuren ab. Zumindest dieser deutsche Traum war bereits gestorben.

»Sie gehen auch, Huthgang!«, rief Münster über seine Schulter.

Huthgang schaute fragend Neumann an, aber der bestätigte den Befehl, und Huthgang ging in Richtung seiner HJ-Schar.

Neumann kauerte sich neben Münster. »Was fällt Ihnen auf, Obersturmführer?«

»Wir werden den finden, der das getan hat, und er wird es bitter bereuen.«

»Vor der Bestrafung steht, dass wir die Spuren entschlüsseln, die uns das Jungvolk nicht zertrampelt hat! Wir sind hier um der Gerechtigkeit willen, verstehen Sie?«

Magnus Neumann schnappte nach Luft und wollte etwas erwidern, aber der Kommissar fuhr fort.

»Was meinen Sie, Obersturmführer, ist Ännchen hier abgelegt worden – oder starb sie auch hier?«

»Zu nahe am Wege für eine Entsorgung. Und bei einer planmäßigen Beseitigung wäre sie zumindest bedeckt worden.«

»Sehr gut. Sie ist also hier getötet worden, vermutlich in großer Hast. Aber wie kam sie hierher?«

Münsters Augen flogen über Ännchens Brüste und Arme. Neumann lockerte seinen Kragen.

»Sie hat sich gewehrt. Aber da sind auch Kratzspuren und Abschürfungen.«

»Sie muss gestürzt sein«, sagte Neumann.

»Das erzählen auch ihre Knie und die Schienbeine. Und das bedeutet?«

»Sie war bereits nackt.«

»Und auf der Flucht.«

»Gejagt wie ein Stück Wild! Ich gelobe: Dieser Jäger wird selbst zu spüren bekommen, wie das ist!« In Neumanns Kopf begann die innere Wochenschau zu rattern. Triumph: Ein Mörder der Gerechtigkeit zugeführt. Nur ein Mörder? Man muss klein anfangen.

»Das ist nicht die Frage«, unterbrach Münster.

»Was dann?«

»Warum ist sie durch das Tal geflüchtet, statt im Dorf Zuflucht zu suchen? Wir sind selbst den Weg ins Dorf gegangen, und schon bei Tag kann man dort stolpern. Wo kam sie also her?«

»Ja.« Neumann verstand. »Oder: Wo wollte sie hin?«

Münster nickte. Er ruckte vergeblich an Ännchens Knien. Doch auch so unbewegt waren die Blutergüsse an ihren Schenkeln zu erkennen.

»Nichts hilft einer Frau so gut, die Beine zusammen zu halten, wie eine vernünftige Leichenstarre«, kommentierte Neumann. Der Bonbonlutscher wollte zeigen, wie hart er war, oder: wie hart ihn der Krieg gemacht hatte. Aber er verkaufte den Satz nicht richtig.

Münster biss sich auf die Zunge. Er zwang sich, nicht darauf zu reagieren. Mein Zorn geht den nichts an. Aber es wäre leichter ohne den Durst. Schon wieder bei einer Frau zu hocken, der man nicht mehr helfen kann. Wie bei Isolde, als er Abschied genommen hatte. Und obwohl er zumindest an Ännchens Schicksal hier in keiner Weise beteiligt gewesen war, stieg das Gefühl von Schuld in ihm auf.

Er blickte den Obersturmführer an. Neumann schluckte und zog seinen Schluss.

»Man hat sie …« Er stand auf und zog die Uniformjacke aus. »Im Schutze der Verdunkelung! Wir suchen demnach einen Volksschädling! Und wir haben keine Spuren.«

Münster stand auf und zündete sich eine Zigarette an. »Oh, gut möglich, sie trägt Spuren in sich.«

Neumann errötete.

»Suchen Sie ein Telefon, Neumann, und lassen Sie sie in die Gerichtsmedizin schaffen. Sagen Sie denen, sie sollen sich beeilen. Wenn sie vergewaltigt worden ist, werden wir mit einer Wahrscheinlichkeit von achtzig Prozent die Blutgruppe des Täters ermitteln können.«

»Warum bloß achtzig?«, fragte er.

Die Blutgruppe jedes Fünften ist im Samen nicht nachweisbar. Alles musste er erklären.

»Das ist Biologie, Neumann. Das Handwerkszeug der modernen Kriminalistik. Das lernen Sie noch. Beeilen Sie sich! Ich werde hier ausharren. Und sagen Sie Huthgang und seiner Truppe, sie sollten sich in den nächsten Tagen zu unserer Verfügung halten.«

»Ich weiß, dass ich noch manche Frage habe. Darum bin ich Ihnen zugeordnet. Aber behandeln Sie mich nicht wie einen Lehrling! Sie können von Glück sagen, dass wir hier unter vier Augen sind.«

»Zu Befehl«, sagte Münster, aber er schaute Neumann nicht an.

»Und was unternehmen Sie solange, wenn ich fragen darf?«

»Spuren sichern.«

»Wenn Sie hier noch was finden, will ich Meier heißen.«

»Passen Sie auf, was Sie sagen; Sie wären nicht der erste, der seinen Namen ändern muss.«

Neumann fletschte die Zähne, verschwand aber, ohne etwas zu erwidern. Von weiter unten hörte Münster die Burschen singen, als sie abzogen. »Unsere Fahne flattert uns voran!« Es klang aber, als schlottere ihnen die Fahne voran.

Münster strich mit den Händen vorsichtig durch das Gras an den Stellen, wo es geknickt war. Er grinste, als er einen Knopf aufhob, der noch nicht lange im Wald gelegen haben konnte. Von einer HJ-Uniform stammte der jedenfalls nicht. Und dann fand sich noch ein Papierfetzen, an dessen Ende sich ein Schriftzug enttarnen ließ, den Münster kannte. Marke Friedrich Soennecken.

Neumann lief mit der Uniformjacke über der Schulter in Richtung der Schneidemühle. Nach der Mittagspause rollte die Gattersäge los und schnitt Fichtenholz zu Dielen. Ein Pferdefuhrwerk karrte neue Stämme herbei. Männer schritten auf das Fuhrwerk zu, die Kaltblüter schnaubten. Die Pferde in Thüringen hatten mehr Fett auf den Rippen als manches Bataillon in der Ukraine.

Neumann ging auf das Wirtschaftsgebäude zu, als ihm eine Frau entgegentrat.

Er stockte. Es sind schon Marienerscheinungen mit weniger Ehrfurcht aufgenommen worden. Diese Frau, sie trug keine vornehme Blässe wie Ännchen, sondern einen Teint, der zum Ausdruck brachte, dass sie der heimischen Erde verbunden war und ihre Finger es gewohnt waren, die fruchtbare Krume zu durchwühlen, sie zu drücken und zwischen den Fingerspitzen zu zermahlen in zarten Momenten, wenn sie innehielt, während sie den Kohl setzte oder die Bohnen. Stolz zeichneten sich die Brüste unter ihrer Leinenbluse ab, stolz und mütterlich, wiewohl noch kein Knirps seine Lippen an sie gelegt haben mochte, denn sie war jung und rein und ihr Lachen so breit, dass sie nichts zu wissen schien von den Sorgen und Schmerzen einer Mutter.

»Sieg Heil!«, grüßte Neumann mit gerecktem Arm.

Sie erwiderte unsicher den Gruß und schaute den SS-Mann mit großen Augen an, der vor ihr Haltung angenommen hatte.

»Telefon? Gibt es hier Telefon?«, fragte er zu sehr im Kasernenton.

Neumann verstand nicht genau, was sie entgegnete, wünschte erst, Huthgang wäre hier zum Übersetzen, aber ihr Lächeln und die ausgestreckte Hand wiesen ihm den Weg in das Wirtschaftsgebäude, und nach wenigen Augenblicken fand er sich, den Hörer am Ohr, in einem kleinen Büro wieder. Die Frau winkte noch einmal durch das offene Fenster herein, Neumann schrie »Danke«, so laut, dass sie erst erschrak und dann kicherte, und er machte Meldung mit hochrotem Kopf und bestellte dem bedauernswerten Ännchen ihr letztes Taxi.

»Wenn Sie in der Gerichtsmedizin nicht einen Volksschädling decken wollen, sollten Sie sofort alles stehen und liegen lassen und sich nach Finsterbergen bewegen«, schnarrte er. Draußen aber, da stand sie, erneut, seine Erscheinung, und drückte, ohne dass Neumann sie verstand, ihm einen Henkelmann in die Hand mit zwei großen Portionen einer kalten Beerengrütze. Münster und Neumann ließen sie sich schmecken, Ännchen tot in ihrem Rücken. Neumann holte Wasser empor von unten aus dem klaren Bach.

Der Pathologe kroch so unterwürfig heran, die Royal Air Force hätte aus 9.000 Fuß Höhe bequem Bomben auf die Schleimspur werfen können. Münsters Vermutungen, der Tod sei zwischen dreiundzwanzig Uhr am Abend und ein Uhr am Morgen eingetreten, bestätigte der Doktor auf das Ergebenste. Das Weitere, befand er, werde sich durch die modernen Untersuchungstechniken, über die der Kriminalkommissar so vorzüglich im Bilde sei, in der Pathologie klären lassen. Neumann gegenüber beteuerte er, dass ihm nichts ferner liege, als einen Volksschädling zu decken. Im

Gegenteil, er tue alles, um selbige auszumerzen. Im Dritten Reich wurde selbst die Pathologie zur deutschen Pathologie.

Spät am Nachmittage querten sie zum zweiten Mal die Totenbrücke, und da sie nun wussten, wonach sie Ausschau hielten, pirschten sie vorsichtig den Berg hinauf, doch sie fanden nichts. Er wisse jetzt in jedem Fall, erklärte Neumann, weswegen Thüringen als Deutschlands Mustergau gelte. Hier sei unbestreitbar die Herzkammer des deutschen Wesens; er sei zu dieser unverrückbaren Überzeugung gelangt, als er die Frauen des Dorfes gesehen habe.

»Als Sie die Tote gesehen haben?«

»Die auch! Aber zuerst die Lebenden.« Wenn nur dieses Thüringer Platt nicht wäre, das man kaum verstehe.

»Im Übrigen, Herr Meier, habe ich dies hier.« Münster holte seinen Papierschnipsel hervor. Und seine Finger spielten in der Jackettasche mit dem abgerissenen Knopf, den er neben Ännchen gefunden hatte.

Neumann schmollte. »Mich haben Sie nicht gefragt, ob mir etwas aufgefallen ist.«

»So? Haben Sie auch etwas entdeckt?«

»Fahrradspuren. Jemand hat kurz hinter der Brücke ein Fahrrad abgestellt und ist damit in Richtung der Mühlen gefahren. Wohin genau kann ich nicht sagen. Der Weg ist zu trocken.«

»Sehr beeindruckend.«

»Unterschätzen Sie mich nur nicht.«

»Nein, nein.«

»Haben Sie denn noch was?«

»Bedaure«, sagte Münster und ließ den Knopf tief in die Tasche sinken.

»Ich dachte schon«, sagte Neumann.

Sie erreichten erneut die Schule und ihren davor abgestellten Opel, der inzwischen, befreit vom Staub der Straße, glänzte wie neu. Zwei Pimpfe standen daneben mit Eimer und Lappen. Huthgang stolzierte davor auf und ab. Die Ermittler erklärten dem

Ortsgruppenleiter, in Finsterbergen müssten selbstverständlich gründlichste Ermittlungen aufgenommen werden. »Motive suchen, Zeugen vernehmen, wirtschaftliche Verhältnisse aufklären, die nahe Verwandtschaft um Alibis bitten und dann zieht sich die Schlinge zu.«

Aber schon in der Art, wie sie das erklärten, lag das Eingeständnis, dass sich gründliche Ermittlungen in diesen Tagen keineswegs von selbst verstanden. Von »gründlichsten« ganz zu schweigen.

»Wenn Sie etwas zur Sache aussagen können, nur zu!«

»Wo wollen Sie übernachten?«, fragte Huthgang stattdessen. Neumann drehte sich kurz und blickte in Richtung Kurhaus. Mit Schlösschen und Schmuckfassade thronte es lieblich über dem Ort. Doch Münster schlug die Pension Forsthaus vor, die sich neben der Kirche befand.

»Papperlapapp«, widersprach der Lehrer, »Sie kommen mit ins ›Haus Thule‹. Das gehört einem Parteigenossen, Geils. Da werden Sie fürstlich bewirtet!« Falls irgendjemand im Dorf den Ermittlern seine volle Unterstützung versagen sollte, dann sollten sie es ihm, Huthgang, nur melden.

Die Hitlerjungen warteten schon vor dem Haus Thule, als der Opel vorfuhr, und wollten das Gepäck übernehmen, doch das fiel schmal aus, weil die Ermittler mit einem längeren Aufenthalt nicht gerechnet hatten.

Die Wirtin, Renate Geils, nur Haut und Knochen, aber offenherzig plaudernd, sorgte sich, auf die Schnelle zwei Zimmer herzurichten, und fragte sich laut, wie lange die Ermittlungen andauern würden. Neumann und Münster setzten sich in den Schatten der Veranda. Ob sie jetzt etwas trinken möchten, nach dem Aufstieg aus dem Tal, fragte sie. Sie hatte bloß die Tracht abgelegt. Münster erkannte sie wieder.

Er war einen Moment zu sehr in Gedanken, um die Frage schnell genug zu bejahen. »Alkoholfrei«, forderte Neumann. »Wir führen gleich noch ein Gespräch im Trauerhaus.«

Von hier hatte man eine schöne Aussicht auf Wald, auf die Felsen oberhalb des Tales.

Renate brachte ihnen Essigwasser. Das erfrischte. Naja, an Bier kommt es nicht heran.

Von Osten her blies ein warmes Lüftchen. Mauersegler flogen. Hier hätte man mal zusammen herfahren können, dachte Münster.

Er hatte Isolde beim Blauen Kreuz kennengelernt. Nicht, dass sie je getrunken hätte. Aber sie richtete den Raum her. Isoldes Herz schlug für arme Sünder. Er konnte sie damit necken, dass sie sich ohne den Alkohol nie kennengelernt hätten. Ohne den Weltkrieg und ohne das, was die letzten Kriegstage dem jungen Reinhold Münster auf die Seele geladen hatten. Dem entgegnete sie: Wenn das einen Weltkrieg verhindert hätte, dann wäre sie von Herzen gern eine alte Jungfer geworden. Diakonisse. Fromm genug war sie immer. So hatte es angefangen. Sie war die Frau, bei der man vergessen konnte. Aber die schwerer zu vergessen war, als gedacht. Münster nahm noch einen Schluck Essigwasser.

Gab es noch einen Grund, nicht zu trinken, wo auf Isolde keine Rücksicht mehr zu nehmen war? Welchen Grund hatte es damals gegeben, die Stunde der Blaukreuzler aufzusuchen, damals, als er von Isolde noch nichts gewusst hatte? Sicher war es die Ahnung von Vitalität und Lebenssinn gewesen, die ihn bewogen hatte. Die Hoffnung auf Gott. Aber galt das noch in diesen Zeiten?

Er blickte über die Wipfel der Fichten hinweg. »Ja, wunderschön«, antwortete Münster, obwohl er die Frage der Wirtin überhört hatte. Neumann schaute irritiert.

»Ob es nicht ein Jammer ist, habe ich gefragt,« erklärte die Wirtin. Ausgerechnet bei Dr. Dielenschneider! Ännchen sei ja, ob sie das schon wüssten, ein angenommenes Kind gewesen. Der Zahnarzt habe nach dem Tode seiner Frau wieder geheiratet. Frau Dielenschneider selig sei mit der Spanischen Grippe gegangen und so sei die neunzehn Jahre alte Lehramtsstudentin Gertrud mit ihm vor den Traualtar getreten, weil sie seinem Weltkriegsheldencharme erlegen und hastenichgesehen schwanger geworden sei. Eigentlich sei sie so eine Intelligente gewesen, aus großbürgerlichem Hause. Sie habe das Studium abgebrochen und nicht die Schwangerschaft, was im Nachhinein die falsche Entscheidung gewesen sei, mit der Bitte um Verzeihung, das dürfe man nicht sagen, zumindest solange es um gesunde deutsche Kinder gehe. Doch sobald Gertrud als geehelichte »Frau Doktorin« in Finsterbergen gehockt habe, hätten die Wehen eingesetzt und der Frischling sei nach weniger als einem Dutzend seiner mühsam geschnappten Atemzüge verschieden. Nicht jeder könne mit einem so vorzüglichen Erbgut ausgestattet sein, wie sie selbst, sagte die Wirtin und reckte sich wie zum Beweis; sie habe dem Führer bereits sieben Kinder geschenkt, selbst wenn Gertrud und Ännchen unbestritten schönere Frauen (gewesen) seien und nicht so drahtig. Sie räkelte und streckte sich und legte eine Hand auf die Schulter des Kommissars. Sie lächelte ihn an, die Zähne makellos, aber nagerhaft.

»Aber was hat es ihnen genützt?« Mit der rhetorischen Frage schloss sie selbst ihren Vortrag.

»Und Ännchen?«, fragte Münster.

Ach ja, Ännchen, das arme Ding habe halt die Geburt überlebt, dafür aber ihre Mutter nicht, Gertruds Schwester. Darum habe sie bei der kinderlosen Tante aufwachsen müssen, und Gertrud habe sie des Öfteren spüren lassen, dass sie nicht die wahre Mutter sei. »Nur verständlich, oder? Herr Kommissar? Wie schade, Sie müssen schon weiter...«

Den Sommer im Wald zu sehen, vielleicht war es doch kein so böses Omen. Vielleicht würde es helfen, helfen beim Vergessen. Immerhin hatten sie hier eben keine gemeinsame Geschichte, Isolde und Reinhold.

4. Kapitel

Neumann stand auf, zackig wie eh und je. Reinhold Münster fiel es schwerer, sich von dem Sitzkissen auf der Verandabank zu erheben. Noch einmal mussten die beiden los, Richtung Dorfmitte, und dann an der Grummetswiese vorbei zu Ännchens Eltern.

Bei uns kannten wir Ännchens Elternhaus als Villa Waldeslust, wobei für die Einheimischen immer schon die größte Lust in dem schönen Gefühl bestand, das man empfindet, wenn der Schmerz nachlässt. Im Erdgeschoss praktizierte nämlich Ännchens Vater, unser alter Zahnarzt. Wer von derlei Schrecken nichts ahnte, sah in jenen Sommertagen ein kaum zwanzig Jahre altes, helles Gebäude mit Wintergarten, Balkonen und Fremdenzimmern in den oberen Stockwerken.

»Heil …«, sagte Neumann und brach ab, als er in die Stube der Dielenschneiders trat, und sah, wer dort neben Gertrud auf dem Sofa saß und Trost spendete. Ein kurz geratener Mann mit mächtiger Nackenmuskulatur und wirrem Haar, entschieden im wehrfähigen Alter. Das Subjekt mit dem roten Pinsel, das sie am Morgen getroffen hatten.

Gertrud verschluckte fast ihre Zigarette, als sie den SS-Mann sah. Sie drückte hastig ihre Kippe aus und ließ sich zurück in Christophs Arme fallen. Die deutsche Frau raucht nicht.

»Sie wissen bereits …«, setzte Münster an, stellte Neumann und sich vor und umriss seine Aufgaben als Kriminalkommissar. Natürlich spreche er der Familie sein Beileid aus, aber wo es darum gehe, einen Mörder zu fangen – Neumann: »die Festsetzung eines Volksschädlings« – da gelte es, gegen die Uhr zu rennen.

»Was machen Sie hier?«, fragte Neumann mit Blick auf Christoph.

Aber Frau Dielenschneider antwortete für ihn, wobei, ihre Zunge kam kaum richtig in Gang, der Neffe ihres Mannes sei der einzige in der Familie, der ihr beistehen könne.

Wie als Beleg für diese Tatsache hob Christoph seinen rechten Unterschenkel an. Der Fuß steckte in einem orthopädischen Schuh und ließ sich kaum bewegen.

»Steif«, sagte er. »Ausgemustert.«

Neumann trat einen Schritt zurück, als fürchte er, sich anzustecken.

»Mein Neffe hatte es nicht leicht. Mit nichts kam er zurück in sein Heimatdorf. Als erstes musste er sich einmal Respekt verdienen.«

»Genug«, sagte Neumann. »Was ist mit Ännchens Vater?«

Gertrud Dielenschneider zeigte müde auf die andere Seite der Stube. Im Schatten der Tür stand ein Schaukelstuhl, aus Korb geflochten, und darin saß ein hochgewachsener, grauer Mann. Den Besuch hatte er entweder noch nicht bemerkt, oder er kümmerte ihn nicht. In seinen Fingern hielt er ein Foto von Ännchen, sein Oberkörper bewegte sich auf und ab, und dabei flüsterte und weinte er vor sich hin. Der Korbstuhl knirschte dazu leise im Takt.

»Mein Täubchen! Mein Täubchen!«

Das Schaukeln des Stuhls und das Ticken der hohen Standuhr gaben einen merkwürdigen Rhythmus wie das entfernte Wummern eines Schiffsdiesels.

»Leider können Sie sie nicht sehen«, erklärte Münster, »wegen der Untersuchungen, die unser Pathologe vornehmen muss.«

Das Dienstmädchen kam herein. Sie stellte ein Tablett auf den Tisch und beschenkte die Anwesenden mit hilflosen Blicken.

»Danke, Grete«, sagte Christoph zu ihr, als ob er hier der Hausherr wäre. Er griff noch fester um die Schulter seiner Tante; sie zuckte weinend. »Du hast es gesagt!«, schluchzte sie.

Christoph nickte. Grete ging rückwärts hinaus. Wasser hatte sie gebracht, Soda für alle, dazu kleine Gläser und eine Flasche Asbach Uralt.

»Was?«, fragte Neumann »was hat er gesagt?«

Doch Münster fiel ihm ins Wort. »Für uns ist es wichtig, die Ereignisse der letzten Nacht genau zu eruieren. Bitte, versuchen Sie, sich zu beruhigen. Und dann berichten Sie von den letzten Stunden.«

Münster wies Neumann an, mitzuschreiben, was Christoph zu belustigen schien und Neumann zu der Bemerkung veranlasste, er sei keine Sekretärin. Außerdem fehle es ihm an Schreibzeug.

»Sie sollten aber langsam lernen, dass ein guter Ermittler ein Notizbuch mitführt.«

Neumann verbat sich die Belehrung, errötete aber wieder einmal. Münster zog mit einer raumgreifenden Geste sein Notizbuch hervor, auch er bevorzugte Marke Soennecken, und notierte selbst, Ännchen sei gestern Abend nicht nach Hause gekommen, obwohl es mit der Mutter so abgemacht gewesen sei. Münster fühlte sich stark und der Asbach in der Flasche funkelte munter dazu. Wie ein heimlicher Komplize, geistreich wie er.

»Vor Einbruch der Dunkelheit sollte sie stets daheim sein«, klagte die Mutter.

Zweimal hatte er heute schon abgelehnt, wenn es etwas zu trinken gab, überlegte Münster.

»Seit wir verdunkeln müssen, macht der Ort seinem Namen alle Ehre«, ergänzte Christoph.

»Warum?«, fragte Münster. Überflüssigerweise. Er hatte nicht aufgepasst.

»Finsterbergen.«

Neumann repetierte mit ihnen die vaterländischen Pflichten. Selbst von den kleinsten Orten durften keine Lichtsignale ausgehen, die feindlichen Bomberverbänden Orientierung bieten könnten. Niemand wagte, dem Offizier zu widersprechen. Gertrud schielte sehnsüchtig nach ihrer Kippe. Wenn auch nur ein feindliches Flugzeug unser Reichsgebiet überfliegt, will ich Meier heißen! Wie lange war es her, dass Göring das gesagt hatte?

Christoph schaute aus dem Fenster. Tagsüber, erzählte Gertrud, habe Ännchen im Lindesaal ihre Texte geprobt, weil sie in der nächsten Woche nach Berlin reisen sollte, zur Aufnahmeprüfung für ihre Schauspielausbildung. Das war die einzige Schauspielschule im Reich, die gegenwärtig ihren Betrieb aufrechterhielt. Der pensionierte Kantor Stahl habe sie am Klavier begleitet, alles, angefangen von der Operette, aber vor allem Wagner, natürlich. Der stehe hier im Dorf hoch im Kurs, das würden sie noch merken.

»Kantor Stahl?«, fragte Münster.

Christoph musste grinsen. »I wo. Wagner.«

»Wir bleiben beim Wasser«, sagte Neumann, als Gertrud nach dem Asbach griff.

Sie erstarrte und kippte langsam zurück an Christophs Schulter. »Sie war etwas ganz Einzigartiges«, sagte Gertrud.

»Das war sie«, sagte Christoph, »ein großes Talent.«

»Mein Täubchen!«, murmelte Dr. Dielenschneider.

»Der war sowieso immer dagegen.« Gertrud machte eine wegwerfende Handbewegung in Richtung ihres Mannes. »Dabei hat Ännchen den Wagner immer nur für ihn angestimmt.« Der Platz in der Schauspielschule sei ein Geschenk der Vorsehung. Das habe Dr. Dielenschneider nie kapiert. Kein geringerer als SS-Oberführer Rudolf Peuckert habe sich in Berlin für Ännchen verwendet, weil sie so schön getanzt und gesungen habe mit der Finsterberger Trachtengruppe bei den Landesbauerntagen im Kurhaus Felsenstein. Die wurden unter Peuckerts Vorsitz jedes Jahr in Finsterbergen abgehalten, bevor die Bolschewisten dem Führer den verdammten Krieg aufgezwungen hätten.

In der Trachtengruppe tanzten sie alle mit, schon unsere kleinen Pimpfe. Mit ihrem Milchgebiss strahlten sie aus der Thüringer

Waldsaumtracht und himmelten die größeren Mädchen an. Eine scharfe Konkurrenz für das eifersüchtige Ding. Doch Ännchen warf das ganze Gewicht ihrer Frühreife in die Waagschale, das zog noch mehr als die pure Niedlichkeit. So ragte Ännchen stets hervor, entzückte Sauckel und die anwesende Prominenz. Peuckert habe das wiederholt gesagt, und da habe sie als Mutter es gewagt und die Frau seines Chauffeurs angesprochen. Die stammte aus Finsterbergen. Wer weiß, ob er nicht einmal mit Goebbels über sie gesprochen hätte, und Ännchen hätte in Babelsberg reüssiert.

An der Vergnüngsfront herrschte ein ständiger Hunger auf Frischfleisch aus der Provinz, da kannst du nicht mal von einer unrealistischen Erwartung sprechen.

»Aus der Traum«, sagte Gertrud, und jetzt war es ihr egal, wie sich eine deutsche Mutter zu benehmen hatte; sie griff zu einem Kistchen und steckte sich eine neue Zigarette an. »Am Ende hat der hier Recht behalten.« Sie zeigte auf das Wrack im Schaukelstuhl, auf ihren Mann.

Ihr Neffe und der Kommissar ließen sich gerne einladen, die griffen zu den Zigaretten und kleinen Gläschen mit Weinbrand, die nun ausgegeben wurden. Neumann enthielt sich demonstrativ. Er schob sich lieber ein Bonbon in den Mund. Münster hob das Glas und sah durch das Fenster ins Sonnenlicht. Wie schön golden es leuchtete, wenn es sich darin brach. Münster dachte zurück. Gott hatte er gesucht und Isolde gefunden. Er roch am Glas. Er nippte. Aus den Augenwinkeln beobachtete er Christoph. Christoph regte sich nicht, machte aber große Augen. Münster kippte den restlichen Schnaps in einem Zug.

Neumann nahm eins der Bilder von der Anrichte. Dr. Dielenschneider und Klein-Ännchen beim Schlittschuhlaufen. Und beim Gondeln. Der Zahnarzt knuddelte Ännchen und schaute verliebt, Ännchen ließ die Haltung über sich ergehen, bis der Fotograf seine Arbeit getan hatte. Und doch wirkte sie nicht unfreundlich. Alles sah aus, als wären sie einmal eine richtige Familie gewesen.

»Auf den Reinhardsbrunner Teichen«, kommentierte die Mutter. »Da war er oft mit ihr. Als er noch konnte.«

»Besitzen Sie ein aktuelles Foto von Ännchen?«, fragte Münster.

»Das einzige, auf dem man sie richtig gut erkennt, hat er«, sagte Gertrud und deutete auf ihren Mann, der mit Ännchens Bild langsam vor sich hinschaukelte und immer noch »Mein Täubchen« flüsterte. Familienbilder gab es ansonsten in der Stube nicht. Nur ein mittelgroßes Portrait vom Führer und ein größeres Gemälde Wilhelms des Zweiten, zu dem der Führer demütig aufschauen musste.

Mit Bildern erzählt man die Geschichte seines Lebens, so wie man es gerne gehabt hätte. Aber manchmal erinnern sie einen auch daran, dass alles kaputt ist. Wenn Reinhold Münster ein altes Bild von Isolde sah, dann liebte er sie noch. Und er könnte sich die alte Isolde, die er geliebt hatte, also die junge, er könnte sie sich noch immer vorstellen, wie sie kucken würde, wenn er den Schnaps trank. Zu Trauer destillierte Wut. Ob es sich gelohnt habe, würde sie fragen. Überraschenderweise nicht, würde er antworten. Das Brennen im Mund hatte er vergessen. Die Vorfreude hatte Versprechungen gemacht und nicht gehalten. Noch könnte er sich entscheiden, und er spürte, dass es bei dem einen Moment der Schwäche bleiben könnte, einer Reminiszenz, die nicht in den Niedergang führt, sondern auf dem neuen Weg bestärkt …

»Nehmen Sie noch einen?«, fragte Christoph. Er hielt die Flasche hoch ins Licht.

Münster nickte. Er ließ sich einschenken und wandte sich an den Vater. »Sie sind also Arzt?«

Dielenschneider ließ sich hören, gab Antwort ohne aufzublicken. »Sauckel war selbstverständlich auch bei der Marine, zwar nur Matrose, aber ein guter, alter Kamerad. Ich habe ihn gesprochen, als er zuletzt in Finsterbergen war.«

»Arzt sind Sie also schon – aber zuerst Marineoffizier, ist es nicht so?«, sagte Münster.

»Besser!« Ein Lächeln flog über Dr. Dielenschneiders verheultes Gesicht. Die Erinnerung brachte Kraft zurück.

»Ich zeige ihnen was«, sagte der Mann und stand mit einem Ruck neben ihnen. Er ging an Münster vorbei auf Neumann zu, griff seinen Arm und führte ihn durch den Flur in sein Behandlungszimmer. Münster folgte ihnen. Schon im Flur fielen ihm gerahmte Stiche auf, die die kaiserliche Marine in allen Facetten zeigten.

»Willkommen auf der SMS Waldeslust«, sagte Dr. Dielenschneider, als sie eintraten.

Das Prunkstück des Behandlungszimmers war ein Wintergarten und darin, mittig angebracht ein großes Steuerrad, so dass man sich an die Fenster des Wintergartens stellen konnte, wie auf der Kapitänsbrücke, und mit etwas Fantasie durch den Frühnebel des dunklen Waldes die Wellenberge des Südatlantiks sehen. Mit Fantasie und Äther, nach dem es hier roch. Neben dem Behandlungsstuhl des Zahnarztes lockte ein Apothekerfläschchen, in dessen Hals ein Tuch steckte.

Münster nahm das Fläschchen in die Hand. Gegenüber stand ein Grammophon. »Sie betäuben Ihre Patienten damit?«, fragte er, doch er erhielt keine Antwort. Er stellte das Fläschchen wieder ab.

Neumann und der Zahnarzt standen vor einer Vitrine und betrachteten einen Sextanten.

»Ich beherrsche die Kunst, einen Stern zu schießen! Er hat sie mich gelehrt.«

Er, das war für Zahnarzt Dielenschneider immer Graf Luckner, der Seeteufel, auf dessen Schiff »Seeadler« ein Zahnarzt gesucht wurde, als der junge Heinrich Dielenschneider an der Pier stand. Eben noch rechtzeitig war er von einem Auswanderungsversuch in die Vereinigten Staaten zurückgekehrt. Im Gepäck hatte er nichts als einen gekauften Doktor in Zahnmedizin und vier Zentner patriotischer Regungen. Er ließ sich schnell überzeugen, verkleidet als norwegischer Matrose anzuheuern für eine große Fahrt in geheimer Mission. Graf Luckner zog in den alliierten Nachschublinien manchen Zahn mit seinem als norwegisches Kauffahrteischiff getarnten Kreuzer – und Dr. Heinrich Dielenschneider zog manchen Zahn bei Graf Luckner, seinen Matrosen und den gefangenen Franzosen und Engländern, die ihren Dienst getan hatten auf den aufgebrachten Schiffen und bei Luckner unter Deck ausharren mussten, bis er sie in irgendeinem Kolonialhafen von Bord schmeißen konnte.

Der Krieg formte, den Umständen entsprechend, aus Dielenschneider einen passablen Zahnarzt, der nach der Schmach von Versailles in das kleine Dorf zurückkehrte, das er zehn Jahre zuvor voller Hoffnung verlassen hatte. Dort hielt man ihn anfänglich für einen, der es zu was gebracht hatte, aber Dielenschneider selbst wusste es besser und überzeugte nach und nach die Dorfgemeinschaft. In seinen hellen Momenten. In seinen weniger hellen Momenten vergaß er einfach, wohin es ihn verschlagen hatte, und war wieder ganz an Bord. Dort war er zwar ebenso gefürchtet, aber keineswegs so verlacht wie hier, in der süßen Heimat.

»Zurzeit haben wir wieder viele Franzosen hier«, sinnierte Dielenschneider, als wäre es ein gutes Omen. Eine gemeinsame Fotografie mit Luckner nahm den Ehrenplatz über dem Schreibtisch ein. Daneben, mit Braunstich, zwei Seekadetten: Heinrich Dielenschneiders leibliche Söhne aus erster Ehe. Sie hatten die Düsternis Finsterbergens gegen die hellen und weiten Flure eines U-Bootes eingetauscht, wo sie wetteiferten, wer als erster von ihnen zum Kapitänleutnant aufsteigen würde. Oder zum Meeresgrund hinab.

»Der Sextant, handelt es sich um das Original von Bord?«

Dielenschneider nickte. Neumann sagte, er habe in den Erinnerungen des Seeteufels nichts von einem Zahnarzt gelesen, doch Kommissar Münster sprang dem Doktor bei und meinte, als Zahnarzt erführe man dafür sicher viel Dankbarkeit auf See, selbst wenn man später in keinem Heldenepos auftauche. Klar, dass er sie selbst auch gelesen habe. Er sei der Ansicht, ein Sextant sei immerhin ein würdigeres Andenken als ein verfaulter Zahn.

»Ein stiller Held des Weltkrieges«, murmelte Neumann, bat um Erlaubnis, stellte sich an Dielenschneiders Steuerrad und drehte daran, als könne er durch den Thüringer Wald navigieren. Sacht wiegte er den Körper in den Knien, als ob er eine zarte Wellenbewegung ausgleichen müsse.

Der Wald und das Meer haben einiges gemein. Sie verschlucken Dinge, die sie nie mehr herausgeben, und wenn doch, dann zu Zeiten und an Orten, die niemand voraussagen kann. Möglich, du stehst ratlos vor dem Fund und fragst dich, aus welcher Zeit er angespült worden sein mag. Und ob es schön war, damals.

»Haben Sie nie überlegt, zur Marine zu gehen?«, fragte Dielenschneider den SD-Mann.

Bedauernd zeigte Neumann seine SS-Runen. »Die Vorsehung hat es anders gewollt.«

Schritte auf dem Flur. Christoph humpelte in das Behandlungszimmer, direkt gefolgt von seiner Tante, Ännchens Mutter. Dielenschneider fuhr herum. »Du betrittst die Brücke nicht!«

Christoph wankte, überrumpelt vom Zornesausbruch, zurück in den Flur. Münster war zusammengezuckt und starrte Christoph hinterher. »Eine bestimmte Sorte Zivilisten dulde ich nicht«, erklärte Dielenschneider.

»Er ist nie wieder hier angekommen«, sagte Frau Dielenschneider und zog Münster hinter sich her in die Stube zurück. Ihr Mann rief ihr nach: »Und sag ihm, ich will meine Seekiste zurück!«

Neumann zögerte und machte dann schließlich ebenfalls kehrt, den anderen zur Stube zu folgen, und überließ dem Doktor das Ruder. Dielenschneider schien nicht zu merken, dass er alleine auf seiner Brücke zurückblieb. Doch bevor die Tür zufiel, bat der Kapitän laut den Obersturmführer, auf ein Wort an seiner Seite zu bleiben. Neumann schwang triumphierend den rechten Zeigefinger in die Luft und kehrte auf dem Absatz um.

»Ganz im Vertrauen«, sagte ihm der Kapitän, »auf Zivilisten kann man dieser Tage nicht zählen. Dieser Ort hier hat seine Geheimnisse.« Er zeigte auf Finsterbergen da draußen. Dann schloss er die Tür hinter den anderen. Geheimnisse seien etwas für Offiziere, besonders wenn sie – so sagte er wirklich – kriegsentscheidend seien. Einmal werde er sie mit dem Obersturmführer teilen, deutete er an. Eventuell. Neumann verbeugte sich. Er sei gespannt.

Kriminalkommissar Münster hatte mit Frau Dielenschneider und Christoph wieder in der Stube Platz genommen. Beide Männer atmeten schwer, sagten aber nichts.

»Ich würde sagen, wir nehmen noch einen«, brach Gertrud Dielenschneider das Schweigen und schenkte neuen Weinbrand aus. Von zwei Räumen weiter hörte man es knacken und knarzen, und dann dröhnte die Ouvertüre zum Fliegenden Holländer aus dem Behandlungsraum des Zahnarztes herüber.

»Wie ist es nun mit dem Bild?«, fragte Münster und wischte sich mit dem Handrücken über die Lippen. Langsam spürte er den Geist des Weines zu Kopf steigen. Wie auch anders, so komplett entwöhnt, wie er war?

»Lassen Sie ihm doch sein Bild«, bat Gertrud, »unser Fotograf wird Ihnen gerne noch einen Abzug machen. Die Negative hat er im Archiv. Foto Blüthner am Hindenburgplatz.«

Es folgten noch mehrere Runden und einige Scheiben Thüringer Graubrot mit roter Wurst, wie man sie nur noch auf dem Dorf in solchen Mengen erhielt. Reinhold Münster und Christoph kauten und soffen ohne Worte, warfen einander nichts zu als wissend lauernde Blicke.

Gertrud bediente sie und stellte belanglose Fragen, auf die sie Antwort weder erhielt noch erwartete: über den Frontverlauf und ob es dem Herrn Kommissar in Finsterbergen gefalle.

»Sind Sie unverheiratet, Herr Kommissar?«, fragte Gertrud schließlich.

Christoph betrachtete den Ringfinger von Münsters rechter Hand. Er wies eine deutliche Delle auf, als ob er jahrelang einen Ring getragen hätte – oder für gewöhnlich trug. Bevor Münster antworten konnte, sagte sie, dass sie es ja sehen könne. Und dass ihr Neffe auch immer Pech gehabt habe mit den Frauen. Christoph dachte nur, dass sie bestimmt nicht gesehen hatte, was er sah. Und dass Pech das falsche Wort sei. Münster dachte genauso. Aber dass sie viel sah, selbst durch die Schleier des Weinbrands hindurch, das merkte er sich. Und er könnte aus der Haut fahren, wenn er sich klarmachte, dass Christoph genauso dachte, und dass er schon zu sehr benebelt war, um sich noch wehren zu können.

Endlich kam Neumann von der Besprechung mit dem Kapitän zurück, verklärt lächelnd, als hätte er dem Führer persönlich die Hand drücken dürfen. Er verabschiedete sich gleich bei Frau Dielenschneider und zog Münster vom Stuhl hoch und mit nach draußen.

»Er macht mir Angst in der letzten Zeit«, sagte Gertrud zu Christoph, als die Ermittler aufgebrochen waren, Münster dabei erstaunlich trittsicher trotz der Schnäpse.

Zwischen Gertruds Lippen wippte die Zigarette auf und nieder, nicht vom Seegang, sondern von kräftigen Zügen. Christoph stützte sich auf die Anrichte. Gertrud rückte an ihn heran. Sie legte die Zigarette ab. Ihre Finger durchfurchten ihr Haar.

»Meinst du, sie werden das Schwein kriegen?«

»Polizei.« Christoph spuckte das Wort aus. »Irgendeinen werden sie schon hängen. Das nennen sie Gerechtigkeit. Aber dein Ännchen wird davon nicht wieder lebendig.«

»Unser Ännchen, Christoph, unser. Wenn du etwas weißt, dann musst du es mir sagen, hörst du, Christoph? Dann sag es mir. Nicht der Polizei.«

»Was sollte ich wissen?«

»Dass du es rauskriegen wirst, meinte ich.«

Christoph starrte an ihr vorbei. Sie umklammerte seine Hand. Er ließ sie ihr.

»Ich werde nichts sagen«, sagte Gertrud und küsste sacht seine Finger. »Nichts, was du nicht willst.«

Sie führte die Hand zu seinem Herzen. »Was ist nur los mit dir, Christoph? Du hast dich irgendwo da drinnen verloren. Wirst du dich einmal deiner alten Tante anvertrauen?«

Dabei versuchte sie ein Lächeln, das Christoph zeigen sollte, so alt sei sie auch nicht. Christoph zog seine Hand aus der ihren, etwas zu schnell, als dass Gertrud denken konnte, es ginge nur um die paar Jahre Abstand.

»Rauchen wir noch eine«, sagte sie.

Was die Verpflegung im Haus Thule anging, hatte Huthgang nicht zu viel versprochen. Neumann und Münster saßen am kleinen Tisch neben dem Fenster, die Familie des Wirtes drängte sich am großen Esstisch um einen Topf mit gekochten Kartoffeln. Daraus bediente sich jeder mit einer großen Gabel. Gemeinsam hatten sie den ganzen Tag Heu gemacht, und sie langten gierig zu. Der Großvater zeigte einiges Geschick, obwohl er nur einen Arm besaß. Den Linken hatte noch der Kaiser von ihm gefordert. Die Rechte reckte er nun für ein neues Reich. Der leere Platz des Vaters stach ins Auge, weil um die Tafel neben dem Opa noch die Mutter und sieben Kinder Platz finden mussten, das jüngste in Gestalt eines Zweijährigen auf dem Schoß der Mutter. Renate Geils hatte entschlossen den Weg zum goldenen Mutterkreuz eingeschlagen und verlieh offen ihrer Kränkung Ausdruck, dass sie den achten und letzten Schritt nicht gehen konnte. Der Führer brauchte ihren Mann auf Kreta. Ganz gerecht konnte sie das nicht finden.

Für Neumann und Münster hatte man Bratkartoffeln gerichtet und Schinken hervorgeholt. Dazu tranken sie helles Waldbräu aus Humpen. Die Kinder hatten es aus der »Linde« geholt. »Lebten itzo die Ritter, die flinken, sie würden nur Thüringer-Wald-Bräu trinken.« Der Spruch prangte über der Brauerei im Hotel zur Linde. In Weimar gab es nur noch das dunkle Einfachbier, wenn man nicht im Elephanten logierte, dem Hotel des Führers. Der Versuchung konnte man widerstehen. Aber dieser Versuchung hier – nun gut, der brauchte man auch nicht mehr zu widerstehen. Es war Münster, als spülte er Isolde mit jedem Schluck mehr die Kehle hinunter, und was die Kehle zusammengeschnürt hatte, das lockerte sich.

In der »Linde«, Finsterbergen, hat der Führer nie geschlafen. Das wäre mal was gewesen! Aber einmal war er im offenen Wagen durch Catterfeld gefahren, nördlich gelegen, hinter dem Johannisberg. Albin hatte es gesehen und alle seine Geschwister. Die kleinen Mädchen hatten extra neue Lackschühchen bekommen.

Der halbstarke Junge im Hause Geils starrte bewundernd zu Neumann hinüber und stellte sich, sobald die Gäste ihre Teller geleert hatten, höflich vor, um Neumann nach seinen Fronterlebnissen zu befragen. Aber Neumann flüchtete von der Front in Floskeln und versuchte, ihn abzuwimmeln, was der Junge aber nicht bemerkte, dafür der alte Wirt. Der Großvater legte Albin die verbliebene Hand auf die Schulter und erklärte, Entschuldigung heischend, die Jungen im Dorfe seien in einer schwierigen Lage. Die Meister seien fort, die Lehren seien unterbrochen oder nur noch Schmalspur, die Jungen zu Haus- und Feldarbeit verdammt. Immerhin, wer in der Landwirtschaft sei oder sich für die Waffen-SS freiwillig gemeldet habe, der spare die Monate beim Reichsarbeitsdienst. Die Knaben im Dorfe setzten gewöhnlich auf beide Karten. Die SS nehme nicht jeden! Was richtig so sei. Bis es also soweit sei, müssten sie zu Hause mehr schlecht als recht die Aufgaben der kämpfenden Väter tun. Zum Glück gebe die HJ ihnen das Gefühl, lebenswert zu sein durch Streifendienst, Sammelaktionen und so weiter. Und Hilfsbriefträger seien sie auch. Die Vorsehung habe ihnen Schulmeister Huthgang gesandt, der in der Lage sei, die Kraft der Jungen in die richtige Richtung zu lenken. Bloß diese ewigen Wagneropern, die Huthgang immer abspiele!

Da sei ihm als einfachem Thüringer Mann nicht klar, wofür das gut sei.

»Blut und Ehre!«, sagte der Spross völlig unpassend in das Gespräch hinein, als wäre das die Antwort.

Er solle sich keine Sorgen machen, seine Zeit komme, sagte Münster dem Knaben voraus, nach Pythias Art mit schwerer Zunge. Und Neumann, er versicherte dem Großvater, sie sprächen in der Familie ein verblüffend gutes Hochdeutsch, was den Alten sichtlich kränkte.

»Wir haben seit vierzig Jahren Gäste im Hause«, erklärte er, was immerhin einleuchtete. Die Beleidigung wollte er dem Städter aber in kleiner Münze heimzahlen, indem er Neumann einen alten Witz als einheimische Anekdote verkaufte, und er erzählte von dem Städter, der aufs Land kam, um Schweine zu züchten – einzig mit dem Wissen, dass er seiner Sau ein Stelldichein mit einem Eber ermöglichen müsse, und wie der Städter dann, unwissend, wie lange sie wohl trächtig sei, die Sau solange täglich zum Nachbarn fuhr, bis sie des Morgens schon von selbst die Schubkarre bestieg.

Geils verhaute die Pointe, aber Neumann musste sich dennoch das Lachen verkneifen. Renate blickte verträumt herüber und klimperte Münster mit müden Augen zu. Sie kannte alle Witze schon. Bevor sie ging, stellte sie fest, er, der Kommissar, sei wahrscheinlich nicht verheiratet.

»Wahrscheinlich nicht«, sagte Münster und sah verloren aus wie ein dicker Junge an der Sprossenwand. Er knetete noch den restlichen Abend seinen dünnen rechten Ringfinger. Die Delle musste irgendwie noch raus.

Es wurde still und völlig dunkel. Und doch wälzte Münster sich im Bett, was nur teilweise mit der Hitze zusammenhing. Auf dem Flur hörte er die Schritte von Renate Geils, deren Kinder endlich schliefen. Und Renate war fleißig, musste die Gänge auf und ab, dass die Dielen nur so knarzten. Münster schwitzte. Traumbilder jagten ihn. Isolde nackt, mit Diakonissenhaube und einer Spritze

Schnaps. Er lief und lief und schüttelte sie nicht ab. Erst waren es die Flure im Sophienhaus in Weimar, dann ging es durch die Fichten. Da verwandelte sich ihre weiße Haube und die breite Schleife darunter und sie wurden Ohren und Schnurrhaare. Bald packte sie sein Bein, bald schlug sie ihre Zähne hinein als blutrünstiges Kaninchen. Er war nackt, nackt wie Ännchen. »Wie kriege ich nur deine Beine auseinander?«, fragte das Kaninchen. Er schreckte hoch.

Es hatte geklopft. »Alles in Ordnung«, rief er zur Zimmertür hin. »Ich habe geträumt.«

Renate ging wieder. Aber sie wiegte ihn zurück in den Schlaf durch das sanfte Knarzen der Dielen. Sie hatte auf ihn achtgegeben.

5. Kapitel

Der Morgen brachte Kopfschmerzen. Es war, als hätten die Hähne sie herbeigeschrien, aber Münster ließ sich nichts vormachen. Im Haus herrschte früh Betrieb. Die Familie kam vom Heumachen, als die Ermittler um kurz nach sieben zum Frühstück erschienen, Malzkaffee und Haferbrei. Die Gastgeber schienen dankbar, dass die Gäste rasch aufbrachen.

»Was denken Sie, Neumann?«, fragte Münster unterwegs.

»Was?«

»Sie waren mit Dr. Dielenschneider allein. Haben Sie ihm irgendetwas entlocken können?«

»Das fiel mir nicht schwer. Im Interesse unserer Ermittlungen musste ich ihn sogar bremsen. Ich glaube, mit Verlaub, er findet in seiner Verwandtschaft kaum Ohren, die sich ihm angemessen öffnen. Aber ich … Bisher kannte ich die Fahrten der SMS Seeadler nur von Luckners Hand. Die Memoiren! Dass noch jemand lebt, der die Geschichte ergänzen kann – und dass ich hier so jemanden auftue.«

Den Ortschronisten kann das natürlich nicht überraschen. Immer wieder interessant, was du auf dem Dorf für Leute ausgraben kannst. Ist halt nicht alles Provinz, was danach aussieht.

»Haben Sie ihn gefragt, weshalb er seinem Neffen den Zutritt zur Brücke verboten hat?«

Sogleich biss Münster sich auf die Zunge.

Neumann gab zu, ihm sei das nicht in den Sinn gekommen, weil er es nur für natürlich gehalten habe, einen hinkenden Banausen auszusperren. Aber wenn Münster es wünsche, Dielenschneider habe ihn, Neumann, eingeladen, jederzeit wiederzukommen und sich alles erzählen zu lassen; es gebe noch Geheimnisse, wie er angedeutet habe, und die für den Fall, möglicherweise aber noch viel weiter reichend, von Relevanz seien. Münster habe sehr Recht, der Krüppel sei verdächtig.

So wolle er es nicht gemeint haben, wiegelte Münster ab, vor den Schlussfolgerungen stünden saubere und gründliche Überlegungen. In seinem Kopf pulsierte es.

Auf dem Hindenburgplatz erinnerte ein Obelisk die Thüringer Bürger an ihre Helden vergangener Kriege. Amseln sprangen herum, pietätvoll in schwarzem Gewand. Ihr Frühlied verklang, und die Finsterberger nahmen ihre Geschäfte auf. An der Ecke die Fleischerei von August Dielenschneider. Gegenüber befand sich das Fotoatelier Blüthner. Neumann rüttelte an der Tür.

»Erst ab acht«, las Münster. Das Thermometer an der Tür zeigte bereits zwanzig Grad. Die Helligkeit tat in den Augen weh. Der Kommissar trank aus dem Brunnen.

Alte Frauen traten vor die Türen, als wollten sie lediglich wie jeden Morgen die Kuhfladen, die auf der Straße zurückgeblieben waren, in ihre Ascheneimer schaufeln, nachdem der Hutmann, der jüngere, der der noch Tiere zur Weide trieb, mit den Kühen ausgezogen war zu den Waldwiesen oben am Rennsteig. Die Großmütterchen stierten so betont unauffällig zu den beiden Ermittlern hinüber, wie Tertianer schauen, die nicht sich heimlich für die Werbung mit der Damenunterwäsche interessieren.

Das Schaufenster des Fotografen lockte mit den Bildern aus frohen Tagen der Sommerfrische. Bei jenen Gästemassen war es kein Wunder, dass der kleine Ort mehrere Fotografen ernähren konnte. Den größten Raum nahmen die Hochzeiten ein; sie gaben allen das Signal, dass das Leben weitergehen musste. Man konnte sich allerdings fragen, wer auf lange Sicht den Wettlauf gewinnen würde: die Kriege, die ihren Blutzoll aus dem Thüringer Dorfe pressten, oder die Finsterberger Mütter, die neues Menschenmaterial zwischen ihren Beinen hervorpressten. Die Waage neigte sich, fiel Münster auf. »Keine Männer auf den Hochzeitsbildern, Neumann, keine Männer.«

Neumann schaute grimmig. Es waren Gesellschaften ganz in weiß, Mädchen und junge Frauen im Vordergrund, die Alten im Hintergrund wie eine böse Erinnerung. Bloß in der Mitte des Bildes lächelten gequält die Bräutigame in ihrer Ausgehuniform. Der Tod 1943 führte keine langen Scheidungsprozesse. Drei Tage Fronturlaub gab es für die Eheschließung, aber ob man sich je wiedersähe, ob der brave Soldat erleben würde, wie sich der Bauch der Angetrauten wölbte und der Führer aus seiner Hand neues Leben empfangen könnte; oder ob ihm einmal am Gartentor das Kind auf kleinen Füßchen entgegenwackeln würde, die Hände ausgestreckt zum Vater, das schien vage. Und selbst wenn es so käme, wenn er in Russland zielsicherer wäre als der Iwan – wer könnte ihm dafür bürgen, dass er selbst an der Heimatfront den entscheidenden Schuss abgegeben hätte, wo der Führer den Geburtenkrieg ausgerufen hatte? Ganz sicher war das in Finsterbergen ohnehin nie.

Neumann wiegelte ab und erklärte, es seien sicherlich viele an der Front, aber der Fotograf sei ein Mann, und dann gebe es noch diesen Krüppel. Er zeigte auf Christoph, der trotzig mitgefeiert hatte. Ein Stammgast.

»Der tanzt auf allen Hochzeiten«, tönte hinter ihnen eine fröhliche Stimme. »Christoph Rudolf, ein begehrter Junggeselle!«

Ein älterer Herr in aufrechter Haltung, hatte sich genähert, einen Schlüsselbund vor sich herschwingend, mit dem er gleich den Laden öffnen würde. Sein Bart appellierte an die Bereitschaft, dem Führer mindestens in modischen Angelegenheiten zu folgen, während sein Parfum etwas überraschend Weltmännisches versprühte, das über den Braunauer Zollbeamtensohn hinauswies wie ein Kronleuchter in einem Schweinestall. »Oder sind Sie wegen eines Bildes mit dem alten Enoch hier? Dem Hirten? Dann kommen Sie am Abend wieder.«

»Wie meinen Sie das mit den Hochzeiten?«, sprang ihn Neumann an.

»Jeder sucht Trost in schwerer Zeit«, schmunzelte er, als wäre er nur bekümmert, dass er selbst zu alt war, um Christoph bei diesem Dienst an der Heimatfront zu unterstützen. »Einmal war er fort, der Christoph, ein anderes Leben, und verlobt mit einem hübschen, jungen Ding aus gutem Hause. Die Hochzeit war schon angekündigt. Aber als er zurück nach Finsterbergen ging und auf Tischler umsattelte, löste sie die Verlobung. Seitdem hat er sich nie mehr fest liiert.«

Er wies auf eine Gruppe von Fremdarbeitern, die bergab zur Mühle liefen – oder zur Besenfabrik, denn noch hatte sich der Weg nicht gegabelt. »Seien Sie vor allem froh, dass diese hier nicht zum Trösten unserer Weiber kommen. Unsere Fremdarbeiter.«

»Woher?«, schnarrte Neumann.

»Die Männer da sind Franzosen, davon haben wir viele. Die dürfen sich recht frei bewegen. Ansonsten haben wir nur Serben, aber die müssen beim ersten Hahnenschrei im Steinbruch sein.«

»Gut so«, sagte der Obersturmführer.

Auf einem Herrenrad fuhr lachend die Schöne von gestern Mittag vorbei, zog an den Franzosen vorbei und winkte. Neumann winkte zurück, obwohl er nicht wissen konnte, ob sie ihm winkte oder den Franzosen. Dabei wünscht man sich doch nur, ihr den Gefallen selbst zu tun und ein Fahrrad zu verborgen.

»Die ist schon ein besonderes Exemplar«, gab Blüthner zu, »sie kocht für die Franzosen unten im Sägewerk.«

Neumann errötete wiederum, wodurch seine schwarze Uniform für einen Augenblick ihren Schrecken verlor, wie ein bellender Köter, dem man eine gute Thüringer Wurst hinwarf.

»Man kann sie ja nicht verhungern lassen«, meinte Blüthner, wartete aber vergeblich auf Neumanns Zustimmung. Der Fotograf erwähnte ein rotes Sofa, das in Christophs Werkstatt stehe und fragte, ob das nicht ein ungewöhnlicher Einrichtungsgegenstand für eine Werkstatt sei. Ein schiefer Blick paarte sich mit einem zweideutigen Lächeln. Neumann befahl ihm, Abzüge der Fotos von Ännchen herzustellen, und zwar wie der Blitz, sonst würde er sich fragen, wie man mit Leuten umgehen müsse, die das Treiben von so einem Kameradenschwein wie Christoph Rudolf noch für amüsant hielten.

»Ich war in Flandern, Herr Obersturmführer, da werde ich mich von Ihnen nicht ins Bockshorn jagen lassen.«

Er verschwand in seinem Laden, man hörte es klimpern, und wenig später stand er bei ihnen auf der Straße und zwang Münster, der dem Befehl gerne folgte, und Neumann, der ein schlechtes Gewissen dabei spürte, mit ihm einen kleinen Korn zu trinken; dabei präsentierte er ein Eisernes Kreuz. Münster, der sich beim Aufstehen noch vorgenommen hatte, nüchtern zu bleiben, griff als erster zu.

»Huthgang hat keines«, brüstete sich Blüthner. »Der ist in der Etappe versauert!«

Erst als er merkte, dass er ihnen keine Neuigkeiten entlocken konnte, erklomm er die Stufen zu seinem Ladenlokal und stellte in Aussicht, bis zum folgenden Tag etwas Passendes bereitzuhalten.

Als Münster und Neumann sich umwandten, flitzte einer der Hitlerjungen von der Hindenburgstraße her auf sie zu und kam so plötzlich zu stehen, als wäre er auf einen Rechen getreten. Sie erkannten ihn als den Burschen aus der Pension. Albin. Er keuchte eine Einladung Huthgangs heraus, der Herr Obersturmführer und der Herr Kommissar möchten sich nach Möglichkeit noch am selben Vormittag in seiner Schule einfinden.

Auf dem roten Sofa in der Tischlerbaracke saß derweil die blasse Grete und befeuchtete ihre kaum vorhandenen Lippen mit der Zunge. Die gute Frau Doktorin Dielenschneider hatte ihr Hausmädchen auf einen Gang nach Schönau geschickt. Grete löste ihr streng am Hinterkopf verknotetes Haar. Ein Kinn hatte sie irgendwie nicht. Christoph saß breitbeinig auf einem Schemel ihr gegenüber und stierte an ihr vorbei ins Tal. Als könnte man irgendwas erkennen. Er dachte an früher, und dass die Leute damals klüger waren.

Großvater und Vater rühmten die Leute bis weit über unser Dorf hinaus für ihre Intarsien und die feinen Möbel. Das Sägewerk war einst die Grundlage ihres gediegenen Wohlstands. »Peitsche schwingen reicht nicht aus«, hatte Opa immer gesagt. Es genügt nicht, etwas zu besitzen. Damit es dir gehört, musst du es durchdringen. Dann werden sie dich respektieren.

Onkel Fritz durchdrang später noch so einigermaßen, als er den Laden führte, bis es bei ihm mit dem Zittern losging. Bei Christoph reichte es zu Särgen, die er mit einfachen Schnitzereien verzierte. Am Wohlstand erfreuten sich nun andere. Aber der Wohlstand ist, wie die Alten sagen, unstet wie ein Sommerfrischler, der bald schwärmt, dass du denkst, jetzt baut er sich eine Hütte bei uns, doch dann reist er ab, Hals über Kopf, springt bei Weingartens in den Bus und wird nicht mehr gesehen. Der Opa war schlau. Der blieb sein ganzes Leben ein Sozi, selbst als er schon der reichste Mann im Dorf war. Vergiss nie, wo du herkommst, sagte der. Und: leben und leben lassen.

»Sonst hast du dich doch immer gefreut, wenn ich bei dir vorbeikam. Kann ich dir denn nicht beistehen in diesen Tagen, Christoph?«

Er antwortete nicht. Selbst, ob er sich gefreut hatte, ließ er offen.

»Ich dachte, im Tal wäre es kühler«, sagte Grete.

»Die Marianne wird bald kommen. Ich zeige ihr das Schnitzen.«

Grete fächerte sich Luft zu und öffnete den obersten Knopf der Bluse.

»Die ist doch in der Schule. Zeig du mir, wie man schnitzt, Christoph.« Christoph schaute unwillig. »Hat Ännchen es auch von dir gelernt, das Schnitzen?«

»Sicher. Was willst du?«

»Dass du mit mir machst, was du mit Ännchen gemacht hast.«

Christoph taxierte sie. Er stand auf und nahm ein Stück Lindenholz. Und ein Messer. Mit dem Schleifstein fuhr er über die Klinge. Er sah auf. Sie wartete. Er gab ihr das Holz in die Linke und das Messer in die Rechte. »Immer vom Körper weg.«

Grete fasste zu. »So?«, fragte sie, während ihre Linke sich um das Holz verkrampfte.

Christoph setzte sich neben sie. Er griff nach ihrer Rechten und führte mechanisch das Messer mit ihrer Hand.

Das hier brauchte mehr Zeit, als sie gedachte hatte.

Im letzten Herbst hatte es angefangen. Grete hatte öfter Station in Christophs Werkstatt gemacht. Wenn sie Christoph sah, kam Farbe in ihr bleiches Gesicht. Ihr kam sogar die Idee, sich mit einem Codewort zu verabreden, als würde die Tatsache, dass sie eine Affäre mit ihm anstrebte, sie zu einer kleinen Mata Hari werden lassen. In ihren Träumen. Wenn sie ihn gefragt hatte, ob er am Sonntag komme, und er hatte Ja gesagt, so sollte die Dienstherrin, die nicht nur von ihr, sondern zunehmend von Christoph Besitz ergriff, an den nächsten Gottesdienst in unserer Dreifaltigkeitskirche denken und keinen Verdacht schöpfen. Grete aber stellte sich vor, wie sie Liebe machen würden, nicht erst Sonntag, sondern direkt am nächsten Vormittag, wenn Grete vorschützte, sie müsse ihre spezielle Salbe aus der Apotheke in Georgenthal holen.

Christophs Hände, klar, die riefen viel eher nach Salbe als Gretchens, aber die Frauen stimmten, wenn sie unter sich waren, alle der Auffassung zu, seine Hände sollten bleiben, wie sie waren. Und nun lagen ihre, Gretes, Hände in den seinen. Dass diese Hände in erster Linie Särge zimmerten, wollte man für einen Augenblick vergessen. Davon träumte eine jede: einmal nicht an Särge denken, sondern an den Gatten oder den Verlobten, der bald in fremder Erde ruhen würde.

Grete schnitt sich.

»Aua«, rief sie. Das Messer fiel zu Boden.

Christoph hob es auf, indem er zwei Stöcke als Zange benutzte. Auf Gretes linkem Zeigefinger bildete sich ein großer Blutstropfen, den sie triumphierend durch die Luft schwenkte. Und dann schwang sie sich auf und nahm auf Christophs Schoß Platz, machte große Augen und steckte das verwundete Fingerglied in ihren Mund. Sie saugte und pustete.

»Es ist noch kein Meister vom Himmel gefallen«, sagte sie lächelnd.

Und während sie die Linke Christoph hinstreckte, damit nun er pusten konnte, öffnete sie mit der Rechten die nächstoberen Knöpfe der Bluse.

Schon seit Pfingsten hatte Christoph immer gesagt, diese Woche werde es nichts mit dem Gottesdienst, so dass Grete sich schon dachte, dass er gerade für den nächsten Vormittag verabredet sein musste. Sie hatte es hingenommen. Auch die augenzwinkernden Andeutungen anderer Frauen, von denen sie nie wusste, ob die sie nur aufziehen wollten, oder damit angeben, was sich abgespielt habe auf dem roten Sofa. Aber heute, nun, sollte es sein.

»Das ist kein sicherer Ort mehr, Grete. Und ich bin nicht der, für den du mich hältst.«

»Mir ist es egal, wer du bist.« Gretes Augen glitzerten hell, und ihre Haut war weich wie Weidenkätzchen. Ihre Bluse stand offen. Sie schob Christophs Hand weit hinein, damit er nachfühlen konnte. Auch wenn sie heute als überraschende Besucherin gekommen war, sollte er die Höflichkeit besitzen, ein kleines Gastgeschenk anzunehmen. Endlich, endlich begann er damit, auszupacken, was sie ihm mitgebracht hatte. »Sie sind größer als Ännchens, oder?«

»Ich weiß nicht, was du meinst«, sagte er.

Aber sie spürte, wie Christoph sie wog. Sie nestelte an seiner Hose.

»Wenn du magst, darfst du dabei an Ännchen denken«, sagte sie, als sie die Röcke raffte, »den früh verblichenen Traum aller Männer hier im Ort.«

Grete presste ihren Schoß auf seinen.

Christoph antwortete nicht.

»Nicht so zaghaft!«, sagte Grete.

»Was ist das?«, flüsterte Christoph.

»Oh, ich glaube, das weißt du ganz gut.«

Christoph legte ihr einen Finger auf den Mund, so dass nichts mehr zu hören war als das gleichmäßige Quietschen des Sofas und ein zartes Kratzen an der gegenüberliegenden Wand.

Der vertraute Lichtstrahl fehlte, der sonst des Vormittags zwischen den Dielen der Hütte hereinfiel – wenn nicht gerade jemand draußen stand.

Grete stöhnte auf, Christoph tuschelte ihr ins Ohr. Sie errötete und machte ein ernstes Gesicht, dann drehten sich beide gemächlich herum, als wollten sie eine bequemere Position einnehmen, doch im Nu stand Christoph an der Tür, riss sie auf und packte Albin Geils, den Halbstarken, am Schlafittchen. Er schob ihn mit dem Polizeigriff weiter in die Werkstatt. Grete schimpfte und spuckte dem Jungen ins Gesicht. Dessen HJ-Uniform war im Schritt schön verbeult.

»Die hier haben dir wohl gefallen?« Sie hob ihre Brüste an und hielt sie Albin entgegen. Möglicherweise hätte er zugegriffen, doch seine Hände steckten in Christophs Armen fest, wie die sechste Armee im Kessel an der Wolga gesteckt hatte. Mit genauso wenig Hoffnung auf Befreiung.

»Zieh dich an, Gretel!«, befahl Christoph, aber Grete war schon dabei.

»Was hast du mit ihm vor?«, fragte sie.

»Was ich längst hätte tun sollen. Ermitteln.«

Grete schüttelte den Kopf. »Sieh zu, dass du ihn ordentlich versohlst«, sagte sie, »damit er niemandem von uns erzählt.«

»Bei meinen Ermittlungen kommt eins zum andern.«

Albins Erregung hatte schon längst nachgelassen. Er zitterte vor Angst.

Grete schlug Albin zum Abschied auf die Nase und sich dann in die Büsche. Dass sie sich noch mal bei ihm blicken lasse, könne sich Christoph im Übrigen abschminken. Aber das war hoffentlich nur an Albin gerichtet.

Christoph stieß Albin auf das Sofa, auf dem eben noch Grete genommen werden wollte. Er baute sich vor ihm auf.

»Erstens: Ich will das ganze Heft haben. Zweitens: Ich muss mich umhören, wer sich hier noch so rumtreibt und seine Beobachtungen macht. Und du, Albin, wenn du jemals wissen willst, wie das ist, wenn du deinen kleinen Pimmel in eine Frau schiebst, dann rate ich dir eines: Von nun an wirst du mir Bericht erstatten – über alles, was sich hier im Dorfe so tut. Wenn Huthgang einen Furz lässt, erzähl es mir. Oder die Bäckerin oder der Zahnarzt oder der verrückte Professor. Und was diese beiden Bullen bei euch treiben im Hause Thule, will ich erst recht hören. Jedes Wort. Und wenn ich nichts von dir höre, mein Freund, dann komme ich und schneide deine Eier ab. Ist das deutlich?«

»Ja.«

Albin fuhr zusammen, als Christoph plötzlich ein großes Messer in der Hand hielt.

»Und du bist nie hier gewesen!«

»Hmmh.«

»Wiederhole!«

»Ich halte Augen und Ohren für dich auf! Und ich sage es niemandem, nicht mal Baldur.«

»Da fehlt noch was.«

»Das mit dem Heft wird schwierig. Baldur hat es unter Verschluss.«

Christoph hob das Messer auf Augenhöhe und führte Albin am Kragen zur Spitze hin.

»Du kriegst das Heft«, stammelte Albin. »Ich brauche nur Zeit.«

»Sonst?«

»Eier ab.«

»Dann verpiss dich.«

Albin rannte. Christoph knöpfte seine Hose zu, den oberen Knopf, den Grete aufgemacht hatte, griff einen Spazierstock und ging in Richtung des Sägewerkes.

Wenn du aus Finsterbergen weggehst, lachen sie dich zweimal aus. Einmal fürs Weggehen, das zweite Mal fürs Wiederkommen, nachdem du gescheitert bist in der weiten Welt. Dann aber lachen sie so richtig. So war es Christoph gegangen.

Als er fünf Jahre alt war, kannte er die Funktion sämtlicher Kurbeln und Bänder der Gattersäge. Als er neun war, rief er den Vorarbeitern zu anzuhalten, bevor etwas kaputt ging. Als er elf war, legte der Vater ihm die Hand auf die Schulter und sagte, irgendwann würde alles ihm gehören. Vater hatte schon vor, das Wohnhaus neben dem Sägewerk zu bauen.

Jetzt lief Christoph darauf zu und musste aufpassen, nicht zu fest daran zu denken, dass ihm nichts gehörte. Und in der oberen Wohnung lebte Peitschenpeters. Aus dem Fenster von Mariannes Zimmer unterm Wohnhausgiebel sieht man jeden, der den Steiger herauf- oder herabläuft. Das könnte mein Zimmer sein – oder dass meines Sohnes, dachte Christoph. Oder meiner Tochter. Mariannes Mutter war nett gewesen, nett und sehr still. Schön auch. Sie gingen in eine Klasse. Das hat Christoph nie verstanden, was sie an dem Tyrannen für einen Narren gefressen hatte. Hätte jeden haben können, nicht nur einen von den Bösen. Und von denen noch den König aller Idioten. Ob sie so einen gebraucht hat, oder ob sie es nicht besser gewusst hat? Manchmal hat sie es bereut, aber das war ein Geheimnis, das mal wieder nur Christoph kannte.

Christoph hörte, wie das Kreischen und Klappern der Maschinen stoppte, als er auf die Mühle zuging. Wenn überhaupt einer was bemerkt haben konnte, dann von der Mühle aus.

Früher hätten die Glocken die Pause für die Arbeiter in der Mühle angezeigt, heute zeigte die plötzliche Stille im Tal allen anderen, wann es Zeit war, innezuhalten.

Letztes Jahr noch hätte man im Tal das Mittagsgeläut der Dreifaltigkeitskirche hören müssen. Doch Glocken sind aus Bronze, und Bronze enthält Kupfer und Zinn, und niemand im Dorf wollte sich nachsagen lassen, um nostalgischer Stimmungen willen den Endsieg in Gefahr zu bringen. Man hatte die Glocken einschmelzen lassen, so dass sie in Form von Patronen im Osten dafür sorgten, dass irgendwelchen Kosaken nun nicht Mittag, dafür aber das letzte Stündlein schlug.

Opa sagte, die Dinge waren früher schwerer, aber schöner. Ob es schwerer gewesen sein konnte, als es jetzt war? Christoph zweifelte daran. Dass es schöner war damals, als seine kurzen Beine ihn zum Großvater getragen hatten, der im Hof stand und seinen Arbeitern erklärte, was zu tun sei, sich dann bückte und ihn in den Arm nahm, daran konnte man nicht rütteln.

Als Opa ging, kam der Tag, auf den Vater sein Leben lang gewartet hatte. Den Hunderttage-Fabrikanten riefen sie ihn noch immer, wenn sie seiner gedachten. Nach knapp drei Monaten als Holzfabrikant war Vater blau angelaufen und umgefallen. Die Dankbarkeit im Dorfe gegenüber den bodenständigen Unternehmern hielt nicht mehr lange vor: Onkel Fritz übernahm den ganzen Laden, aber da er jedes Jahr mehr zitterte, und die Zeiten waren unsicher, es war ja noch Republik, kamen die Herren Fink und Wietzerodt auf die Idee, ihm ein Angebot zu machen, das er nicht ablehnen konnte. Damals waren sie noch ein Herz und eine Seele. Fink hatte Kontakte und wenn sich herumsprach, dass Onkel Fritz in den besten Mannesjahren zum hirnkranken Tattergreisen mutierte, wie mancher in der weitläufigen Verwandtschaft vor ihm, dann ginge es ohnehin bergab, und wer sollte das Werk denn dann weiterführen? Die Bank würde nervös ob solcher Gerüchte. Christoph sei noch zu jung. Außer der Kaufsumme könnten sie

Fritz die Särge lassen, in Manufaktur, überhaupt die ganze Totengräberei, die war im Ort mehr Ehrensache als Geschäft.

Und wenn du nun mal keine Ehre hast ... Fink und Wietzerodt hielten nicht auf Ehrensachen.

Der kleine Christoph würde obendrein eine Option erhalten, die Mühle und das Geschäft zurückzukaufen, sollte er später einmal Interesse daran haben. Vorerst schickten sie ihn auf ihre Kosten zur höheren Schule nach Gotha, und in der Tatsache, dass er nicht der Dümmste war und sich dort gut schlug, sahen sie einen Beleg für den Wert ihrer Hilfsbereitschaft. Vor Christoph waren die Söhne von Dr. Dielenschneider die letzten, die in Gotha die Reifeprüfung ablegen sollten. Jemand wollte ihn aus dem Weg räumen. Da hatte er es das erste Mal gespürt.

Als die Schulzeit zu Ende ging, wusste Christoph zwei Dinge: Erstens, der Onkel wurde wütend, sobald es um das Tischlern ging. Sarg für Sarg rang er sich noch ab, sabbernd und fluchend. Und zweitens, irgendetwas stank zum Himmel und rief danach, in Ordnung gebracht zu werden. Besser als man das als Tischler konnte. Und doch zog er die Arbeitshose an, nahm den Hobel und begann seine Lehre daheim.

Die eine Sorge also blieb den Herren Fink und Wietzerodt, dass er seine Option einlösen würde; nicht einmal das große Feuer konnte Gewissheit schaffen, welches Fink und Wietzerodt endgültig reich machte und Christophs Option wertlos, jedenfalls was das Papier anging. Mittlerweile hatten die beiden Herren andere Sorgen. Fink stand im Feld, Wietzerodt genoss Schutzhaft.

Vorarbeiter Peitschen-Peters war damals noch ein ernstzunehmender Gegner, der verhindern konnte, dass Christoph sich der Mühle näherte. Prügeln, das geht auch besoffen. Das ging es immer schon. Im Gegensatz zu anderen Sachen, die man eigentlich mit seiner Frau machen sollte, Geschlechtsverkehr zum Beispiel. Das geht nicht gut besoffen. Die Schwangerschaft von Frau Peters hat im Dorf lange für Verwunderung gesorgt, fast mehr als die Frage, weshalb sie es so lange mit ihm aushielt. Man sah sie kaum.

Inzwischen war Wietzerodt im KZ. Fink hatte den Gestellungsbefehl erhalten. Und endlich bekam Peters im Sägewerk richtig was zu sagen. Aber zu spät. Der Schnaps hatte Peitschen-Peters den Verstand weggesprengt, da ging Christoph im Sägewerk nun wieder ein und aus, wie er wollte.

Im Hofe saßen die Fremdarbeiter in der Sonne und löffelten Eintopf aus Blechschüsseln. Nur einer aß nicht, und der hatte eine dicke Backe und ein Tuch um den Kiefer gebunden.

»Bongjour«, grüßte Christoph.

Die Franzosen lachten, und die schöne Frau, »Evi« riefen sie die Franzosen, sollte übersetzen, denn zu mehr als einem Gruß reichten Christophs Kenntnisse des Französischen kaum. Wenig taugten Evis Übersetzungen; sie nahm Hände und Füße zu Hilfe. Als Christoph wissen wollte, ob ihnen etwas Merkwürdiges aufgefallen sei, fiel das Stimmungsbarometer der Fremdarbeiter. Die Verständigung wurde unmöglich.

Schweigen im Walde.

Der Mord an Ännchen hatte sich herumgesprochen, und die Männer waren Realisten. Zwar war bereits die Kapitulation des Afrikakorps im Mai ein süßes Zeichen dafür gewesen, dass die Landung der Alliierten im Süden bevorstehe und Deutschland den Krieg verlieren werde – aber ihnen würde das überhaupt nichts nützen, wenn man sie bis dahin an eine Thüringer Dorflinde knüpfte, weil man Sündenböcke für den Tod arischer Mädchen bräuchte.

Christoph rollte die Augen. Er hasste es, wenn er so viele Worte machen musste. Sie täten recht damit, erklärte er, misstrauisch zu sein, aber gegenüber den Nazi-Ermittlern bräuchten sie Glaubwürdigeres als Schweigen oder eine unfähige Dolmetscherin, wenn sie von sich ablenken wollten, denn den Nazis komme es letztlich gelegen, wenn sie stumm seien, weil sie zu Protokoll nehmen könnten, was sie bräuchten; es sei also besser, sie würden sich abstimmen. Er hingegen, Christoph, sei eine Art Onkel von Ännchen, wie eine kleine Schwester sei sie für ihn gewesen, und sein Interesse gelte den Bemühungen, den tatsächlichen Mörder zur Strecke zu bringen. Wenn sie ihm nicht frei heraus sagten, was sie wüssten, dann werde er es anders herausfinden, das bedeute aber große Schmerzen für alle Beteiligten.

Mit den Augen durchbohrte Christoph den Kariespatienten, der prompt zusammenzuckte. Der instruktive Vortrag aktivierte die Deutschkenntnisse eines versprengten Lothringer Unteroffiziers, der im Kriegschaos in den Trupp der Zivilarbeiter geraten war, wo es ihm immerhin besser ging, als im Lager mit den anderen Kriegsgefangenen.

»Der Zahnarzt war nicht da«, sagte er und zeigte auf Philippe mit den Backenschmerzen. Die Männer lachten gekünstelt, und Philippe tat, als ärgere er sich über sie mehr als über den lästigen Fragesteller. Der Lothringer erzählte, dass Philippe Erlaubnis bekommen habe, sich in der Sprechstunde von Dr. Dielenschneider zu melden. Erst hätten die Patienten angenommen, Dr. Dielenschneider navigiere im seligen Ätherrausch durch andere Gefilde, doch als sie ihren Respekt überwunden hatten und die Tür zum Behandlungszimmer öffneten, fanden sie es leer. Man habe Philippes Problem deshalb robuster gelöst. Hier unten in der Mühle. Auf Zimmermannsart. Christoph lächelte. Damit kannte er sich aus.

»Heute ist es schon ein bisschen besser, was, Philippe?«, sagte der Lothringer. Phillippe verstand nicht, aber heulte ein kurzes Protestheulen.

»Weiter nichts?«, fragte er.

Evi sprang auf und flüsterte dem Lothringer ins Ohr. Der verstand nicht gleich oder wollte nicht verstehen. Schließlich winkte er einen der anderen herbei, sie unterhielten sich auf Französisch, und der Lothringer übersetzte für Christoph. »Dielenschneider ist hier unten gewesen; er wurde gesehen, wie er von der Totenbrücke in Richtung der Mühlen ging.« Und er ergänzte, Dielenschneider habe gewirkt, als wüsste er überhaupt nicht, wo er sei. Mehr getorkelt sei er durch das Tal, als gegangen.

»Sicher, dass er's war?«

»Den vergisst man doch nicht.«

»Und gab es einen Rückweg? Wie hat er es nach Hause geschafft?«

»Ich nehme an, die schöne Frau hat ihn gefunden. Sie ist ebenso durchs Tal gestolpert. Kurz zuvor. Ich nehme an, sie hat ihn gesucht.«

»Ännchen?«

»Nein, nein, nicht die Tote. Ihre Mutter.« Evi hatte sich eingemischt. Christoph starrte Evi kurz an. Dann wandte er sich ab.

6. Kapitel

Es ist dem Dorfchronisten kein Leichtes über diese Tage zu schreiben, denn die spätere Erinnerung hat vieles überformt, sowohl was die Ereignisse, als auch was die Zeitläufte angeht. Mancher wirft dem Chronisten vor, sich auszumalen, auszudenken, was geschehen ist. Denn wahr ist immerhin, dass man wieder Sozialdemokrat gewesen sein darf. Doch darf sich der beflissene Chronist nicht allein an die Jubiläen erinnern und an die Heldentaten, sondern er hat auf das Flüstern zu hören: der Hausmädchen, der Kinder, der Bäume. Das Flüstern der schlechten Gewissen. Er wird die Erklärung finden für manches, was gekommen ist, und für einiges, was noch kommen wird. Mag der Chronist auch manches ausschmücken, so hat er sich doch gegen die allgemeine Neigung zu stellen, Erinnerungen einfach umzufärben. Den Vorfahren zur Gerechtigkeit und uns zur Mahnung.

Wir hatten nicht nur Helden. Wir hatten nicht nur Opfer, und wenn es Opfer gab, dann waren es die Kinder. Unsere, die keine Väter mehr hatten; die fremden, die man uns schickte.

Wer erinnert sich noch an unser altes Schulhaus?

Während die anderen Klassen ihre Leibesertüchtigung absolvierten, eröffnete Studienrat Huthgang den Unterricht mit Richard Wagner. Geruch von deutschem Heldentum vermischte sich mit Bohnerwachs. Der Tannhäuser scholl über die Flure. Die Ermittler näherten sich dem Klassenzimmer.

»Was interessiert uns ein Sängerkrieg«, flüsterte Münster, »während im Osten die Schlachten toben?«

»*Sängerkrieg*? Ist das auch von Wagner?«, fragte Neumann.

Münster nickte.

»Dann seien wir hübsch ruhig«, meinte Neumann mit gesenkter Stimme, »das ist die Musik des Führers!«

Und Münster, der schon eintreten wollte, nahm die Hand von der Klinke und sah Neumann fragend an. Der hob die Schultern und erläuterte flüsternd, wie Dr. Dielenschneider ihm von der mystischen Bedeutung Wagners für Thüringen berichtet habe. Sie sei zu der unverrückbaren Überzeugung gelangt, dass in dieser Musik der Schlüssel zu der Wiedergeburt des Reiches liege, dass sie wie eine Schatzkarte zu gebrauchen sei, in die man sich einfühlen müsse, um sie zu entziffern.

»Ich wäre zufrieden, wenn es der Schlüssel zu diesem Fall wäre«, meinte Münster und fragte Neumann, ob es sich nicht um eine ganz und gar verrückte Überzeugung handeln könnte, zu der Dielenschneider da gelangt sei.

»Der Mann ist über jeden Zweifel erhaben, Herr Kommissar!«, sagte Neumann. Dielenschneider würde ihn schon bald in seine Geheimnisse einweihen, wenn es nur gelänge, sich seines Vertrauens als würdig zu erweisen. Sie blieben noch eine Weile stehen. Neumann fragte, was der Inhalt dessen sei, das da so unverständlich über die Schulflure hallte.

»Sie singen um die Heilige Elisabeth. Auf der Wartburg. Tannhäuser, Wolfram von Eschenbach und die anderen Sänger. Elisabeth neigt zu Tannhäuser, weniger zu Wolfram, aber Tannhäuser pflegt noch ein Techtelmechtel mit der heidnischen Göttin Venus. Er müsste die Heilige nehmen, aber die Venus bleibt unwiderstehlich.«

»Wie geht es aus?«

»Nur Wolfram überlebt. Die Liebenden gehen zugrunde. Tod und Untergang.«

»Und so was gefällt dem Führer?«

Du solltest es in der Tat nicht für möglich halten, wenn du auf die Postkartenidylle blickst, in der der Führer seinen Rückzugsort gefunden hatte. Aber jeder hat halt so seine dunklen Seiten; stark romantisch veranlagte Menschen gerade. Die beiden Männer verfolgten durch das Fenster der Klassentür Wagners kompositorische und Huthgangs didaktische Künste.

Beides hielt sich in Grenzen.

Auf dem Flur hörten sie jedes Wort. Neumann versuchte durch zaghafte Bewegungen seiner Schultern ein Gefühl für die Musik zu erwecken, aber die war etwas anders, als die, die in den Offizierscasinos gespielt wurde. Seine Liebe galt eher Lili Marleen als Wagners Version der heiligen Elisabeth von Thüringen.

Die Nadel durchzog die Furchen in der Schellackplatte. Studienrat Huthgang hatte das Grammophon auf dem Lehrertisch aufgebaut und schrie so laut, dass Streicher und Harfe kapitulieren mussten, auf die Schüler ein. »Welches Vorrecht ihr besitzt, dass das Blut dieser Landschaft eure Adern durchpulst, dieser Landschaft, die in den heiligsten Klängen besungen werde, wahrhaft deutscher Musik!« Wer dabei keine Ehrfurcht verspüre, der habe es nicht verdient, sich deutsch zu nennen.

Die Kinder drinnen schlugen die Augen nieder. Nichts wollten sie lieber sein als gute Deutsche, aber sie spürten, wie schwer das war. Dann durfte sich Wolfram von Eschenbach hören lassen, und Huthgang quakte seine Arie lauthals mit wie ein Kröterich auf Panzerschokolade.

Blick' ich umher in diesem edlen Kreise,
welch hoher Anblick macht mein Herz erglühn!
So viel der Helden, tapfer, deutsch und weise –
ein stolzer Eichwald, herrlich, frisch und grün.

Singend wiegte er sich durch den stolzen Eichwald seines Klassenzimmers, und verpasste jedem Schüler, bei dem er den gebotenen Ernst für seine Vorstellung vermisste, einen Schlag auf den Hinterkopf. Schließlich stellte er sich an das Fenster, als würde die Luft des Klassenzimmers nicht ausreichen, seine Lungen zu füllen, um mit Eschenbach den Gipfel des Kitsches zu erstürmen. Hinter ihm bissen sich Kinder auf die Lippen, um nicht weinen zu müssen.

Und nimmer möcht' ich diesen Bronnen trüben,
berühren nicht den Quell mit frevlem Mut:
in Anbetung möcht' ich mich opfernd üben,
vergießen froh mein letztes Herzensblut. –
Ihr Edlen mögt in diesen Worten lesen,
wie ich erkenn' der Liebe reinstes Wesen!

Huthgang seinerseits wischte sich verstohlen eine Träne fort und hob die Nadel ab. »Das ist wahrhaft heldische Gesinnung. Habe ich Recht?«

»Jawohl, Herr Lehrer!«, riefen die Kinder.

»Und wofür brauchen wir diese heldische Gesinnung?«

»Für das Vaterland«, antwortete eine, »für den Führer«, eine andere. »Im Kampf gegen den Juden!«

Münster fand, es sei Zeit, und öffnete die Tür. Die Klasse stand auf, als die Ermittler eintraten. Nach dem Gruß piepsten die Pimpfe ihre Tageslosung: »Opfermut und Siegeswillen heißen die rechte und linke Herzkammer der deutschen Jugend.« Sie salutierten dem Offizier, nicht dem Zivilisten.

»Wenn ich es richtig im Gedächtnis habe, singen sie um eine Frau?« Münster tat, als bemerke er das dünne Mädchen nicht, welches als einzige die Parole nicht mitpiepsen konnte, Marianne Peters. In der Ecke hinter der Tür kniete sie auf trockenen Erbsen, die der Lehrer dort verstreut hatte, und sie biss die Zähne zusammen. In den blankgewichsten Stiefeln des Herrn Obersturmführers konnte sie sich spiegeln. Unterschätze nie die Kraft des stillen Heldenmutes, der durch übertriebene Härte herangezogen wird.

»Vordergründig, Herr Kommissar«, sagte Huthgang. »In Wahrheit geht es um die Reinheit und Echtheit edler deutscher Liebe, um Enthaltsamkeit und unverdrossenes Festhalten an seinem Glauben. Das sind die Tugenden, die Eschenbach dem Tannhäuser entgegenhält. Tugenden, deren Erwerb in meiner Schule an oberster Stelle steht.«

Er sah Marianne kurz an, traurig, als hätte er es bald aufgegeben, um sie zu ringen. Was natürlich nicht passieren durfte! Nicht das Mädchen aus dem Sägewerk, widerborstig und ungehorsam, so dass sie noch alles widerlegen könnte, was man über die Abstammungslehre herausgebracht hatte in den letzten Jahren.

»Tannhäuser geht an seiner Haltlosigkeit zugrunde; die Venus hat ihn infiziert mit orientalischer Leidenschaft. Eschenbach dagegen überlebt – das ist die Pointe des gesamten Werkes!«

Auf seinen Wink mussten sich die Schüler erheben und setzen ganz nach seinem Belieben. Gehorsam ist besser als Haltlosigkeit.

Neumanns Augen glitzerten. Münster wollte es nicht weiter vertiefen. »Jedenfalls, der Bronnen wurde getrübt, Herr Studienrat. Ich nehme an, deshalb haben Sie uns hergebeten.«

Huthgang befahl dem Klassenprimus, arithmetische Übungen mit den anderen zu veranstalten, während er mit den Beamten den Fall klärte, ungeachtet der Tatsache, dass zum Ersten Neumann kein Beamter war, sondern eben SD, und zum Zweiten ihn, Huthgang, die Details dieses Falles nichts angingen. Sie traten aus dem Klassenraum auf den Gang. Er erkundigte sich, ob sie mit ihrer Unterbringung in Finsterbergen zufrieden seien.

»Wenn nicht, dann sprechen Sie mit dem Jungen dort im Haus, Albin. Das war immer einer meiner besten Schüler. Er hat das taktische Denken eines echten Führers, leider fehlt ihm nur die passende Statur.«

»Wieso, was passt nicht zu einem Führer?«, fragte Münster.

»So ein gelbes Mäusegebiss! Wie direktemang aus dem *Stürmer*, mit Verlaub. Dieses Gesicht auf einer Briefmarke, und alle Juden würden zu Philatelisten. Aber lassen Sie ihn das bloß nicht hören. Er ist in der Lage, sich etwas anzutun.«

Münster wusste, auf welche Karikaturen in Streichers Hetzblatt Huthgang anspielte, aber er wollte weder erlauben noch untersagen.

»Was haben Sie für Hinweise, Herr Ortsgruppenleiter?«, fragte Neumann.

»Ich weiß selbstverständlich nicht, wie weit Ihre Ermittlungen bereits gediehen sind, und in welche Richtung Sie denken, ich würde nie wagen, Ihnen Vorschriften zu machen, aber wir haben in unserem Ort eine beträchtliche Anzahl von Fremdarbeitern, fern der Heimat. Und wenn Sie mich fragen, Herr Obersturmführer, zum Teil sind es mehr Tiere als Menschen.« Münster blickte weiter auf Huthgang, obwohl der sich nur an Neumann wandte. »Tiere, Herr Obersturmführer, ist es nicht so?«

»Zweifellos, zumindest was Ihre Serben betrifft.«

»Selbst deren Weiber schleppen wie Ochsen im Steinbruch. Ihr Vater…«, Huthgang wies auf Marianne, »hat unten im Sägewerk das Sagen. Erkundigen Sie sich bei ihm. Er wird alles bestätigen. Das romanische Blut unserer Franzacken, sollten Sie nicht unterschätzen, Herr Obersturmführer. Ich war in Frankreich 16–18. Ich weiß, wovon ich rede. Das romanische Blut wallt hoch. Es pulst die Leidenschaft darin. Bei einem deutschen Manne sollte man hingegen davon ausgehen, dass er sich in Zucht halten könne, was? Sie finden in Finsterbergen keinen aufrechten Deutschen, der nicht alles für sein Land geben würde. Wen gibt es unter uns, der nicht freudig dem Führer in alle Schlachten folgen würde – zuvorderst in die Schlacht um die Reinheit seiner Gesinnung?«

Huthgang erbot sich untertänigst, weiterhin bei den Ermittlungen zu helfen, wo er nur könne und wenn es lediglich die Übersetzung aus dem komplizierten Platt wäre. Neumann nickte ganz begeistert und bedankte sich für seine Aufmerksamkeit. Auch Münster gab Huthgang zum Abschied die Hand, wobei er betonte, die Ermittlungsstrategie lasse es keinesfalls zu, Erkenntnisse aus den vorgeschriebenen Befehlsstrukturen hinausdringen zu lassen.

Führerprinzip sei Führerprinzip. Gerade bei der Polizei. »Oder, Neumann …?« (»Selbstverständlich!«) Huthgang müsse verstehen, dass auch er, Münster, einen Eid auf den Führer geschworen habe (als deutscher Beamter), so gerne er ihn ins Vertrauen zöge.

Kantor Stahl immerhin, den sie ausfindig gemacht hatten, ein gebildeter Mann, wenn auch mit gebräuntem Gehirn, verstand sich auf das Hochdeutsche. Er zog sich an den heißen Tagen an seine Orgel in unserer Dreifaltigkeitskirche zurück und gab vor, eifrig zu üben. Das einzige Gebäude, in dem man nicht begonnen hatte, neue Quartiere für die Landverschickung zu schaffen. Ob Stahl wirklich übte, konnte natürlich keiner überprüfen, da ihm niemand den Orgelbalg trat und auch nicht musste, weil der Herr Kantor behauptete, sein Gehirn würde das Geklapper der toten Tasten schon richtig in seinem Kopfe zusammensetzen. Jedenfalls, wenn einer die Treppe zur Empore hochstieg, klapperte es; neben der Orgelbank aber lag der Roman »Soll und Haben« von Gustav Freytag, und er war gerade angefangen. Leider konnte Kantor Stahl nichts dazu beitragen, Ännchens Verschwinden aufzuklären, da sie am fraglichen Tage den Unterricht geschwänzt hatte. Er habe schon früher täglich Tränen um ihr Talent vergossen.

»Wir hätten in der Kirche bleiben sollen«, sagte Münster, als ihm draußen der Schweiß lief.

Es bewahrheiteten sich die Vorhersagen Huthgangs. Finsterbergen sprach platt, und wo sich die Ermittler unterwanden, den eiligen Gang der Passanten für eine Befragung zu unterbrechen, verstand man kaum, was sie meinten – außer, dass sie es eilig hätten und das schöne, aber dumme Ännchen wohl immer gedacht habe, sie sei zu gut gewesen für dieses Dorf und wie man eben in den Wald hineinrufe … Aber wirklich, kaum zu verstehen.

So folgten sie erneut dem schmalen Pfad ins Tal und schritten leise federnd über einen Fichtennadelteppich, denn Neumann bestand darauf, den Hinweisen des Studienrates nachzugehen. In anderen Jahren habe man hier schön in Sommerfrische fahren können. Ein Freibad hatten wir auch schon, und es war schon damals schöner als das in Friedrichroda. Bloß dass bei uns nie die Olympiaspringer geübt hatten.

»Angenehm überrascht bin ich, Herr Kommissar, dass Sie den Ortsgruppenleiter vorhin auf Ihren Führereid hingewiesen haben! Ich war schon im Zweifel über Ihre Gesinnung.«

»Geschworen ist geschworen.«

»Sie sollten nur nicht meinen, ich sei Ihnen zugeteilt wie irgendeine Aushilfe. Unterstehen Sie sich, mich zu schurigeln. Der Sicherheitsdienst ist die Zukunft der Polizei. Ich schreibe am Ende eine Beurteilung über Sie – nicht umgekehrt!«

»Sagen Sie, Neumann, warum wollen Sie so dringend zu den Franzosen im Tal? Wittern Sie etwas?«

»Müssen wir den Hinweisen nicht unmittelbar folgen?«

Neumann sagte nicht, dass er sich für die schöne Evi interessierte, deren Namen er da noch nicht einmal kannte und von der er nur wusste, dass er bereit war, sein Schicksal an diese Frau zu binden von dem Moment an, als er sie das erste Mal gesehen hatte. Stattdessen erklärte er Münster, dass ihm eine Frage nicht aus dem Sinn ginge: »Huthgang meint, es gebe keinen Deutschen hier im Orte, der nicht alles für den Führer täte. Aber zumindest einen habe ich im Verdacht. Diesen Krüppel. Der hat seine Bude da unten. Und die sehen wir uns mal an.«

Münster hingegen fragte sich, ob Huthgang nicht genau diesen Gedanken in seinem Totenkopf-Gehilfen hatte wecken wollen.

7. Kapitel

Neumann holte den Henkelmann aus der Pension und trug ihn wie ein Feldzeichen vor sich her, den ganzen Weg den Steiger bergab. Christoph war lange fort, als Neumann und Münster ins Sägewerk kamen.

Ein Volksgenosse mit Nilpferdpeitsche und Doppelkinn, Mariannes Vater, wankte aus dem Büro auf die versammelte Mannschaft zu, die dabei war, die Blechnäpfe in den breiten Spüleimer zu schmeißen, der zwischen Evis Schenkeln stand. Und Evi saß auf einem Hocker darüber und störte sich nicht an ein paar Spritzern, schien sich überhaupt mit den Arbeitern gut zu verstehen, deren Näpfe sie auswusch, damit die wieder zu ihren Sägearbeiten kamen.

Auch Neumann schlug den Weg dorthin ein, den Henkelmann leicht wedelnd, dankbar und auf ein freundliches Wort hoffend. Da kreuzte sich sein Weg mit der Nilpferdpeitsche. Der Volksgenosse erkannte sein Eigentum in dem Henkelmann und nahm ihn grunzend aus der Hand des Obersturmführers. Die Befragung des Fettsacks geriet umständlich. Denn Neumann versuchte ständig an seinem massigen Körper vorbei auf Evi zu schauen, die jede seiner Verrenkungen nutzte, um eindeutig ihm fröhlich zuzuzwinkern. Evi, die anzusprechen er keinen Grund mehr hatte, da der Henkelmann verloren war.

Münster musste sich immer wieder einschalten. Der Fettsack warf seine gesamte deutsche Ehre in die Waagschale, was bei seinem Gewicht bedeutete, die Glaubwürdigkeit wurde in den Olymp katapultiert, und er schwor beim Herrgott und der Vorsehung, niemals dürfte unter seiner Aufsicht irgendeiner des Fremdgesindels unerlaubten Ausgang nehmen, jedenfalls nicht während der Arbeitszeit, und weiter wäre am fraglichen Abend niemand mehr in der Mühle gewesen, abgesehen von ihm selbst, seiner Frau und seiner kleinen Tochter, Marianne. Abends seien seine Leute oben im Dorfe untergebracht, krakeelte er, die hätten dann wahrlich anderes im Sinne, als sich noch einmal ins Tal zu begeben. Er wäre noch freundlich! Er. Und bei seinen Franzosen hier wisse man nie, aber die Serben aus dem Steinbruch, die seien abends so kaputt, er könne sich wahrlich nicht vorstellen, dass einer von denen noch sein artfremdes Eiweiß verspritze. Nicht mal, wenn diese Braut mit ihnen eingesperrt würde. Und er zeigte auf Evi.

»Das ist keine Deutsche?«, fragte Münster.

»Sieht man das nicht?«

Das immerhin verstanden Münster und Neumann trotz der schweren Zunge. Neumann, der eifersüchtig auf die Franzmänner starrte, die ihrer Küchenfrau von Nahem in den Ausschnitt linsen konnten und die Gelegenheit unverschämt beim Schopfe griffen, ärgerte sich über das Alibi, dass dieser Vollblutarier den Fremdarbeitern ausstellte, nahm es aber – wenn auch ungern – zur Kenntnis. Schwerer wog die Tatsache, dass ausgerechnet diese Frau nicht in sein führertreues Beuteschema passen sollte.

Keine Deutsche! Welch' Jammer.

Sie richtete sich auf und strich sich mit feuchten Fingern die Locken hinter die Ohren. Schaum perlte von ihren Fingern.

Er sah es genau. Und akzeptierte es nicht.

Normal ist es ja so: Der Glaube an eine gute Sache vermag auch beständig zu bleiben gegen die Realität. Das gilt aber nur so lange, wie die Realität schlechter ist, als sie sich im Licht des Glaubens darstellt. Wenn sie aber besser ist, verlockender und kleine Schaumperlen am Ohrläppchen glitzern, so hinterfragt das Herz selbst den festeten Katechismus. Und Neumanns Katechismus waren bisher die Erkenntnisse der modernen Rassenlehre und der Volksgesundheit.

Und noch immer stand ihm dieser Fettsack im Weg, und er konnte ihm schlecht befehlen, Platz zu machen oder zu platzen, egal, Hauptsache, er könnte noch einmal sehen, wie ein Tropfen Evis Wade hinablief. Und mehr noch, es schien, als versuche auch sie, ihn anzusehen, lächelnd gar.

Ein deutliches Zeichen der Missbilligung gegenüber dem Peitschenschwinger war, dass Neumann dessen Ansinnen ausschlug, er, Neumann solle sich bei der SS für ihn, Peters, einsetzen, damit er – falls der Krieg noch mehr Männer benötige, (nicht dass er finde, es sehe danach aus, aber falls) – dann jedenfalls hoffe er, nach seinen Fähigkeiten eingesetzt zu werden, in Buchenwald beispielsweise, was für seine Familie in Finsterbergen eine verkraftbare Entfernung sei; günstiger allemal als die Ostfront. Dabei war Fürsorglichkeit ein Prädikat, das seinen Verwandten eben nicht einfiel, als sie einige Jahre später mit unserem Pfarrer zusammensaßen, um die Trauerfeier zu planen.

»Denken Sie daran«, rief der Fettsack ihnen nach, »solange Peitschen-Peters Wache schiebt, geht alles seinen Gang. Wir haben vom ersten Tag verhindert, dass die sich an unsere Frauen heranmachen! Und wir werden das weiter tun. Schauen Sie sich gerne noch um.« Weitere Auskünfte werde er nur erteilen, wenn Studienrat Huthgang geholt werde, denn Hochdeutsch strenge zu sehr an.

Von den vielen klaren deutschen Sätzen, die er zu sprechen hatte, war er so geschafft, dass er in das Büro ging, um die angebrochene Flasche Korn niederzumachen. Den Henkelmann stellte er vor dem Eingang auf der Stufe ab. Evi pfiff und einer der Männer trug ihn zu ihr. Sie ging damit in die Küche.

Entweder habe Peters selbst etwas zu verbergen oder die Fremdarbeiter hätten ein stabiles Alibi, notierte Münster und auch Neumann zog für sich die stille Schlussfolgerung, dass den Franzacken zwar alles zuzutrauen wäre, direkt verdächtig hätte sich hier höchstens der versoffene Fettkloß gemacht.

Nun fasste Evi sich ein Herz. Im Nu hatte sie den Henkelmann gefüllt. Evi flitzte den Ermittlern hinterher und übergab eine erneute Portion Grütze.

Neumann bedankte sich mit deutschem Gruß und hochrotem Kopf. Evi wandte sich lächelnd ab, um ihren Spüldienst wieder aufzunehmen. In Neumanns linker Hand löste sich ein trauriges Karamellbonbon zu klebriger Masse auf, welches Evi hätte überreicht werden sollen.

Das Picknick der Mordermittler im Leinagrund hatte etwas verboten Schönes. Es starben die Soldaten im Norden, Süden, Westen, Osten (dort am leichtesten) – aber in Deutschlands grünem Herzen sah man zwei zufriedene Männer unter einer Linde sitzen, Grütze löffeln, in einem Notizbuch blättern oder Steinchen in den Fluss schnipsen und schließlich das müde Haupt zu einem Nickerchen zur Seite neigen, während die Sperlinge und Grünfinken piepten und der Bach plätscherte.

Leicht beflügelt von der schönen Evi und dem kurzen Mittagsschlaf, war der nächste Fehlschlag für Obersturmführer Magnus Neumann leichter zu verkraften.

Sie kamen zur Werkstatt des Finsterbergers Christoph Rudolf. Die Hütte fanden sie unverschlossen, aber den Vogel ausgeflogen. Neumann bemerkte, man könne ohne Weiteres einen Weg von dieser Hütte zum Schauplatz des Verbrechens und weiter ins Dorf rekonstruieren. Ein möglicher Fluchtweg Fräulein Dielenschneiders, das verängstigt und nackt schließlich von ihrem Verfolger eingeholt worden sein könnte.

Münster warf ein, falls der Täter von außerhalb komme, dann sei jeder Ort in Thüringen auf einer Linie mit dem Schauplatz des Verbrechens, da die Straße durch das Leinatal der einzige befahrbare Weg nach Finsterbergen sei.

»Wann hören Sie auf, sich für diesen Krüppel einzusetzen? So merken Sie doch, dass er verdächtig ist.«

»Ich gebe nur manches zu bedenken, bevor wir uns zu schnell festlegen. Der Kriminalist hat sich vor allzu schnellen Folgerungen zu hüten. Wie hätte er sie mit seinem Fuß denn verfolgen sollen?«

»Mit dem Fahrrad, Herr Kommissar, denken Sie an die Spuren, die ich gesichert habe.«

»Und dann hoch auf die Lichtung? Zu voreilig, Neumann. Diese Sache hier ist zu wichtig, als dass wir uns Kurzschlüsse erlauben dürften.«

Eine andere Fahrradfahrerin kam mit lautem *Bahn-frei!*-Geschrei freihändig den Steiger hinab. Kurz vor der Hütte nahm sie die Hände an den Lenker und bremste. Die Schule war aus. Und mit einem braunen Ränzlein überm Rücken schickte sich die kleine Marianne an, den Sargtischler zu besuchen. Wie aufgescheuchte Rehe hasteten Zornesfalten durch ihr Gesicht, noch reizend kindlich, aber getrieben von innerem Erbeben.

»Was suchen Sie denn bei Christoph? Sie sind doch gekommen, um einen Mörder zu finden.«

Münster wollte sie mit Worten davonjagen, aber Neumann gelang das mit einem Blick. Sie werde sicher daheim gebraucht, sagte er, als sie sich bereits abgewandt hatte und ihr Rad aufwärts schob, in Richtung der Mühle, und ihren Blicken entschwand.

Beide atmeten tief durch. »Kindermund tut Wahrheit kund«, meinte Neumann.

Die graue Fensterscheibe erlaubte einen verschleierten Blick in die Hütte. »Ich gehe rein und schaue, ob ich etwas Verdächtiges finden kann, Sie gehen nach hinten und suchen nach dem Fahrrad!«, befahl Neumann. »Es würde mich doch interessieren, wohin diese Spuren vom Tatort führten.«

Prompt drückte er die Klinke und betrat die Werkstatt. Darin stand die Seekiste, das musste sie sein. Und das Sofa, von dem der Fotograf gesprochen hatte. Neumann bekam gleich einen trockenen Mund. Was da für Szenen sich schon abgespielt haben auf dem Sofa. Das musst du dir ausmalen.

Dagegen stolperte Münster hinter dem Schuppen fast über ein Damenrad mit hohem Sattel – wie es sich ein kurzer Mann mit steifem Fußgelenk zurechtmachen würde. Er legte seine rechte Hand auf den sonnenwarmen Ledersattel, die linke umfasste den Lenker, den Daumen an der Klingel. Gut, dass er der Versuchung standhielt, den Hebel durchzuziehen.

»Haben Sie was?«, tönte Neumann. »Soll ich kommen?«

»Schon gut«, rief er und schob das Rad hinter den Holunder. »Fehlanzeige«, sagte er, als er die Werkstatt betrat, »aber es war eine gute Idee von Ihnen, nachzuschauen.«

»Ich hätte wetten können«, sagte Neumann, war aber geschmeichelt. Er betrachtete ein Foto, das er in einer der Schubladen gefunden hatte. »Ännchen ist das aber nicht.«

Er reichte es Münster. Die Frau auf dem Foto trug dunklere Haare als die Tote. Außerdem schaute sie in die Welt, wie eine, die die Welt nicht erst erobern muss, weil sie sie sowieso früher oder später erben würde. Ihr Kragen war aus Pelz. Perlen um ihren Hals, aber auch die Zähne standen wie eine Reihe Perlen.

»Bernadette.«

»Woher wissen Sie den Namen?«

»Steht hinten drauf.«

»Sie haben gute Augen.«

»Schulung ist alles.«

Neumann stutzte. »Und was sehen Ihre geschulten Augen sonst noch in dieser Hütte?«

Münsters Blicke schweiften über die herumliegenden Werkzeuge, den Ofen und das Sofa. Eine erbärmliche Behausung. Jemand hatte das Sofa verzweifelt gereinigt, so wie man es nur tut, wenn man versucht, Blutflecken zu entfernen.

»Was muss das für ein Mensch sein, der hier wohnen kann?«, fragte Neumann.

»Bedaure, Herr Obersturmführer. Ich kann Ihren Beobachtungen nichts mehr hinzufügen.«

Neumann wollte das Foto einstecken, aber Münster befahl ihm, es zurückzulassen. Es dürfe nichts fehlen. »Das einzige, was wir mitnehmen, ist die restliche Grütze.« Und er nahm den Henkelmann an sich, den Neumann auf der Werkbank abgestellt hatte.

Für den Rückweg wählten sie einen anderen Weg, nämlich den, den der Professor schon eingeschlagen hatte, als er unerkannt das Dorf erreichen wollte. Münster genoss das Plätschern des Wassers, welches hier in das Tal unterhalb des Schwimmbads einschnitt. Vergnügt schlenkerte er den Henkelmann, auf den Neumann neidisch blickte. Der Weg wurde weniger gegangen, und so hatten sie die Eichelhäher auf dem falschen Fuß erwischt. Jedenfalls verschluckten die sich beinahe vor Eifer, die anderen Waldbewohner vor den beiden Ermittlern zu warnen. Neumann erschrak, als ein Schwarzstorch vor ihnen auftauchte, den er als Stadtbewohner noch nie gesehen hatte. Was denn, scherzte Münster über dessen Federkleid, er sei doch offensichtlich auch bei der SS.

»Wegen des Federkleides?«, fragte Magnus Neumann.

»Nein, wegen des großen Schnabels«, sagte Münster.

Neumann aber reagierte nicht. Er solle aufpassen, setzte Münster nach, sonst komme er als Balzpartner in Betracht. Immer noch nichts. Münster begann zu summen, das Wandern sei des Müllers Lust, und ließ sich durch Neumanns Griesgrämigkeit nicht davon abbringen. Im Gegenteil, er suchte die Gelegenheit, zwischenmenschlich Schönwetter zu machen.

»Es bedrückt Sie doch was, Neumann. Spucken Sie es aus.«

Neumann seufzte. »Kennen Sie sich mit Eugenik aus, Herr Kommissar?«

»Wie bitte?«

»Der Wissenschaft von Zucht und Vererbung. Dem Fundament, auf dem wir Deutschlands Zukunft errichten. Das ist deutsche Biologie, Münster! Keine kleinliche Korinthenbiologie, wie der Pathologe sie betreibt.«

»Also doch Biologiekenntnisse bei Ihnen! Bloß, ich forsche lieber, wie etwas zustande gekommen ist – und erforsche nie das, was sich erst in Zukunft ereignen wird. Und ansonsten genieße ich, was die Natur mir vor die Augen setzt. Das ist auch deutsche Biologie: genießen, was da blüht, ehe der Winter kommt. Atmen Sie doch mal tief durch. Das ist immerhin Heilklima hier.« Sie schritten unter einer Kiefer her, der die Sonne auf die Nadeln brannte. Harz rann am Stamm herab.

Neumann seufzte. »Man hat uns gelehrt, nach vorne zu schauen. Wir denken nicht an Last und Lust eines Tages, sondern an die Verlockung von tausend Jahren. Ich glaube an die Eugenik. Die Polizeiarbeit von Morgen wird sicherstellen müssen, dass gewisse verbrecherische Strukturen aus der Menschheit herausgekreuzt werden!«

»Und was hat die Eugenik mit Ihrem Magendrücken zu tun?«

»Deutsches und französisches Blut, also romanisch, ich meine, im Prinzip würde es noch gehen. Besser als slawisches oder …«

»… oder Zigeunerblut?«

»Ja.«

»… oder Judenblut.«

»Genau. Es gibt viele, die schlechter sind. Trotzdem wird mir mein Vater den Kopf abreißen.«

Münster ahnte etwas. »In was für einer Stellung steht denn Ihr Vater?«

»SS-Brigadeführer. Er arbeitet Himmler zu, im Kommandostab des Reichsführers SS.«

Ein Lichtdom der Erkenntnis strahlte in Münster auf, als er erkannte, wie Neumann das Kunststück gelungen war, sich von den kämpfenden Einheiten zum Sicherheitsdienst versetzen zu lassen. Er pfiff anerkennend. Selbst wenn Neumann tatsächlich helfen wollte und für die Gerechtigkeit kämpfen in einer, wie er sagte, erneuerten, deutscheren Polizei – normalerweise war der Einsatzort kein Wunschkonzert.

»Sie sind zwar sehr jung für einen Obersturmführer. Aber irgendwann werden Sie Ihre eigenen Entscheidungen treffen müssen. Vermutlich, tief in Ihnen drin, haben Sie längst entschieden.«

Neumann muss die defätistischen Gedanken Münsters gespürt haben. Er würde es allen zeigen, betonte er, man werde noch erkennen, was in ihm stecke, und hier gehe es, so viel werde schon deutlich, um mehr als einen primitiven Mordfall, der zu untersuchen sei. Im Grunde könne er es nicht brauchen, dass ausgerechnet jetzt diese Frau auf den Plan getreten sei, doch man dürfe halt der Vorsehung nicht ins Handwerk pfuschen wollen.

»Sind die Würfel in dieser Sache denn schon gefallen?«, fragte Münster.

»Ich fürchte.«

Münster dachte nach, wie weit er gehen konnte, ob er die schöne junge Frau erwähnen durfte oder andere Dinge, die dem Glücke vielleicht mehr im Wege standen, als das Blut, ob er also Stalingrad ansprechen durfte, die Erfolgsaussichten der Kursker Offensive … oder Italien, wo ein Entlastungsangriff der Alliierten so überraschend käme, wie ein hartgekochtes Ei am Ostersonntag. Was würde er dem jungen Offizier entlocken können an heimlichen Gedanken und Zweifeln? Doch bevor Münster seine Worte wiegen konnte, nahm Neumann das Gespräch wieder auf.

»Wenn ich durch dieses Tal schreite mit den stolzen Bäumen, frisch und grün – kann ich mich doch nicht daran freuen, ich sehe die Unsicherheit unserer Zukunft. Dieser Wald hier scheint nichts zu ahnen von dem, was kommen wird.«

»Möglich, es genügt ihm, ein Wald zu sein. Und unsere Sache ist ihm egal. Aber aus Ihrem Munde klingt es – mit Verlaub – als zweifelten Sie an einem guten Ende?«

»Ich meine: unsere persönliche Zukunft, nicht die des Reiches. Derer bin ich mir gewiss. Unverrücklich. Aber welche Opfer unser Volk noch wird bringen müssen? Und ob ich zu guter Letzt zu jenen gehöre, von denen das höchste Opfer zu geben verlangt wird, das die Vaterlandsliebe von einem Menschen erwarten kann – wer weiß?«

»Der Gedanke an die Zukunft unseres Volkskollektivs spendet Ihnen keinen Trost mehr?«

»Ich sehne mich danach, etwas zu sehen von dem, was der Führer sieht! Nach seiner Gewissheit und Kraft! Der Weg würde mir leichter fallen.«

Sie schwiegen, blieben stehen und starrten auf den kleinen Bachlauf unter ihnen. Wäre Neumann sein Sohn gewesen, hätte Reinhold ihm die Hand auf die Schulter gelegt.

Aber er hatte keinen Sohn.

Jahrelang hatte er mit dem Höchsten gehadert, warum Isolde und ihm der Stammhalter verwehrt blieb, Kinder überhaupt. Bis Isolde anfing zu stehlen. Unterwäsche und Parfum. Zuerst glaubte er an ein Versehen. Dann verschwamm ihr Blick und er, der jedem Verbrecher eine Lüge ansehen konnte, verzweifelte an den Augen seiner Frau. Anfangs konnte er ihr Verhalten unter den Teppich kehren. Immerhin bekleidete er inzwischen einen der höheren Ränge.

Aber sie tuschelten doch. Kaum einer fragte direkt, wieso er allein zu den Weimarer Soireen erschien. Und warum er so früh heim musste. Aber gewusst haben es alle, so wie immer alle alles wissen, nur dass man es hinterher nicht gewusst haben will. Reinhold war allein.

Monatelang sperrte er sie ein, wusste sich nicht mehr zu helfen. Aber Isolde begann, sich zu kratzen mit der Gabel, riss sich die Haare aus und aß die Tapete. Zuletzt zischte sie noch wirre Flüche. Dann wurde sie auf einmal friedlich, und er dachte vorschnell, seine Gebete wären erhört. Was von seiner Frau noch übrig war, hatte er jeden Monat bei den Diakonissen besucht, und jeder wusste dort, dass er Polizist war, schon damit niemand auf die Idee käme, sie zu verlegen.

Graf Galen, der Katholik, hatte gegen die Euthanasie gesprochen, aber nach wie vor belegten die Schwachsinnigen Betten, die man als Lazarett benötigte. Jeder wusste, dass sich die Nervenkranken nach einer Verlegung leicht eine Lungenentzündung einfingen und verstarben.

Ja, in den Momenten, da er meinte, dass Isolde es verstehe, tröstete er sie damit, dass sie es wenigstens nicht vererbt hätten.

»Was macht Sie so sicher, dass Ihr persönlicher Weg von Ihnen verlangt, gegen die Gesetze der urtümlichen Lebenskraft aufzubegehren? Sie wohnt doch in jedem von uns. Wir versuchen sie zu zähmen, richten uns nach den Jahrhunderten aus und den großen Ideen. Aber einmal im Leben wird jeder vor die Wahl gestellt zwischen der Erde und ihrer Kraft und Frucht – und dem luftleeren Streben von ihr weg.«

Jetzt legte er ihm doch die Hand auf die Schulter. Neumann wischte sie fort. Er hatte sich gefangen.

»Wollen wir uns setzen und die restliche Grütze essen?«, fragte Reinhold Münster.

Aber Neumann winkte ab; er werde keinen Bissen mehr hinunterbekommen. »Vor den Hirngespinsten der Aufklärer und Philosophen und ihrer jüdischen Logik warnt Goebbels immer wieder. Aber aus Ihrem Munde klingt das alles nur noch altersmilde, Herr Kollege.«

Sie gingen weiter, aber er war noch nicht fertig mit dem Thema. Münster sah ihn an. »Entscheiden Sie selbst, was das Deutschere wäre. Ich bin überzeugt, wenn Ihr Vater sieht, wie Sie sich als Held erweisen, wird er Ihre Braut akzeptieren.«

»Meinen Sie das wirklich?«, fragte Neumann.

»Solange es keine Slawin ist.«

Beide grinsten.

8. Kapitel

Christoph hatte sich ohne Fahrrad durch den Wald geschlichen, bis ins Tal hinter dem Dinsterberg, den er von hinten bestieg. Von der Anhöhe aus beobachtete er die Villa des Professors mit ihrem verwilderten Garten und dem Pflaumenbaum, der über jede vernünftige Pflege hinaus in den Himmel gewuchert war. Ein paar Kilometer nördlich erstreckt sich das Thüringer Becken. Verschoben sie wieder Truppen auf der Autobahn? Früher hieß man sie die *via regia*. Da kamen seit jeher alle durch, die nach Osten oder Westen wollten. Dort unten in den Städten und Dörfern des Thüringer Beckens vermischte sich das Blut. Nicht auszuschließen, dass das Blut der Finsterberger Fuhrleute vergangener Tage ihnen durch die Adern pulst. Zigeuner zogen da durch, früher, und Napoleon war da lang gekommen.

In Finsterbergen blieb immer alles beim Alten. Das war zu weit ab vom Schuss. Das Erbgut der Gründerväter spiegelte sich in den Physiognomien, auch wenn sich die Familien untereinander so vermischt hatten, dass niemand mehr sagen konnte, ob Knollennasen oder hängende Wangen auf diesen oder jenen jener legendären Dorfväter zurückging, die hier im 11. Jahrhundert gerodet haben sollen. Nach dem dreißigjährigen Krieg hatte man endgültig die Tallage aufgegeben und sich auf den Hügel zurückgezogen, im Windschatten zwischen Körn- und Finsterberg. Noch weiter in Sicherheit.

Die Gründerväter und ihre Nachkommen hatten jahrhundertelang mit Armut und Entbehrung für ihren Traum vom eigenen Dorf bezahlt. Bis die Kurgäste kamen. Da begannen endlich einmal andere zu zahlen. Während des Krieges lief es schlechter, aber später käme wieder zahlungskräftigere Kundschaft, nicht nur Versehrte und landverschickte Kinder.

Unterhalb des Gipfels stand die Villa von Christophs Großvater, die nur noch als Bettenhaus diente. Der Onkel war der letzte der Familie, den Christoph mit hinaustragen musste, so wie er aus den meisten Häusern schon mal jemanden hinausgetragen hatte, seit sie das mit den Särgen zum Hauptgeschäft gemacht hatten. Es hätte ihnen besser gehen sollen, hatte sich der Opa gewünscht.

Erst, als sich lange nichts Verdächtiges regte, zog Christoph den altmodischen Klingelzug am Sommerhaus der Familie von Orelli, obwohl, Familie besaß der Professor nicht mehr, aber eben dieses Haus, dass er ihr verdankte. Sein Onkel hatte es zu Kaiser Wilhelms Zeiten erst zu Wohlstand, dann zu Adel gebracht und schließlich im Alter einen Ort gesucht, wo er sich mit seiner lungenkranken Frau von Juni bis September erfrischen konnte.

»Ich dachte, Sie kämen einmal des Abends vorbei? Bei günstigeren Lichtverhältnissen«, sagte der Professor. »Also wenn man Sie nicht sieht.« Er bat Christoph herein. »Es findet selten Besuch hierher in diesen Tagen. Ich weiß nicht, wie ich mich entschuldigen soll: Ich habe rein gar nix anzubieten.«

Ob er tatsächlich der erste sei, wunderte sich Christoph und senkte den Kopf, als der Professor triumphierend bejahte. Christoph behielte wohl nicht in allem Recht.

»Immerhin«, sagte Christoph.

»Ich brühe Ihnen einen Pfefferminztee«, kündigte Orelli an und verschwand.

Christoph trat ans Fenster. Eine der Scheiben fehlte. Er sah hinaus in den Garten.

Die Pflaume trug gut in diesem Jahr. Doch so groß war die Not nicht, dass jemand dem fremden Professor mit der Ernte zur Hand gehen würde.

Hinter ihm klapperte es in der Küche. Und direkt unterhalb im Tal. Die Villa von Opa.

Fink und Wietzerodt, die beiden Freunde, sie wollten erst nicht glauben, dass er ihnen die Villa ebenfalls zum Kauf anbot. Aber Christoph genügte die Hütte an der Leina. Seinen Schatz hatte er vergraben, wo er zwar keine Zinsen brachte, aber die ungewissen Zeiten überdauern konnte. Einmal würde er das Geld auf den Tisch legen und sich alles zurückholen. Die Sonne strich über seinen Heimatort. Sie brachte die Wetterfahne der Dreifaltigkeitskirche zum Funkeln über dem Schiefer ihres Turmes. Noch immer segneten die Finsterberger jenen Moment, wenn sie von ihren Geschäften zurückkehrten und den Turm sahen.

Orellis Teekessel pfiff.

Kommen Sie mit nach Weimar, hatte Münster gesagt, da geht es mit ihnen nur noch bergauf! Ausgerechnet der, der nun zurückgekehrt war. Der kam selbst nicht los von diesem Dorf. Wie hatte er geklungen: Sie müssen raus aus diesem Kaff. Es steckt doch mehr in Ihnen drin, als die Gräber auszuheben für diese Waldmenschen.

Alles hatte sich so richtig angehört. Und wie fein lustig war es erst in der Landeshauptstadt. Bernadette kam von da. Wie sie kicherte! Wie sie seine rohe Kraft liebte. Christoph konnte sie hochheben und auf einen Felsen setzen, wenn sie durch die Parks zogen.

Stumm schauten sie sich an, Christoph und der Kirchturm. Ahnte dieser Turm, dass Christoph ihn verfluchte?

Christoph fuhr mit dem Finger durch den Rahmen der fehlenden Scheibe.

»Das heißt«, rief Orelli von hinten, »eine Scheibe haben sie mir eingeschmissen. Im Atelier. Aber im Sommer macht es nichts. Und was ist schon ein Fenster im Vergleich zur Kölner Innenstadt?«

Nach dem Tee schritten sie durch die Villa. Die Einrichtungsgegenstände des Professors hatten sich zu einer Liga zusammengeschlossen, die einen simplen und verständlichen Grundsatz verfolgte: Früher war alles besser. Der Professor führte Christoph durch die Diele in ein kleines Raucherzimmer, wo er sich eine Zigarette drehte. Christoph selbst lehnte ab, vor allem, weil er es selbst nicht nötig hatte, die alten Stummel zu verwerten, die Orelli im Dorfe aufsammelte, schneller als die Hitlerjugend. Das Geschäft mit Särgen lief besser als der Verkauf bepinselter Leinwände in diesen Tagen, zumal wenn der Künstler unter das Berufsverbot gestellt war. Dieses Schicksal blieb Bestattern und Sargtischlern erspart. Wenn sämtliche anderen Konjunkturprogramme der Nazis das Land näher an den Ruin getrieben hatten – was den Beruf anging, der Christoph ungesucht zugefallen war, als er vor knapp neun Jahren nach Finsterbergen zurückgekehrt war, dieses Handwerk hatte goldenen Boden. Er hatte als Stift schon dem Onkel geholfen, Särge zu bauen; und nun mit Wut im Bauch und ohne Bernadette, die ihm mit knappen Worten abgesagt hatte, ging es von allein.

Inzwischen hatte sie sicher geheiratet.

Obwohl der von ihm selbst prophezeite Besuch beim Professor ausgeblieben war, nahm er den Anlass wahr, Körpergröße und Gewicht des Kunstmalers einmal unverbindlich wie professionell zu taxieren. Wer einen Strauß aus Warnungen ignoriert, darf sich später nicht beklagen.

»Sie malen tatsächlich noch?«

»Keiner weiß das!«

»Aber alle vermuten es. Und sie reden darüber.«

»Ach, deshalb war die Witwe Schröder hier und hat mir selbstgemachten Eierlikör geboten für den Fall, dass ich ein Portrait ihres Sohnes Albert malen würde, ihres einzigen Sohnes.«

»Das sollten Sie schön bleiben lassen.«

»Ein Gefallen für einen Gefallenen. Der Albert war bei der Waffen-SS.«

Christoph unterbrach den Rheinländer, bevor er alles wiederkäute, was Witwe Schröder über ihren Verschollenen erzählt hatte. »Wenn Sie sich einen Gefallen tun wollen, dann sollten Sie nichts unternehmen, was danach aussieht, als ob Sie Ihr Berufsverbot unterlaufen. Haben Sie irgendwelche Aufträge angenommen in den letzten Monaten?«

»Für einen Finsterberger Hotelier habe ich den Abschied der Medea kopiert. Von Anselm Feuerbach, monumental, anonym. Ohne Signatur. Mein Stil ist es nicht. Doch sagen Sie, was Sie wollen: Manchmal fühlt man sich am lebendigsten, wenn man etwas Närrisches veranstaltet.«

»Ich würde Ihnen nicht mal erlauben, den Türrahmen meiner Werkstatt zu vollenden.«

Christoph stand auf und öffnete die Flügeltüren zum Salon, Orellis Atelier. Er schnupperte. Frische Farbe. Im Wintergarten stand eine Staffelei mit einem gerade vollendeten Werk, das so bunt war, wie es nur ging. Nur wer ihn so gut kannte wie Christoph, hätte auf Anhieb den Finsterberger Friedhof auf der Leinwand erkannt.

Von Ferne sah es aus, als lägen Gräber und Wege flächenhaft, deutsch und ordentlich nebeneinander auf dem Hang bis hoch zur Leichenhalle. Je näher man aber herantrat, desto mehr spielten die Farben miteinander, verliefen in zahllosen Schattierungen und sangen von einem Lebenswillen, der stärker ist als der Wille zu Tod und Opfer; ein Tanz des Lichtes über den Gräbern, als ob der liebe Wald seine Hände ausstreckte und die armen Schweine heim in sein urtümliches, grünes Reich holen wollte; als böte er ihnen eine gnädige allerletzte Chance, wenigstens nach dem Ablauf ihrer Lebensuhr noch auf die Seite des Lebens zu treten.

Gibt es denn ein richtiges Leben im Falschen? So mahnt der Wald bis heute und lockt zu einem richtigen Leben, danach in ihm zu ruhen. Aber ob es überhaupt richtig wäre, das bleibt natürlich ungeklärt.

Christoph griff das Bild, stellte es auf den Boden. Er klappte die Staffelei zusammen und stellte sie in eine hintere Ecke des Salons.

»Ich habe überlegt, Ihnen zu helfen. Aber was Sie treiben, ist Leichtsinn. Also danke. Ich gehe. Hier haben Sie Ihr Heft zurück. Meine Belohnung nehme ich gleich mit. Denn Sie sehen mich nicht wieder. Wo ist die Belohnung?«

»Aber ich habe mit niemandem geredet in der Zwischenzeit!«

Christoph warf auf den Tisch, was vom Heft übrig war.

»Haben Sie es sich angeschaut?«

»Klar.«

»Und was sagen Sie?« Orelli wartete auf ein Lob.

Christoph wich aus. »Sie können auch richtig malen.«

»Wie richtig?«, fragte Orelli.

»Genau halt. So wie die Dinge aussehen.« Orelli erstarrte und schien unschlüssig, was zu tun sei. Christoph missverstand das Zögern. »Lassen Sie sich nur nicht zu lange Zeit, mit meinem Sold.«

Endlich fand der Rheinländer seine Sprache zurück, klang aber angespannt. »Es ist nur die eine Hälfte meiner Skizzen. Haben Sie bemerkt, dass es nur die Hälfte ist?«

Er blätterte es hastig durch und meinte, er, Christoph, habe zu allem Überfluss das Pech gehabt, die weniger wertvolle Hälfte des Heftes zurückorganisiert zu haben. Das seien nur unbedeutende Studien. Über die Belohnung müsse man nachverhandeln.

»Sie verwechseln was, Herr Professor. Nicht ich habe Pech. Sondern Sie. Sie ziehen es magnetisch an. Noch nicht einmal am Morgen durch den Wald spazieren können Sie, ohne über eine Leiche zu stolpern.«

»Ich ging im Wald so vor mich hin …«

»Und dann lassen Sie sich noch beim Zeichnen erwischen, habe ich Recht? Die andere Hälfte: Sie haben Ännchen gemalt!«

»Möglicherweise«, näselte der Rheinländer.

»Sie haben Ihr eigenes Todesurteil gemalt. Sicher auch unterschrieben, nach Künstlerart, nicht wahr?«

»So warten Sie doch. Nun sind Sie mir doch nicht auf die Spur gekommen. Also haben wir Zeit.«

Orelli griff sich eine Stoffbahn und deckte die Staffelei ab und die Bilder, die auf dem Boden standen.

»Lassen Sie alles verschwinden, was auf Malen hindeutet. Schleunigst! Zumindest alles, was Sie selbst gemalt haben.«

»Das hier male ich privat. Mir wurde lediglich untersagt, Bilder zu verkaufen, Ausstellungen zu veranstalten, private oder öffentliche Vorlesungen und Vorträge zu halten und Schüler zu unterrichten. Zuwiderhandlung würde mit Zuchthaus bestraft.«

»Oder KZ.«

Der Professor winkte ab. »Das machen die nicht. Der Führer ist im Grunde seines Herzens selbst ein Kunstfreund. Wenn der wüsste ...«

»Herr Professor: ich habe keine Ahnung von Ihrem Metier. Ich weiß nicht, warum das eine Kunst sein soll und das nächste entartet. Aber was den Führer angeht, bin ich mir sicher. Wenn der wüsste, dass Sie die Tuschezeichnung eines deutschen Helden für ein Gläschen Eierlikör verkauft haben, würde er sie auch für ein Gläschen Eierlikör nach Buchenwald einladen.«

Zumal dem Führer ohnehin kein großes Verständnis für alkoholische Genüsse gegeben war. Entgegen dem Volksmund, der weiß: Wer Sorgen hat, der hat auch Likör. Des Führers Sorgen würden viel Likör entschuldigen.

Orellis Kopfschütteln und Hadern ging still vonstatten. Seine Zigarette saugend stellte er sich an das Fenster, dann hatte er einen Entschluss gefasst. »Holen Sie mir noch die andere Hälfte. Ich beschwöre Sie bei allem, was mir heilig ist. Ich habe ein Bild für Sie. Ich trenne mich nicht gerne davon. Aber es soll Ihr Lohn sein.«

»Ich hätte gleich ahnen können. Sie drängen mir ein Bild auf.«

»Oh, es ist nicht von mir, es ist noch viel besser!« Professor Orelli glitt hinter einen Vorhang, Christoph hörte ihn rascheln. Was er ihm zeigte, war noch bunter als sein eigenes Werk.

»Die Krönung!«, beschwor Orelli. »Ein echter Macke. Also, August, nicht Helmuth. Den schenke ich Ihnen. Nicht tauschen, nicht für irgendwas.« Er blickte in die Ferne und die Erinnerung trieben ihm Tränen in die Augen. »Ich habe August Macke bewundert, und ich habe ihn gehasst. Und das hier habe ich ihm gestohlen.«

Christoph horchte auf, nicht weil ihm der Name Macke etwas sagte, sondern weil er sich von jeher für Geständnisse interessierte.

»Mein unfreiwilliger Lehrer und mein Widerpart. 1913 kam ich als junger Künstler in sein Atelier nur ein paar Straßen von meinem Elternhaus entfernt im Bonner Norden. Ich sagte ihm, ich hätte gehört, er plane eine Ausstellung unter dem neuen Begriff des ›Rheinischen Expressionismus‹. Ob ich ihm einige meiner Bilder zeigen dürfe. Ich durfte. Er war ein paar Jahre jünger als ich. Ich hatte mein Studium schon absolviert. Aber er wusste, dass er besser war. Wir wussten es beide, und er wusste auch, dass ich es wusste, und es lag Geringschätzung in seinem Blick. Er sagte, in ein paar Jahren könne etwas aus mir werden, wenn ich einen guten Lehrer hätte. Ich fragte ihn, ob er mein Lehrer werden wolle, denn niemand verstehe so viel von Farben wie er. Es war nicht einfach für mich, den Jüngeren um Hilfe zu bitten. Aber er lehnte ab.«

Orelli sah Christoph eindringlich an.

»Nicht empfänglich für Schmeicheleien – darum hat er es weiter gebracht als ich. Ich blieb im Rheinland, er reiste nach Tunesien. Er ist Künstler geworden und ich ein Kunstprofessor. Er unsterblich, trotz seines frühen Todes, ich ein Beamter. Ein Jahr später war er wieder da und malte wie ein Besessener. Ich hatte gearbeitet, wollte ihm noch ein Bild zeigen, es war besser als alles andere zuvor, aber als ich sah, woran er gearbeitet hatte, verlangte mich nur danach, eines seiner Bilder zu besitzen und seine Farben zu studieren. Macke dagegen gelüstete es, für das Vaterland zu sterben; er rannte fort, um sich zur kaiserlichen Armee zu immatrikulieren. Ich blieb allein in seinem Atelier. Und hier bin ich nun.«

»Ihr Bild gefiel mir besser. Fast wie der Friedhof von Finsterbergen.« Christoph deutete auf die Wölbung hinter der Stoffbahn. Orelli schien ehrlich erfreut.

»Oh, vielen Dank! Und das bei Ihrem Hang zur Schwarzmalerei. Kleiner Kalauer. Ein Tusch müsste kommen wie im Karneval.

Tätä! Ich gebe es Ihnen obendrauf. Nehmen Sie es nun an?« Er lächelte breit.

Christoph wusste, dass er ohnehin bereits ermittelte. Zudem war klar, an welche Türen er klopfen müsste, um die zweite Hälfte des Heftes aufzutreiben, die Orelli so nervös machte. Dennoch schlug er nicht gleich ein.

»Ich nehme sie aber sofort mit.«

Orelli sagte zu. Er nahm die Bilder, legte behutsam Tuch und Schnüre darum und band sie Christoph auf den Rücken. Christoph ekelte sich vor den Fingern des Künstlers, die er an seinem Rücken spürte, zarten Händen mit langen Nägeln. Seine Kopfwunde war schlecht versorgt und eiterte. Der Verband war schmutzig.

»Sie brauchen tatsächlich jemanden, der sich um Sie kümmert, nicht wahr, Herr Professor?«

»Wieso?«

»Sie waren bei Ännchen. Wenn diese Rüpel, wie Sie sie nennen, nicht bei der Polizei geplaudert haben, kann das nur eines heißen.«

»Was denn?«

»Sie wollen sich selbst um sie kümmern.«

Manchmal habe er schon das Gefühl, hier in Finsterbergen unter besonderer Beobachtung zu stehen, gestand Orelli. Als Zugezogener. Und Künstler.

»Damit liegen Sie nicht ganz falsch«, sagte Christoph. Aber wie Recht er hatte, wusste er nicht.

Er packte Orelli beim Arm und hielt ihn davon ab, weiter vor den Fenstern herumzulaufen. Und weil die Luft draußen rein schien, verschwand er.

Die ständigen Siegesnachrichten von der Ostfront brachten es mit sich, dass ohnehin der halbe Ort offiziell in schwarz lief: In stolzer Trauer, wie man sagte. Zumindest das war die Sprachregelung. Die moderne Massenproduktion individueller Schicksalsschläge führte zu Gewöhnungserscheinungen. Niemand hätte also verstanden, wenn Dr. Dielenschneider seine Praxis nicht rasch wieder geöffnet hätte. Kein Lufthauch regte sich, als Neumann und Münster die Straße hinaufschritten. Der Schweiß lief in dicken Tropfen über Münsters Rücken. Der Wald sehnte sich nach einem Gewitterguss. Mücken tanzten ihn bereits herbei.

Die Ermittler fanden ein Wartezimmer voll jammernder und wimmernder Gestalten, die zugleich brennend interessierte, wie es nach dem erst mit Schrecken, dann mit einer gewissen Schadenfreude aufgenommenen Tod der Dorfschönheit im Hause Dielenschneider zugehe. Die menschliche Neugier erweist sich als stärker, gegenüber der Angst vor Zahnärzten, selbst vor so beschissenen Zahnärzten wie Dr. Dielenschneider, dessen Fertigkeiten sich durch die Ätheromanie nicht verbesserten. So harrten die Finsterberger in seinem Wartezimmer auf Neuigkeiten, leidensfähig wie Redaktionsnovizen bei der Tageszeitung, und sie wurden nicht komplett enttäuscht, als sie den großen Blonden und seinen kleineren Begleiter durch die Tür treten sahen.

Wenigstens etwas, das sie hinterher erzählen könnten.

Ein belegtes »Heil Hitler« erklang, geschuldet den dicken Backen. Bald fiel den meisten Patienten nacheinander ein, dass sie morgen wiederkommen könnten. Sie plapperten durcheinander, wie auf Kommando, so dass die zugereisten Ermittler kein Wort verstanden. Das aufziehende Gewitter bot eine elefantöse Entschuldigung, sich zu empfehlen. Sie schwangen die Hufe, und vor dem Hause klapperte ein Fahnenmast im Wind den Takt dazu.

Die Ermittler planten, Gertrud Dielenschneider detaillierter zu befragen, um ihre Version von Ännchens letzten Stunden später mit der Aussage ihres Mannes abzugleichen, sofern er in der Lage dazu sei. Gertrud bot ihnen die Stühle in der Küche an, die nach Karbol roch, als müsse das Mädchen, Grete, die Küche reinigen wie die Praxis. Gertrud zwängte sich auf den engen Platz zwischen dem Küchentisch und der Speisekammertür. Ein leeres Schnapsglas stand da. Das Mädchen schickte sie barsch, sich um die Wäsche zu kümmern. Grete ging nonchalant. Münster spürte, Gertrud war ihm zwei, drei Korn voraus, und vermutete die Flasche erst in der Kammer hinter ihm, weil Gertrud bei jedem Knacken der Dielen, das von oben her kam, wo Grete plättete, faltete und räumte, erschrocken zur Speisekammer blickte. Fahrig gab Gertrud ihre Antworten zu Protokoll. Sie habe nicht gewusst, wo Ännchen abgeblieben war. Neumann betonte, sie müssten unbedingt ihre bevorzugten Orte und Wege kennenlernen.

Endlich kratzte nebenan wieder das Grammophon, der Fliegende Holländer wurde beschworen. So scholl durch das Haus die frohe Botschaft, dass der letzte Patient an diesem Tag bewältigt war. Freilich hieß das nicht, dass Dr. Dielenschneider sich zu seiner Frau gesellte, sondern dass er Ruhe hatte, um in Welten abzutauchen, von deren Existenz er allein wusste, begleitet von Piccolo und Fagott. Der Himmel unterlegte die Musik mit einem tiefen Grollen.

»Sie müssen sich beeilen, sonst pennt er«, sagte Gertrud mit einem Ausdruck von Verachtung, die war so kalt, dass man mit der Zunge an Gertrud festgeklebt wäre, wenn man sich in dem Moment unterwunden hätte, sie zu küssen. Münster fror innerlich, weil er sich eingestehen musste, der Gedanke, sie zu küssen, hatte sich längst eingeschlichen. Irgendwann musste er doch mal wieder küssen. Dabei wäre an diesem Sommertag sogar der Spiegel vor Kälte beschlagen, vor dem sich Gertrud gerne bewegte wie ein junges Mädchen und der ihr immer und immer wieder versichern musste, dass sie sich gut gehalten habe.

9. Kapitel

Erst jetzt sah Reinhold Münster, dass die Flasche Korn zu Gertruds Füßen stand. Blieb nur die Frage, was Frau Dielenschneider in der Kammer verbarg. Sicher brauchte sie das Frostschutzmittel nicht, um sich zu betäuben, sondern um am Leben zu bleiben im Hochsommer 1943. Sie spielte mit dem Schnapsglas, wollte sich endlich wieder einschenken. Dabei schimpfte sie auf ihren Mann. »Der war immer nur dann nüchtern, wenn er sich um sein Täubchen gesorgt hat. Dass sein Täubchen nur nicht in falsche Hände käme! Dabei hat Ännchen schon lange den Respekt vor ihm verloren.«

Unterschätze die Macht der Verachtung nicht. Sie ist hochansteckend. Da kannst du tausendmal mit deinem angenommenen Töchterchen Schlittschuhlaufen gehen oder mit ihr über die Reinhardsbrunner Teiche gondeln. Doch die Blicke der Stiefmutter, wenn du schwach bist, sie fallen in dein Herz, sie keimen und bringen böse Frucht. Die reift, wenn du schwach bist und Hilfe bräuchtest. Aber dein Täubchen kommt nicht wieder. Wie könnte man nur Dr. Dielenschneider dahin bringen, dass er erzählte, was in ihm vorgeht? Münster mahnte sich, nicht zu sehr zu spekulieren.

»Gehen Sie schon einmal hinüber, Neumann. Sie haben, glaube ich, einen guten Kontakt zu ihm hergestellt.« Eventuell würde sie ihm dann einen Schnaps anbieten, dachte Münster. Ohne den schwarz Uniformierten im Raum. Auf dem Regal über dem Küchentisch warteten weitere Gläschen.

»Einen guten Kontakt hat nur Huthgang zu ihm«, sagte Gertrud, »der arme Dorflehrer, den wir seit Jahren an unserem Tisch mit durchfüttern. Aber versuchen Sie Ihr Glück.«

Neumann raffte sich auf und ging aufrecht wie ein Stock nach drüben, so dass jemand, der ihn für einen Musikkenner hielte, vermutlich gedacht hätte, die Ouvertüre habe ihn hypnotisiert.

Getrud flüsterte zum Kommissar. »Neulich hat Huthgang gefragt, ob er unser Auto bekomme. Stellen Sie sich das mal vor.«

Münster wartete nicht, bis sie ihm etwas anbot. Er griff zu einem Glas.

»Wie soll man auch die Achtung bewahren?«, fragte sie leicht lallend und stellte die Flasche auf den Tisch. »Und der Lehrer nimmt sich alles, was er will.«

Münster ging darüber hinweg.

»Aber schauen wir doch lieber vorher noch, was Sie in der Kammer haben«, sagte Münster und erhob sich.

Gertrud Dielenschneider sprang auf und drängte sich zwischen Münster und die Kammer. Er roch ihre Fahne und den Schweiß, der bereits seine Bögen unter die Achseln gesetzt hatte. Ob er denn keinen Klaren mit ihr nehmen wolle, fragte sie endlich mit großen Augen, es sei ein guter, den sie heute aus dem Keller geholt habe. Sie wollte wissen (mit Augenaufschlag), ob sie ihn nicht verführen könne.

Er legte die Hände auf ihre Hüften. So standen sie kurz da, aber dann sagte Münster – nach etwas zu langem Zögern, als hätte er die Optionen sorgsam abgewogen – so ganz im Plauderton: »Rauskommen, Polizei!«

Draußen klapperten die Fensterläden, als die Gewitterwinde begannen, das Dorf zu umspielen. Donnergott Thor ließ sich hören. Münster schob Gertrud zur Seite, die Hände immer noch am Schürzenband. Die Kammer öffnete sich. Drinnen stand ihr Neffe, Christoph. Der trat heraus, aber nicht wie einer, der peinlich berührt ist, weil er erwischt wurde, sondern als müsse es so sein. Christoph drückte sich an Gertrud vorbei und nahm auf Neumanns verwaistem Stuhl Platz. Münster legte zum Gruß die Hand an die Stirn.

»Sehen Sie mal, Frau Dielenschneider: ein blinder Passagier.« Gertrud reagierte nicht.

»Bist du also unter die Heimlichtuer und Spitzel gegangen?«, fragte Münster. »Es passt sich halt doch jeder so an, wie er es muss, nicht wahr?«

Christoph grinste bloß mit einer Hälfte des Gesichtes. »Ich frage mal zurück: Du kennst dich hier aus, Reinhold. Warum sollte er das nicht merken?«

»Wer er?«, fragte Gertrud.

»Der SD-Mann«, sagte Christoph.

»Wie kommst du darauf?«, fragte Münster.

»Du hast mich nach dem Weg gefragt, als ihr ins Dorf kamt.«

»Es sind vierzehn Jahre. Weißt du, in wie vielen Kuhdörfern ich war, um irgendwelche beschissenen Brandstifter zu finden? An denen hat Deutschland immer genug. Die wachsen an den Bäumen, scheint's.«

»Mich hattest du bestimmt nicht vergessen.«

Gertrud tat, als ginge sie die Unterhaltung der Männer nichts an, und inhalierte Tabakrauch.

»Nein«, antwortete Münster. »Hatte ich nicht.«

Ein erster Blitz zuckte auf. Drei Schnäpse wurden eingegossen. Aber Münster rührte seinen erst nicht an, ebenso wenig wie Christoph, der auch ein Glas erhalten hatte. Gertrud trank und Münster schnitt Grimassen, um zu signalisieren, Gertrud störe. Christoph dagegen ließ sich nicht einmal davon stören, dass Gertrud deutlich Halt an seiner Schulter suchte und faselnd fragte, ob sie nicht einen wackeren Neffen habe, und dabei zwinkerte sie Münster zu. Irgendwann landete eine Hand auf Christophs Knie. Münster trank. Er war froh, dass er seine Hände zurückgehalten hatte. Obwohl es sich richtig angefühlt hatte, die Frau. Das Speckröllchen an der Hüfte.

»Zumindest, sagen wir, kenne ich jetzt den Stand eurer Ermittlungen, Reinhold. Interessante Entscheidung, bei Ännchens Wegen einzusetzen, statt bei einem Motiv. Sehr unorthodox. Nicht gerade nach Lehrbuch.«

»Was du nicht weißt.«

»Haltet ihr also den Mord für das Werk des Zufalls? Eines Gelegenheitsmörders? Irgendwie logisch, die Berufskiller sind längst an der Front. Oder an noch schlimmeren Orten.«

»Orte, vor denen ich dich bewahren will, Christoph. Lerne nur aufzupassen, was du sagst.«

»Warum knüpft ihr nicht ein Bauernopfer auf? So wie ihr es sonst handhabt in solchen Fällen?« Er schenkte Gertrud keine Beachtung.

»Diesmal könntest du das Bauernopfer sein. Darum.« Endlich stürzte er den Klaren hinunter.

»Als ob das was Neues für mich wäre. Aber dass du kommst!« Christoph wurde laut. »Du kommst und willst mich beschützen? Ausgerechnet du?«

»Ja, ich«, setzte Münster ein, senkte aber rasch den Blick zu Boden. Da waren Gertruds Füße, die blank in den Sandalen steckten. Sein Blick fuhr ihre Beine hoch, die weit gespreizt standen. Da rappelte sie sich auf und schenkte nach. Christophs Glas floss über, er hatte doch noch nicht getrunken.

»Wir haben es alle getan, Christoph. Wir haben dem Führer unseren Eid geleistet. Einer nach dem anderen.«

Er sah ihre Hand am Bein des Neffen.

»Gott sei Dank, ihr redet miteinander«, faselte Gertrud.

Christoph schüttelte den Kopf und vergewisserte sich mehrfach, ob das wahr sei. »Alle? Aber nicht Krauß?«

»Der schreibt sich jetzt mit Doppel-s. Womöglich unter Druck. Jüdische Oma, sagt man.«

»Und reckt brav das rechte Ärmchen.«

»Das nicht. Seine Rechte vermodert bei Kiew. Granatsplitter. Auf Sondereinsatz gewesen und zurück zum SD. Er hätte dich sicher grüßen lassen, wenn er gewusst hätte, dass ich dich treffe.«

»Was hält mich davon ab, es dir heimzuzahlen?«

»Ich bitte dich, Christoph, hör mir zu. Bei diesem Spiel hier geht es um dein Leben. Und ich habe mich entschlossen, auf dein Leben zu setzen.«

»Wirst du auch dein Leben einsetzen oder wieder nur meins? Weißt du, in diesem Spiel kann man seinen Einsatz auch verlieren.«

Christoph kippte seinen Schnaps. ›Kommen Sie mit nach Weimar‹, hatte er einmal gesagt. Und was war daraus geworden?

Nebenan, wo der Holländer flog und die Traumgespinste den Wald in ein Wellenmeer verwandelten, stand ein alter Kapitän auf der Brücke und ein schwarzgewandeter Offizier neben ihm, ein Engel des Todes, dessen Verhörschule mit den Lehrbüchern der Gestapo darin versagt hatte, ihm zu erklären, wie man jemanden verhören solle, vor dem man in Bewunderung erstarrt. Der Totenkopf an der Mütze versagte kläglich darin, Dielenschneider zu verängstigen. Der Zahnarzt plauderte vergnügt; Seemannsgarn und Einschätzungen zur kaiserlichen Marine und wie er die Marine eingesetzt hätte, wenn man ihm die Gelegenheit gegeben hätte und ihn die Vorsehung nicht zum Zahnarzt gemacht hätte, sondern zu dem Mann, den die Welt gebraucht hätte.

Einmal der Mann sein, den die Welt braucht!

Das hätte vielen Menschen das Leben gerettet und dem Deutschen Volk überdies ewigen Triumph beschert. Nur an das Naheliegende dachte er nicht: Die meisten hätten schon respektvoll auf die vielen Menschen geschaut, die, statt von ihm, von einem richtigen Zahnarzt behandelt worden seien. Denn du kannst dir doch auch dadurch einen Ruf verdienen, dass du deine Arbeit ordentlich machst, und wenn du nur ein Maler bist, ein Zahnarzt oder ein Koch. Bei uns auf dem Dorf, wo einen eh jeder kennt und man nicht bloß die kennt, von denen es heißt, sie seien Stars.

Neumann stellte immer neue Fragen zu den verblüffenden Details, die Dielenschneider aus seinem Gedächtnis löste, inspiriert von dem Ätherlappen, den er sich minütlich unter die Nase hielt und ihm freigiebig anbot. Neumann lehnte ab, Dielenschneiders Erzählungen berauschten schon zur Genüge. Fast so sehr wie die zur Gewissheit versteifte Hoffnung auf die Nachricht des endgültigen Durchbruchs von Generalfeldmarschall von Manstein – »dem Genie!«. Es konnte nur eine Frage von Stunden sein, bis der Durchbruch gelang durch den südlichen Frontbogen bei Kursk. Im Haus Thule hingen abends alle deshalb vor dem Volksempfänger. Neumann lutschte eine seiner Sahnekaramellen.

Der Kapitän-Zahnarzt selbst verehrte Wagner mehr als alles andere und referierte über den *Holländer* und über den *Tannhäuser* und über den *Parsival* und die Sagen der Nibelungen, und dass er immer an die Zukunft Deutschlands glauben werde, solange die Sagen lebendig gehalten würden. Wagner selbst habe das gewusst. Im Vertrauen: Der Heilige Gral … der Mythos sei nichts weniger als eine Schatzkarte zu Frieden und Glück.

Magnus Neumann erinnerte sich an Gäste, die sein Vater als karrierehungriger SS-Funktionär gern mit nach Hause gebracht hatte. Als Halbstarker durfte er zur vorgerückten Stunde Frankfurter Kranz und Malteserkreuz Aquavit servieren. Als Gegenleistung schnappte er manchen Brocken der Gespräche auf, die sein Vater führte mit SS-Standartenführer Willigut und seinem Referenten Otto Rahn. Die beiden hatten Reichsführer Heinrich Himmler helfen sollen, den Gral zu finden. Was sie nicht alles umgegraben hatten! Und war es Traum oder Wirklichkeit, dass er, Magnus Neumann, bei einem weitgereisten Offizier saß – oder: zu ihm geführt worden war – der ihm berichten konnte?

Ob er ihm das genauer erläutern könne, fragte Neumann. Dielenschneider wurde durch die irritierte Frage daran erinnert, dass er seinen heutigen Zuhörer ausnahmsweise nicht nur der Kraft der Imagination verdankte – solche Gäste konnten seinen Gedanken leichtfüßiger folgen. Er holte weit aus und stammelte Erklärungen für Dinge, die sich in seinem Geiste von selbst verstanden – was zu allen Zeiten eine schlechte Voraussetzung für guten Unterricht gewesen ist.

»Alle unsere Legenden haben diesen Kristallisationspunkt: Siegfried, Parsival, Barbarossa, der schlafende Fürst, der feuerumloderte Berg. Der Gral ist das fehlende Steinchen im Mosaik.«

»Der Heilige Gral?«

»Richtig, Kamerad.«

»Was hat es damit auf sich?«

»Der Gral liegt verborgen. Am Ende der Welt tritt er ans Licht. In der Hand eines Helden, der seine wahre Kraft zur Entfaltung bringt und sie dem erstarrten Gralskönig aus der Hand reißt.«

»Ein erstarrter Herrscher?«

»Eine Barbarossafigur. Hören Sie Wagner? Tauchen Sie ein in seine Welt! Sie werden den Schlüssel selbst finden.«

»Darum liebt der Führer diese Musik?!« Er stockte. »Meinen Sie, der Führer könnte dieser Held sein?«

Aber statt zu antworten, zerrte ihn Doktor Dielenschneider an seinem Ärmel direkt neben sich an das Steuerrad und legte ihm eine Hand auf die Schulter. Die Bäume des Thüringer Waldes bogen sich unter den Winden des Sommergewitters. Regen peitschte gegen die Scheiben. Neumann erwischte sich bei der Vorstellung, nicht Hitler wäre dieser Held, sondern ein anderer. Ein unbedeutender SS-Mann, dem keiner etwas zugetraut hätte, nicht mal sein Vater. Ein Mann, der abschätzige Blicke ertragen musste, als ruchbar wurde, wie er seine Versetzung zur Heimatfront erreicht hatte. Als wäre die Aufgabe, für Gerechtigkeit zu sorgen, eine kleine. Dabei tat er nichts anderes, als der Vorsehung zu folgen. Wenn dieser Mann zeigen könnte, was in ihm steckt! Was wäre dann? Das wäre eine Geschichte, die man noch tausend Jahre erzählen würde. Solche Helden vergisst man nicht.

»Der Sturm zieht vorbei, mein Junge«, rief Dielenschneider und drückte seine Schulter immer fester, begann ihn zu schütteln. »Holt fast, Jungs.« Blitze zuckten.

Neumann fasste sich ein Herz.

»Meinen Sie, am Ende der Welt wird einmal der strahlende Held auftauchen, der dem Deutschen Volk den verdienten Triumph bringen wird?«

Die Donnerwellen prallten heftig auf den Bug. Der Kapitän schrie auf und lachte in den Sturm.

»Das Ende der Welt, Neumann, das Ende der Welt ist kein Zeitpunkt, sondern es ist ein Ort, verstehen Sie, Kamerad? Ein Hinweis auf einen Ort. In Spanien haben sie so einen Ort, ich sah ihn von Bord der SMS Seeadler. Im äußersten Nordwesten der Halbinsel. Ich stand auf der Brücke, der Steuermann hatte Zahnweh, und der Seeteufel trat an meine Seite. So wie Sie gerade.«

Dielenschneider riss das Ruder hin und her. Neumann begann, sich mit ihm im Takte zu wiegen, als spürte er das bedenkliche Wanken des Kahns.

»Graf Luckner?«

»Genau der! Und er packte mich am Nacken mit der starken Rechten und mit der anderen Hand zeigte er an die Küste: Cap Finisterre, von lateinisch *finis terrae* – das Ende der Welt.«

Draußen sah man nichts als graue Regenschlieren. Neumann löste sich aus dem Griff des Kapitäns und begann aufgeregt im Behandlungszimmer herum zu laufen.

»Dort wäre also zu suchen? In Spanien? Das passt ins Bild. Der Reichsführer SS war vor einigen Jahren in Spanien. Dort beteiligte er sich persönlich an der Suche nach dem Gral. Dort endet ein sagenumwobener, uralter Pilgerpfad.«

»Richtig. Santiago de Compostela. Doch in einem irrt der Reichsführer, wenn ich so offen sprechen darf.«

»Selbstverständlich dürfen Sie, Herr Kapitän!«

Wer sollte denn sonst offen sprechen dürfen?

»War Siegfried ein Spanier? Oder Hagen?«

»Natürlich nicht.«

»Sehen Sie.«

»Was?«, fragte Neumann verzweifelt. »Was soll ich sehen?« Er blickte ahnungslos, wie ein Ochse auf die Turmuhr, ein Ochse mit Stift und Notizbuch, der den Auftrag hat, sich die Uhrzeit zu notieren. Mit einem Mal stoppte der Regen und die Wolken rissen auf. Ein Sonnenstrahl fiel auf den Dinsterberg und strich über das Kurhaus hinweg. Ruhe.

Heinrich flüsterte durch die Hand. »Sie müssen in Deutschland suchen.« Er begann zu lachen. »Sie junge Schnösel von der SS, Sie, Sie lernen nichts mehr über die deutsche Sprache. Da ziehen Sie in den Krieg und wissen nichts über die Schätze, die Sie zu bewahren haben. Sie wissen weder, wofür Sie kämpfen – noch was den Kampf einmal entscheiden wird.« Man müsse die Sprache belauschen und die Gesetze ihrer Veränderung! »Lautverschiebung, Neumann, Abschleifungen. Der natürlichste Vorgang in einer lebendigen und kraftvollen Kultur! Sie dachten, Finsterbergen heiße so aufgrund des Nebels oder des schwarzen Waldes?« Er nahm einen tiefen Zug aus seinem Ätherlappen. »Der Fichten wegen? Da kennen Sie die Geschichte nicht. Früher war der Wald nicht schwarz, da standen hier nur Buchen. Er war grün und licht. Thüringen ist Buchenland!«

»Was wollen Sie mir sagen?«

»Es liegt doch auf der Hand, Neumann! Finsterbergen, *Finisterrae*-Bergen. Der Berg am Ende der Welt. In der Mitte dieses Dorfes, in das nur eine Straße hinein, aus dem aber keine hinaus führt.«

»Finis-ter-Bergen«, murmelte Neumann. »Das könnte es tatsächlich sein.«

Münster erklärte mit mehr Worten als nötig, dass Christoph schon aufgrund seiner Kriegsuntüchtigkeit ein Ziel der ganzen Verachtung des Obersturmführers sei, der ihn bei den Ermittlungen bis zum bitteren Ende begleiten würde, und ohne den zuletzt nichts mehr gehe.

Christoph meinte, Neumann sei in Wahrheit neidisch auf seine Kriegsuntüchtigkeit, aber Münster wischte den Einwand beiseite, es werde am Resultat nichts ändern, wenn es so sei. Was dagegen Christoph zur Seite wischte, war Gertruds Hand, und zwar nahm er sie von seinem Schenkel.

»Welchem Resultat?«, fragte Christoph.

»Buchenwald.«

»Du bist der Letzte, von dem ich Ratschläge brauche, Reinhold.«

»Die Zeiten haben sich geändert, Christoph. Frag mich nicht, ob ich heute manches anders machen würde. Das führt zu nichts. Aber unser Ziel muss es doch sein, am Leben zu bleiben. Und ich meine damit, dass du am Leben bleiben sollst. Er nimmt dich aufs Korn.«

Stichwort Gertrud. »Nehmen wir noch einen Korn«, sagte Gertrud. Sie rauchte wieder. Auch in der Kombüse hörten sie die Donnerschläge des Gewitters. Wie sie so da saß, sah sie schön beleidigt aus. Verschränkte Arme und hin und wieder der Blick zu Christoph, ob er sie bemerke, ob er sehe, dass sie sich wünsche, ihr Neffe werbe um sie.

»Es gibt keine Versöhnung, selbst wenn du dich noch so oft entschuldigst. Du wirst wieder und wieder versagen.« Christoph schüttelte den Kopf.

»Ich wollte immer nur schützen. Dafür bin ich einmal Polizist geworden«, sagte Münster.

»Ein guter Spruch.« Gertrud kippte das Glas.

»Prost!«, sagte Christoph und stand auf, während Gertrud in sich zusammensank.

»Lass mich dir nur einen einzigen Rat geben.«

»Der wäre?«

»Hau ab, Christoph. Egal, ob du mit der Sache was zu tun hast oder nicht. Verschwinde. Ich weiß, was ich dir schuldig bin. Von mir hast du nichts zu befürchten, ich sehe über alles hinweg. Selbst wenn du Ännchen …«

Christoph packte Reinhold und riss ihn vom Küchenstuhl. Seine Hände hatten Münster am Kragen gepackt und drückten ihn gegen die Wand. »Was anderes fällt dir nicht ein als ›Christoph muss verschwinden‹. So kann man sich aus der Affäre ziehen. Aber da wird nichts draus. Hier kriegst du mich nicht weg. Hier nicht.«

Statt sich zu wehren, wühlte Reinhold Münster mit der freien Hand durch die Taschen seines Jacketts. Vorsichtig legte er auf den Tisch, was er gefunden hatte. »Prüfe dich doch selbst, ob dieser Knopf dir fehlt. Er lag direkt bei ihr. Normalerweise hätten wir längst alles durchsucht, deine Kleidung mitgenommen und geprüft. Der Obersturmführer weiß von nichts. Nimm den Knopf als kleinen Vorschuss auf ein neues Leben.«

Christoph ließ sich nur kurz ablenken.

»Ännchen war ein schönes Mädchen«, stammelte Münster.

»Du bist widerlich«, sagte Christoph und spie vor Reinholds Füße. Er packte ihn mit der Rechten und gab ihm mit der Linken zwei feste Schwinger auf die Leber.

Münster biss die Zähne zusammen.

Als Christoph losließ, sackte der Kommissar zusammen, und das einzige, woran er Halt suchte, war Gertruds Schürze.

Bevor die Ohnmacht kommt, schmeckst du eine plötzliche Bitterkeit.

Gertrud kippte beiseite, an der Schürze gezogen, und sie zog die Kornflasche mit auf den Boden und wischte noch einen Teller mit sich. Krachend legte sie sich in die Scherben und bettete nur den Kopf in Münsters Schoß. »Christoph und Ännchen …« war das letzte, was sie von sich gab, bevor ein lautes Schnarchen ertönte.

Den Knopf steckte Christoph ein. Er öffnete das Fenster, schwang sich auf das Brett und ließ sich in den Garten gleiten. Der Aufprall schmerzte im kaputten Bein deutlich stärker als im gesunden. Unter dem Fenster hielt er inne. Aus dem ersten Stock hörte man ein Poltern: Grete, die sich auf den Weg nach unten machte, um nach dem Rechten zu sehen. Auf der Brücke des Kapitäns rührte sich etwas. Schritte hallten über den Flur. Bevor er sich aus dem Staub machte, hörte Christoph aus der Küche die Stimme des Kapitäns.

»Seekrank«, überlegte Heinrich. »Schafft sie nach oben.«

10. Kapitel

Der Obersturmführer schlug die Ohnmacht des Kommissars in die Flucht. Es genügte ein einziges Glas Wasser, das er ihm schwungvoll ins Gesicht spritzte. Münster entschuldigte sich für seine Trunkenheit. Er sei gestürzt. Das solle nicht wieder vorkommen. Neumanns Augen versprühten den Ausdruck unverhohlener Verachtung. Aber seine Fresse grinste, so ein Grinsen, dessen Unerträglichkeit sich mit jedem Grad Kopfschmerz noch potenziert. Der eine Mundwinkel so schief nach oben. Vor allem, wenn dich die Augen so böse anblinken dabei. Dass er unter den gegebenen Umständen einen höheren Anteil an der strategischen Führung der Mordermittlung nehmen könne, sagte Neumann. Nicht vergessen, der Bericht, den er zu schreiben habe. Der, den nur er zu schreiben habe.

»Man ermittelt einen Mord nicht, wie man eine Schlacht plant, Herr Obersturmführer«, sagte Münster. Dabei musste ihm klar sein, dass er die Vorstöße des Jüngeren nur vorläufig zurückschlagen konnte.

Auf dem Heimweg aber zeigte sich Neumann nachdenklich. Ob es möglich sei, fragte er Münster, dass Dr. Dielenschneider klarer sehe als alle anderen und Dinge wisse, die anderen verborgen blieben? Münster hielt sich noch immer ein Tuch an den Schädel, welches die Beule kühlen sollte.

»Möglich ist das immer, Herr Obersturmführer. In jedem Falle scheint er mit einem erweiterten Bewusstsein ausgestattet.«

»Jaja«, sagte Neumann nur, und als sie vor der Pension standen, war er wieder ganz friedlich, er fragte Münster nur noch, ob er denn manchmal den Lockruf des Waldes höre? Irgendetwas müsse doch dran sein an den tiefen Empfindungen der deutschen Volksseele, diesem Ort – nach dem Gewitter zumal – etwas Magisches zuzuschreiben. Er wolle sich noch nicht zurückziehen, sondern nur laufen, laufen. Sich auf die Suche machen. Und damit ging er weiter.

Beim Abendbrot fehlte Albin. Die Mutter bat den einzelnen Kommissar an den Tisch der Familie. Reinhold Münster saß neben Renate, die ebenfalls mit einem Rattengebiss ausgestattet war, wie Albin und die meisten ihrer Kinder, dazu trug sie schlaffe Brüste, die wie zwei Waschlappen zum Trocknen über ihren Rippen hingen. Sie brachte Bier. Sie wackelte ständig beim Servieren mit dem Po vor ihm herum. Münster war besoffen, und trotzdem kicherte sie beinahe erleichtert, als er sie endlich in den Po kniff. Es war Finsterbergen. Und Isolde hatte er daheim zurückgelassen.

Schon am nächsten Morgen entzog die Sonne dem Boden den kurzen Regenguss und verwandelte ihn in nutzlosen, schwülen Dunst, lähmend und zerstörerisch wie eine kommunistische Bodenreform. Münster wischte sich über die Stirn.

Das Gewitter hatte nur eine kurze Abkühlung gebracht. Und Renate Geils ebenso, in deren Bett er munter geworden war. Im Haus Thule hatte Albin den beiden Ermittlern Malzkaffee serviert und nicht ganz frisches Brot, er hatte geplaudert, bis eine schrille Pfeife ihn auf die Straße befahl. So waren sie bisher noch nicht dazu gekommen, sich über ihren Fall zu unterhalten, bis es Zeit war, aufzubrechen und die in Aussicht gestellten Bilder Ännchens abzuholen.

Baldur und die Kameraden liefen und kreuzten mehrfach den Weg der Ermittler; sie rannten im Hemdchen durch das Dorf und trotzten der Sonne und ihren kommunistischen Strahlen, wenn auch mit hängenden Zungen; sie schwitzten lieber und übten für den Endsieg; Baldur rannte vorneweg und Albin war der letzte, aber er rannte nur scheinbar langsamer, hielt den Kopf erhoben und musterte mit wachen Augen alles, was in diesem Ort nicht ablief wie normal. Neumann grüßte den Trupp auf deutsche Weise. Münster betrachtete ihn. Der Mann in Schwarz war der einzige, an dem sich die Hitze die Zähne ausbiss, so zackig spannte er den Körper beim Gruß.

Die Finsterberger waren offensichtlich das Arbeiten gewohnt. Aber wenn die HJ vorbeilief, legten sie alle noch eine Schippe drauf und was sie vorher aus Fleiß und Ergebenheit getan hatten, taten sie nun zackig, wie unter Dampf. Bis die jungen Kerle wieder verschwanden.

»Ich weiß, was diese Jungen erwartet. Ihre Haltung ist tadellos«, sagte Neumann.

»Hat Ihnen der Wald denn etwas geflüstert, gestern Abend?«

Neumann machte eine wegwerfende Armbewegung. »Ich habe bloß Holz gesehen. Bohlen für die Eisenbahn. Brennholz für die Front. Und Balken für tausend Jahre.«

»Ein Reichsredner ist an Ihnen verloren gegangen.«

Als sie das Geschäft erreichten, öffnet der Fotograf von innen die Ladentür. Er musste auf sie gewartet haben. Gleichzeitig glitt Evi elegant auf ihrem Hollandrad die Straße hinab und hob einen Arm, um zu winken, und diesmal konnte sie niemanden meinen als Obersturmführer Neumann. »Bonjour«, flüsterte er.

»'eil 'itler«, spottete der Fotograf hinter ihm. Der schlich sich gerne an. Neumann hatte Blüthner nicht bemerkt.

»Es scheint, als könnten Sie unserm Christoph Konkurrenz machen, Herr Obersturmführer! Als Herzensbrecher.« Erneut bedauerte der Fotograf das Ende seiner Mannesjahre, in denen er noch hart wie Kruppstahl war vom Kopf bis zu den Zehen, wenn sie verständen. Neumann fragte, wieso er Christophs Namen ins Spiel bringe.

»Ich denke, ihm gilt Ihr Interesse«, antwortete der Fotograf listig. Münster meinte, das gehe ihn nichts an, aber Neumann sprang auf und sagte, es sei wohl gelacht, ihn mit diesem Krüppel … was der überhaupt treibe? Äh, tue. Beruflich.

»Tischler.«

»Dieser Verkrüppelte ... Tischler?«

»Sargtischler.«

»Davon lässt sich also noch leben?«

»Besser denn je«, sagte Blüthner. »Er lässt bis Erfurt liefern. Sonst half er immer noch beim Vergraben. Aber da kommt er nicht mehr hinterher. Das macht er nur noch für uns in Finsterbergen. Früher hatte die Familie eine kleine Fabrik. Und wenn der Krieg noch dauern sollte, kann er sie bald zurückkaufen.« Blüthner schien irgendetwas daran lustig zu finden.

Jedenfalls, so Neumann, könne niemals ein verkrüppelter Sargtischler gegen einen deutschen Offizier triumphieren.

»Oh, er war nicht immer ein verkrüppelter Sargtischler. Er hat die Werkstatt von seinem Onkel übernommen, aber im Grunde nur, weil er irgendwas schaffen musste, als er zurück ins Dorf kam. Und der Onkel war krank. Die Familie ist alteingesessen ... Auf dem Land hält man zusammen.«

Neumann klappte den Mund auf, um eine weitere Frage vom Stapel zu lassen, aber Münster drängte den Fotografen zurück in seinen Laden, wo dieser sich hinter der Theke verschanzte und tat, als müsse er noch etwas suchen; als wäre noch immer nicht klar, was die beiden von ihm wollten. Seine Hoffnungen auf ein paar exklusive Informationen zum Ermittlungsstand schwanden. Eher würde General Franco an der Seite der Wehrmacht in den Krieg eintreten, als dass er von dem missgelaunten, schon am Morgen schwitzenden Ermittler und dem schwarzen Todesengel erfuhr, welche Spuren sie bereits aufgenommen hatten. Er erreichte nur, dass Münster sich in dem Laden umsah, der aussah, als mangele es seinem Besitzer in den letzten Jahren an Akkuratesse und Fleiß. Staubige Regale boten Stifte, Bücher und Blöcke feil. Der Krieg brachte Flaute für die Urlaubsfotografen. Nur nachmittags ein Schnaps auf die Erinnerung. Mit Enoch, dem Hutmann. Das war alles, was blieb.

Blüthner reichte dem Kommissar einen Stapel Bilder, auf denen Ännchen zu sehen war.

»Mehr habe ich nicht.«

Das erste zeigte sie als kleines Mädchen, das nächste war ein Abzug des Bildes, das auch Heinrich Dielenschneider besaß. Auf weiteren Fotos stand Ännchen in der Gruppe bei Aufführungen des Bundes Deutscher Mädel oder in früheren Jahren bei der Heimatspieltruppe, die Finsterbergen zeitweise den Ruf eingebracht hatte, Thüringens Oberammergau zu sein. Doch statt biblischer Szenen spielte man von Gustav Adolf und den Schweden – lauter Geschichten, die einen darin bestärken sollten, sich zurückzuziehen in ein kleines Dorf am Ende der Welt, wo drumherum die Kriege toben können, aber man selbst läge am Busen der Natur. Den Gedanken von hier fortzugehen, würde man schmunzelnd verwerfen, immer saugend und glucksend an der dicken Zitze.

Ein Bild nach dem anderen wanderte durch Münsters Hände zu Neumann.

»Ännchen wollte Schauspielerin werden. Und da haben Sie keine weiteren Bilder von ihr? Posen? Bewerbungsfotos?« Er senkte die Stimme. »Aktaufnahmen?«

Neumann errötete, als Münster die Möglichkeit andeutete, aber der Fotograf schüttelte den Kopf.

»Ännchen war eine Gans. Ich hatte es ihr natürlich angeboten. Das wäre mir eine Freude gewesen. Aber sie meinte, was sollte sie sich von einem Dorffotografen knipsen lassen, ihr stehe mehr der Sinn danach, mit wirklichen Künstlern zu arbeiten.«

»Gibt es die hier in der Gegend? Künstler?«

»Den einen oder anderen, der sich dafür hält. Oder es einmal war.«

»Sie führen Schreibwaren?«, fragte Münster.

Der Fotograf bejahte.

Münster kramte in seiner Tasche und faltete den Papierfetzen auseinander, den er bei Ännchens Leichnam gefunden hatte. »Können Sie mir sagen, woher dieses Papier stammt?«

»Marke Soennecken«, sagte der Fotograf so leichthin. »Da habe ich Notizbücher, Zeichenblöcke, Hefte.«

»Habe ich mir gedacht«, sagt Münster und winkte mit seinem eigenen Notizbuch. »Ich wollte nur wissen, ob Sie so etwas führen?«

Der Fotograf zog ein blaues Notizbuch aus einem Regal hinter dem Tresen. Neumann nahm es und blätterte mit dem Daumen über die leeren Seiten. »Wer kauft so was?«, fragte Münster.

»Hier im Dorf? Da gibt es im Grunde nur zwei Kunden.«

»Was heißt: im Grunde?«, schnarrte Neumann und knallte das Heft auf die Theke.

»Zwei. Es sind nur zwei.«

»Namen!«

»Dr. Dielenschneider holt sich regelmäßig eines. Und Professor von Orelli.«

»Wer ist das?«

»Wie gesagt. Einer unserer verhinderten Künstler. Entartet, sagt man.« Dass Orelli ein Sonderling sei, aber im Dorf gut bekannt, schon von der Familie her, die zwanzig Jahre hier gekurt habe, berichtete Blüthner weiter. Dann sei aber – endlich – die Universität gesäubert worden und im Haus von Orelli die Fettlebe zu Ende gegangen, zumal jener als alleinstehender Herr für sich selbst sorgen müsse. »Schätzt er doch anscheinend die Gesellschaft von Damen wenig«, endete Blüthners Gutachten.

Neumann beugte sich vor und sagte Münster ins Ohr. »So viel ich sehe, haben wir in diesem Ort in ein Wespennest gestochen.«

Huthgang stellte ihnen einen Klassenraum zur Verfügung, wo sie sich tagsüber ungestört beraten konnten. Es war ein Backofen. Sie ließen die Tür offen stehen und rissen die Fenster auf. Das Hitlerporträt wirkte klein neben dem Wandgemälde über die Ursprünge Finsterbergens. Von Kinderhand illustrierte Knüttelverse über die legendären Ortsgründer. Ein leichter Wind setze sich in Bewegung, langsam und unentschlossen wie ein Güterzug, der sich vor einem Tiefflieger fürchtet. Münster hängte sein Jackett über den Lehrerstuhl und setzte sich. Neumann schrieb. Münster massierte sich die Schläfen. Wertvolle Zeit verstrich.

Der Offizier blickte auf: »Wieder mal Kopfschmerzen?«

Münster verneinte.

»Wollen wir heute einige Befragungen vornehmen?«

»Wozu?«

»Ich habe gelesen: Befragungen sind in Mordermittlungen das Mittel der Wahl.«

»Da bräuchten wir die Hilfe des Ortsgruppenleiters. Denn die Zahl derer, die in einem gepflegten Hochdeutsch Antwort geben, ist verdächtig gering.«

Neumann schlurfte übertrieben und zog das linke Bein hinter sich her. Es sollte lustig sein. Er musste sogar lachen. Über sich selbst. »Verdächtig bleibt in jedem Fall der Krüppel. Er taucht auf und verschwindet – wie ein U-Boot. Ich sage Ihnen, Münster, auf den müssen wir achten.«

»Wo kommen wir hin, wenn wir jeden wegsperren, der nicht unserem arischen Ideal entspricht? Aber meinetwegen, wir befragen, bloß nehmen wir erst einmal diesen Orelli unter die Lupe. Und nun hätte ich gerne noch etwas Ruhe. Ich denke.«

»Ich habe über unseren Ansatz nachgedacht«, sagte Neumann gleichwohl. »Im *Lehrbuch zur Mordermittlung* von Steinberg, 1932, steht eindeutig beschrieben, dass zunächst Motivlagen geklärt werden müssen. Verschwenden wir also nicht unsere Zeit, indem wir Ännchens Wege rekonstruieren, statt zu beginnen, die Dorfbewohner ausgiebig zu befragen! Alle, die mit ihr in Verbindung standen.«

»Steinbergs Lehrbuch haben Sie mitgenommen? Löblich. Aber wenn uns die letzten Jahre eines gelehrt haben, dann ist es dies, dass die Frage des richtigen Ansatzes unerheblich ist gegenüber dem gesunden Fanatismus des Ermittlers. Früher oder später kommt man zum Ziel. Aber nicht, wenn man seinen Weg ständig neu beginnt. Sehen Sie auf den Weg des Führers, seine Vision.« Münster sah nicht einmal zu ihm auf.

»Sie meinen: Wer sich für einen Weg entschieden hat, muss ihm unbeirrt folgen. Sonst sieht man den Wald vor Bäumen nicht.«

»Sie sehen ohnehin bloß Holz. Aber im Grunde ist es das. Ja.«

»Ich sehe einen schwächlichen Versager, der seine besten Zeiten hinter sich hat. Nehmen Sie sich nur in Acht, Münster.«

»*Mens sana in corpore sano*«, tönte es von der Tür. Ortsgruppenleiter Huthgang stand da, das Grammophon auf dem Arm. »Entschuldigen Sie, dass ich nicht angeklopft habe. Ich wollte Sie nicht belauschen. Ich habe mir nur – als einfacher Lehrer bin ich ein bisschen knapp – es zur Angewohnheit gemacht, an einigen Tagen das Grammophon der Schule in meine Wohnung zu tragen. Eine Spende von Fink, dem Mühlenbesitzer; er hat gute Bezugsquellen zu technischem Gerät. Ich wohne unterm Dach. Als Junggeselle. Das ist mein Los. Dort ist es allerdings noch heißer. Ein schrecklicher Tag heute! Soll ich Ihnen etwas bringen? Limonade, die Herren?«

Das Gehalt eines Thüringer Dorfschulmeisters entlastete ihn von jedem Verdacht, mit dem Internationalen Finanzjudentum unter einer Decke zu stecken. An Familiengründung nicht zu denken. Wo die Äcker fruchtbarer waren, mochten die Bauern die Apanage ihrer Schulmeister erhöhen. Aber in Finsterbergen ließ man höchstens ein paar neue Knöpfe für das auseinanderfallende Jackett springen; die hatte man hier zur Genüge. Bis die Kurgäste kamen, stellte das halbe Dorf Knöpfe in Heimarbeit her – für die Kapitalisten in Waltershausen.

Ungefragt erläuterte Huthgang das lateinische Sprichwort und der Offizier nickte anerkennend.

»Sie sind noch eine Weile im Ort?« Und als Münster nickte, fuhr er fort. »Am Dienstag richtet Gertrud ein kleines Essen aus.

Heinrichs Geburtstag. Ich habe ihr zugeredet, dass es wieder Normalität braucht. Jedenfalls meine ich, Gertrud und er wären entzückt, Sie ebenfalls zu begrüßen. Falls Sie auf dem Wege sind, es wäre allen eine Freude…«

»Ich weiß nicht, ob ein Trauerhaus die richtige Lokalität für einen Gesellschaftsabend darstellt, Herr Huthgang.«

»Wir kommen darauf zurück«, sagte Neumann.

Huthgang verabschiedete sich und Neumann schloss die Tür. »Das wird interessant«, sagte er. Neumann nahm hinter einer Bank in der ersten Reihe Platz. »Da gibt es noch manches zu erforschen. Ich weiß nicht, ob es zum Fall gehört, aber Dr. Dielenschneider ist der Ansicht, in Finsterbergen könnte der Heilige Gral versteckt sein.«

»Der was?«

»Der Heilige Gral. Seine Freisetzung durch den Helden Parzival wird es ermöglichen, dass Friede und Wohlstand einkehren, das Erstarrte muss sich lösen…«

»Ich kenne die Mythologie. Aber beim Ende der Welt geht es um eine letzte Schlacht, nicht um einen bestimmten Ort. Deshalb kann es nicht gefunden werden.«

Neumann winkte mit dem Zeigefinger. »Wer würde aber gehen und es suchen, wenn er meinte, dass es nicht gefunden werden könne? Es ist streng geheim, ich weiß es von meinem Vater, und schon der hätte es mir vermutlich nicht erzählen dürfen. Der Reichsführer SS interessiert sich sehr für diese Zusammenhänge.«

»Himmler meint, dass in der Mythologie der Schlüssel für den Endsieg liegt?«

Münster senkte den Blick.

Diese Momente, wo du dich selbst als Nazigegner bei der Hoffnung ertappst, dass das OKW noch andere Pfeile im Köcher hätte…

»Denken Sie an Ihren Eid, Münster, Sie sind dem Führer verpflichtet, diese Dinge geheim zu halten.«

»Ich weiß nicht, ob ich lachen oder weinen soll, Neumann.«

Neumann schaute, als ob es ihm auch so ginge, bloß eben vor Glück. »Die Lösung unserer militärischen Krise könnte so nahe liegen! Die Erstarrung der Fronten könnte aufgebrochen werden! Und Ännchen, dieses unschuldige deutsche Mädchen hätte uns den Weg dahin gewiesen.«

»Ihr Mörder, Neumann. Ännchens Mörder.«

»Ich hätte nur gerne, dass alles einen Sinn ergibt.« Man müsste eine Hundertschaft haben, die den Ort umgräbt und zur Not den Wald gleich mit.

»Das verstehe ich, Herr Obersturmführer«, sagte Münster, »sehr.«

Nur saubere kriminalistische Arbeit ist in der Lage, Erfolge zu zeitigen. Die Wahrheit ist eine Tochter der Zeit. Entbehrungsreiche Arbeit nützt mehr als Gewalt. Münster fühlte sich sonst wohler auf dem Katheder. Diesmal waren es leere Floskeln. Und beide wussten es. Sie maßen sich miteinander. Da Neumann langsam köchelte, mehr vor Zorn als der Hitze wegen, gestand Münster ein, Dielenschneiders Aussage klinge schlüssig. Wer noch davon wisse.

»Huthgang, nehme ich an«, sagte Neumann. »Die beiden tauschen miteinander ihre Wagnerplatten.«

Münster wechselte das Thema. Immerhin hätten sie zwei neue Verdächtige und bis zu Heinrichs Geburtstagsessen eventuell schon einen Schuldigen überführt. »Der entartete Professor!«, fiel Neumann ein, »Und wer noch?«

»Fotograf Blüthner. Vergessen Sie das nicht, Neumann. Er verfügt über eine Menge der Hefte und könnte die Spur bewusst gelegt haben. Der Kriminalist muss einen klaren Blick behalten.«

»Nur sollte er nicht zu oft in ein Glas Klaren blicken, Herr Kommissar.«

Münster ließ ihm das letzte Wort.

11. Kapitel

Münster und Neumann folgten der Adolf-Hitler-Straße immer steil bergauf, bis links die Kurhausstraße abbog, Münster immer ein paar Meter hinter Neumann her. Das Herz schlug Münster bis zum Hals. Er nahm an, dass Neumann ihm in der Hitze wenigstens körperliche Grenzen aufzeigen wollte, wenn es kriminalistisch noch nicht reichte, und er seine Offiziersehre immer nur soweit ankratzte, dass Neumann gerade so darüber hinweggehen konnte. Aber am Berg, da zeigte sich der Unterschied.

Unsinnigerweise hatte Münster beschlossen, den Kampf aufzunehmen. So traten seine Beine und Lungen in einen Stellvertreterkrieg ein, um die heikle Frage, wer hier die Ermittlungen leiten dürfe. Die Lücke zwischen ihnen vergrößerte sich wie eine Laufmasche beim Galatanz. Japsend folgte Münster, bis sie die Villa des Professor von Orelli fanden. Aber sie waren nicht allein. An der Tür standen zwei grauhaarige Männer, die Einlass begehrten, klopften und dagegentraten. Sie wandten sich an die Ermittler. »Endlich! Der Strolch öffnet nicht.«

Noch andere kamen, und sie trugen Knüppel.

Neumann zeigte dem Dorfpöbel, wie ein deutscher Mann mit Macht gegen eine Tür treten konnte. Ehrfürchtig wichen die älteren zurück.

Münster rief: »Polizei!«

Im Inneren regte sich was.

»Bleiben Sie zurück!«, herrschte Münster die Finsterberger Großväter an. Die Tür öffnete sich einen Spalt und gewährte den Ermittlern Eintritt. Unter Bravorufen schlüpften die Kommissare herein.

»Ich bin froh, dass ich Ihnen Eintritt gewähren kann, meine Herren. Haben Sie also den Weg zu mir in meine bescheidene Hütte gefunden?«

Er schloss die Tür und drehte mehrfach den Schlüssel. In seinem Haus gebe es zwar keine Reichtümer, gleichwohl sei es nötig, betonte er.

»Wir hatten nicht damit gerechnet, dass hier ein solcher Andrang herrscht.«

»Auf einmal beginnen sie, gegen meine Tür zu wummern und mich zu beschimpfen.«

»Was Sie sich natürlich nicht erklären können.«

»Sagen wir so: Es ist durchaus keine neue Erfahrung. Wenngleich ich sie bisher nicht in Thüringen machen durfte.«

Neumann und Münster ließen sich von dem kleinen Mann nicht abhalten, durch die Villa zu schreiten und die einzelnen Zimmer auf verdächtige Gegenstände zu überprüfen. Verdächtig waren allerdings die fehlenden Gegenstände: leere Bilderrahmen an den Wänden. Dazu die ungeschickt verbundene Kopfwunde des Professors, die er auf der Glatze spazieren trug, zusammen mit einem Schwarm Fliegen. Währenddessen wuchs die Versammlung vor der Tür. Immer noch fanden Männer mit Heugabeln und Werkzeug hinzu.

Neumann riss das Leinentuch von einem unförmigen Gegenstand herunter. »Was ist das für ein Gestell?«

»Eine Staffelei.«

»Aha.«

»Malen Sie?«, fragte Münster.

»Ich bin doch nicht lebensmüde, Herr Kommissar. Ich konnte mich nur noch nicht von ihr trennen.«

»Der Schmierfink macht sich gleich in die Hose«, sagte Neumann.

»Da bin ich mir nicht so sicher«, meinte Münster. Sie ließen Orelli erzählen, wie er seinen Lehrstuhl verloren habe, wie die

Studenten angefangen hätten, ihm zu drohen, und die SA-Leute öffentliche Spekulationen darüber angestellt hätten, weshalb er unverheiratet geblieben sei.

»Ausgerechnet!«, entfuhr es Neumann in einem seltenen Anflug von Solidarität, weil sich doch bis zu ihm herumgesprochen hatte, welchen Saustall der Führer da auszuräumen gehabt hatte, 1934, bei der SA. Er fing sich jedoch bald, hob das Professorenmännchen am Kragen hoch und drohte ihm schreckliche Prügel an für den Fall, dass er ihn dabei erwische, seinen entarteten Pinsel in Finsterbergen zu schwingen. »In jeder Hinsicht! In jeder!«

Dann schlug er zu.

Orelli erhielt eine Ohrfeige als Anzahlung auf die erwartete Tracht Prügel, wischte mit dem Ärmel über die blutende Nase und zog sich an der Kommode hoch, die jedoch nach vorn kippte. Die Schublade klappte auf und neben dem gesuchten Tüchlein, mit dem er sich die Nase wischte, flogen Becher und Pinsel, wie man sie zum Malen braucht, auf die Erde.

»Was denn«, keuchte er, »der Besitz ist wohl noch nicht strafbar! Oder haben Sie keinen Pinsel, Herr Obersturmführer?«

»Was geht dich mein Pinsel an, du entartete Schwuchtel!« Neumann schlug erneut, so dass Orelli in die Ecke taumelte. Seine Kopfwunde platzte auf. Der dreckige Verband bekam ein frisches Rot.

»Ich zieh ihm die Haut ab, wenn er etwas damit zu tun hat! Wissen Sie was, Münster? Wir sollten die Männer da draußen nicht aufhalten. Lassen wir den gesunden Volkszorn seine Arbeit tun. Dann machen wir hier noch ein paar Tage Urlaub – und sehen uns am Montag in Weimar.«

Münster wollte es anders. Er gab Orelli eine seiner Zigaretten. Der steckte sie sich hinter das Ohr, weil er erstmal den Blutfluss stoppen musste.

»Sehen Sie mal aus dem Fenster, Herr Professor.«

Der Pöbel lauerte weiter.

Münster befragte Orelli zu seiner Blutgruppe, doch der war sich unsicher.

»Wie war Ihr Verhältnis zu Ännchen Dielenschneider?«

»Da gab es keines.«

»Was machen denn die Männer da draußen? Als wir kamen, hieß es: Jetzt holen sie Ännchens Mörder. Ein Jammer, dass wir ihn nicht erledigen konnten. Und dergleichen.«

»Irgendjemand muss ihnen gesagt haben, dass ich zu den Personen zähle, die die Polizei auf dem Kieker hat. Wer tut sowas, frage ich mich.«

Münster ging auf, dass sie zu spät waren. Und gewarnt haben konnte ihn nur einer. Von Blüthners Fotoalier aus hatte sich die Botschaft durch den Ort verbreitet. Neumann überlegte laut, ob die Schutzhaft nicht das Richtige für den Professor wäre. Aber Münster bestand darauf, dass Orelli im Orte bleiben müsse, bis die Untersuchungen der Spermaspuren abgeschlossen seien. Orelli blickte ihn dankbar an. Münster beschwor Orelli, sich zu melden, sobald man etwas wüsste.

Neumann löste derweil die Versammlung vor dem Portal auf, indem er den Leuten zum einen versprach, dass die Gerechtigkeit siegen werde, und dass sie diese Gerechtigkeit selbst zu schmecken bekämen, er würde schon wissen, wonach sie sich sehnten, allerdings müsste der Volkszorn sich für heute beruhigen, denn sonst würde er mit seiner Pistole dafür sorgen, dass einige diesen großen Augenblick verpassten.

»Was halten Sie von ihm?«, fragte Münster später.

»Ein widerlicher Knilch. Man sieht ihm den Sittenstrolch von Weitem an. KZ hat er verdient. Aber ein Mörder ist er nicht.«

Münster schüttelte den Kopf.

»Was denn?«, fragte Neumann. »Habe ich denn etwas übersehen?«.

»Die leeren Bilderrahmen? Er wusste, dass wir kommen würden. Und er hat sich darauf vorbereitet, wenn auch stümperhaft.«

»Meinen Sie, man hat ihn gewarnt? Wer würde so etwas tun?«
»Ich habe nicht die leiseste Ahnung«, log Reinhold Münster.

Sie hatten extra einen Mann geschickt. Am Nachmittag kam der Bote aus Weimar mit der Frage, wie lange sich die Ermittlungen noch hinziehen sollten. In vergleichbaren Fällen sei schneller ein Täter ermittelt worden. Der Krieg erfordere schnelles, rücksichtsloses und entschlossenes Handeln aller Beteiligten.

»Klingt, als sollte jemand hängen«, sagte Münster.

»Wie meinen Sie das?«

»Wie ich es sage.«

»Werden Sie nicht aufmüpfig. Denken Sie daran: Ich bin meinen Vorgesetzten Rechenschaft schuldig. Was Ihre Leute aus Weimar schreiben, können Sie sich sonstwohin stecken.«

Als gäbe es nicht genug Gründe, noch in Finsterbergen hocken zu bleiben und die Ermittlungen zu verzögern. Denn nach Weimar, dahin wollte er nicht zurück.

»Hören Sie«, sagte Neumann und schlug auf den Tisch. Ihm sei schon etwas eingefallen, fuhr er fort und griff zu Stift und Papier. Er berief sich in seiner kurzen Antwort an den Weimaraner Stab darauf, dass von den Ermittlungen in Finsterbergen kriegswichtige Erkenntnisse abhängen könnten, und kennzeichnete den Umschlag als geheim.

»Glauben Sie das wirklich?«, fragte Münster.

»Ich habe das im Urin«, antwortete Neumann. »Und falls ich mich täusche, können Sie zumindest die Zeit nutzen, einen anständigen Ermittler aus mir zu formen. Ich freue mich auf den Tag, an dem ich Ihrer ständigen Belehrungen ledig bin.«

»Solange Ihre kriegswichtigen Erkenntnisse nichts mit der schönen Französin zu tun haben ...«

Neumann errötete. »Haben Sie nicht! Ich bin nur die Theorien von Dr. Dielenschneider durchgegangen. *Finis-ter-Bergen* – sagen Sie schon, das klingt schlüssig.«

Münster antwortete nicht direkt, aber begann zu summen nach der kleinen Melodie, die er bei einem seiner letzten Kinobesuche nach der Wochenschau dankbar aufgenommen hatte: Ich weiß, es wird einmal ein Wunder gescheh'n. Und obwohl der Film, propagandistisch gesehen, so unbedenklich war wie Frühsport für die Gesundheit, strahlte Neumanns Gesicht wieder einmal roter als die Fahne der Sowjetunion.

»Zunächst, würde ich sagen, arbeiten wir an den Wegen. Und meinetwegen pflegen wir parallel die Liste unserer Verdächtigen. Haben Sie sich bereits gefragt, warum Ihr Dr. Dielenschneider Ihnen gegenüber so leutselig von seinen Erkenntnissen spricht?«

»Er ist nicht ›mein‹ Dr. Dielenschneider!«

»Nach den Aussagen der Mutter herrschte Eiszeit zwischen ihm und Ännchen.«

»Sie haben selbst gesagt, dass wir bei unserem einmal gewählten Ansatz bleiben müssen. Ich werde in den nächsten Tagen wieder mögliche Schauplätze unter die Lupe nehmen«, beschloss er. »Dabei versuche ich, mich in den Mörder hineinzuversetzen. So ergibt sich eine Anzahl von Gebäuden, die Ännchen entweder passiert hat, die sie aufsuchen wollte, oder in denen sie bereits misshandelt worden sein könnte. Ich werde denken wie der Mörder und schauen wie er. Die Fremdarbeiter dürfen sich nicht zu sicher fühlen. Nebenbei suche ich den Gral.«

Münster verdrehte die Augen. »Wenn Sie das alles können.«

»Das wird die neue deutsche Kriminalistik.«

»Ein verheißungsvoller Ansatz! Quasi selbst zum Mörder werden …«

»Passen Sie auf, was Sie sagen.«

»Mir wird immer deutlicher, dass ich schon viel zu lange aufgepasst habe, was ich sage.«

»Was soll das nun heißen?«

»Ich denke nur das Beste von Ihnen, Neumann. Wenn Sie auf Ihrem Rundgang noch einen fachlichen Rat in Sachen menschlicher Verkommenheit benötigen, wenden Sie sich noch mal an das Arschloch mit der Nilpferdpeitsche. Peters. Unten im Sägewerk.«

»Auf meiner Liste!«, sagte er etwas zu schnippisch.

Sicher würde er dort vorbeischauen, dachte Münster, zur Essenszeit. Auf seinem Zimmer steht noch der Henkelmann.

Neumann erklärte sich damit einverstanden, Münster den Professor zu überlassen, und Befragungen im Ort, so viel er wollte, wenn es auch sinnlos sei. Im Gegenzuge erlaubte Münster ihm, weiter bei Dr. Dielenschneider auf den Busch zu klopfen. Sie gaben sich die Hand, doch man hätte von Weitem sehen müssen, dass dieser Friedensschluss ein falscher war. Die ersten Tage immerhin sollte er sich bewähren.

Die Hitze jener Tage lähmte den Ermittlungseifer zusätzlich. Das Tal lag wie unter einer Glocke. Jedermann vermied überflüssige Bewegungen. Die Balken und Wände des Hauses Thule strahlten eine Hitze ab, als säße man im Panzerwagen auf der Fahrt nach El Alamein. Neumann hielt das aus, schwitzte zwar, trank aber tagsüber Tee wie ein Beduine. Abends kritzelte er Wegeskizzen auf Zeitungsränder oder malte die Personen auf, die er anklagen wollte.

»Ich besorge mir schon noch ein Notizbuch«, sagte er auf Münsters Blick. Dabei hatte er nichts gesagt.

Beide tauschten nicht viele Worte. Münster wechselte zuerst verschämt und die folgenden Nächte immer offensichtlicher in das Zimmer der Wirtin, und wenn sie, weil man sowieso nicht schlafen konnte, ihre nassen, salzigen Leiber aneinander rieben, dann störte er sich nicht an ihrem Rattengebiss und sie sich nicht an seinem Geruch nach saurer Milch und Tabak und Korn.

Magnus Neumann zog unterdessen immer engere und gründlichere Kreise um das Sägewerk und beobachtete Evi von fern. Wenn sie winkte, hob er zaghaft eine Hand und trat dann den Rückzug an, weil er wusste, dass er sie ohnehin nicht verstehen würde, und weil er von seinem Vater zwar in allen möglichen ritterlichen Künsten unterwiesen worden war, aber nicht in der Galanterie.

Bald gab es auch Münster auf, jenseits der Personen und Orte, welche sich bereits für sein Notizbuch qualifiziert hatten, nach neuen Verdächtigen zu suchen. Huthgang achtete darauf, dass bei den Jungen seiner HJ keine Sommerstimmung aufkam. Er hetzte sie des Tages ärger denn je. Zusätzlich patrouillierten sie des Nachts. Die Kinder hatten sich an die Ermittler gewöhnt und reckten brav ihre Arme zum Deutschen Gruß, wo immer einer von ihnen auftauchte. Die anderen Dorfbewohner suchten dezent das Weite. Weder wollte man denunizieren noch in den Ruf geraten, ein Denunziant zu sein. Denn dann gäbe man sich selbst zum Abschuss frei.

Endlich stand die letzte Schulwoche an.

Am 10. Juli setzten bei schwerem Sturm im Mittelmeer britische und amerikanische Truppen nach Sizilien über. Ohne Luftunterstützung konnte die Insel nicht gehalten werden. Das erkannte selbst der kleine Offizier Magnus Neumann. Da fehlte es dem Ithaker einfach an Fanatismus. Manchmal konnte sich Reinhold des Eindrucks nicht erwehren, dass Magnus Tränchen verdrückte im Gespräch mit dem alten Gastwirt Geils und seinem Enkel Albin.

Die Sorge um das Reich schwoll an und drückte alles zu: Wie sollte Manstein noch den Durchbruch bei Kursk schaffen, wenn doch gewiss einige »seiner« Divisionen nun nach Süden müssten …? Du darfst doch dem Genie nicht in die Parade fahren. Wenn doch nur der ersehnte Held sich erheben würde, der das Blatt noch wenden könnte!

Dr. Dielenschneider äußerte sich mehrmals über den Verbleib des Grals. Zum Leidwesen von Obersturmführer Neumann lauteten die Hinweise so unpräzise wie die Weissagungen der Pythia. Mehrfach nahm er schließlich die Einladung an, des besseren Verständnisses wegen, sich wie sein Augur Heinrich Dielenschneider

Pythias Düfte unter die Nase fächeln zu lassen, was Neumann zwar keine Klarheit verschaffte, aber seinen abgespannten Zustand im Ringen an der Heimatfront ein wenig lindern konnte. Pythia nährte die trügerische Hoffnung, irgendwann mehr als Holz zu erkennen, wenn er über die Brücke blickte auf das in den Sommergewittern wogende Bäumemeer.

Und während um sie herum der Kontinent in einem Meer aus Feuer und Blut verging, stand die Zeit in Finsterbergen still.

Christoph wartete auf Fehler. Wenn er eines wusste, dann war es dies, dass er ein Spiel spielte, bei dem derjenige verlieren würde, der den ersten Fehler machte. Und je hektischer du vorgehst, desto wahrscheinlicher ist es, dass du den Fehler machst. Also darfst du nicht hektisch werden, musst in Ruhe die Hitze ertragen, selbst wenn dir die Sonne auf den Pelz brennt und du dich vor dir selber ekelst, weil der Schweiß in die Kimme tropft. Er war nicht allein. Christoph spürte es schon seit einer Stunde; er fühlte den Schatten, der mit ihm wanderte, mal ein Pimpf, scheinbar unbeschäftigt an der Ecke, der sich in Trab setzte, sobald er kam, mal Manfred oder Hatschi mit hochrotem Kopfe grüßend, wann immer er sie erspähte – und dann abtauchend wie die unglücklichen Söhne des Zahnarztes bei der Marine.

Das Foto von Bernadette lag anders da in der Schublade, als er es dort hineingelegt haben würde. Jemand hatte es angefasst. Das letzte, was er von ihr hatte, außer der Scham des Abservierten, an der sein Herz schon so lange trug. Ihre Eltern empfanden ihn nie als passenden Bräutigam für das hochgebildete Fräulein. Aufgewachsen in den besten Kreisen der Landeshauptstadt. Dagegen er? Der Plebejer, wie Bernadettes Vater ihn nannte? Er kam aus dem Walde. Einen Sommer und einen Winter hatte sie beide das nicht gestört, und sie wollte ihm die Treue halten. Sie sah etwas in ihm. In ihren Träumen lag ihnen Weimar, ach was Weimar, Thüringen zu Füßen. Und irgendwann, meinte sie, würden die Eltern es auch sehen. Wenn er arriviert wäre. Geduld, Geduld. Ihr Vater böte nicht jedem gleich das Du an. Das müsse und werde er sich aber verdienen.

Das Abwarten war umso schwieriger, als man annehmen konnte, dass er, Christoph, am Zuge war. Auch für die anderen Beteiligten, egal was an Schuld an ihren Fingern klebte, galt es, sich nicht in Gefahr zu bringen, und das wiederum gelang am besten, wenn man sich nicht rührte. Was sich allerdings nicht kalkulieren ließ, war, wen andere für schuldig hielten. Was würde Dielenschneider erzählen, wenn sein Verstand im Hafen der Realität festmachte? In welche Richtung würde er die Ermittler lenken?

Das könnte übel ausgehen.

Christoph wäre gerne zum Professor gegangen, hätte gefragt, wie er ins Tal gekommen sei am frühen Morgen. Woher er gewusst habe … Aber zu riskant. Er vermisste sogar das Hausmädchen, Grete. Ob er Gretes Werben nicht hätte stattgeben sollen, fragte er sich, es ihr bei ihrem spontanen Besuch nicht so schwer machen? Oder schämte sie sich noch immer wegen des Jungen, der sie beobachtet hatte? Sie hatte nicht mehr zu ihm gefunden. Möglich, aber er könnte sie noch immer gewinnen. Es wäre gut, jemanden zu haben. Zwar sieht es heroisch aus, alles immer allein zu tragen. Aber wenn niemand es beachtet? Was nützt dann all das Heldentum?

Marianne kam noch. Wann immer sie Huthgang und ihrem Vater mit der Nilpferdpeitsche entkommen konnte, klopfte sie bei Christoph. Er nahm ihre Kinderhände in seine Pranken und brummte dabei wie ein Bär. Sie wusste, dass sie nur kurz daheim ausbleiben durfte und dass Vater misstrauisch war. Wie lang verstand sie nicht, dass sie sich von Christoph fernhalten sollte! Und doch hockte sie oft vor seiner Tür und wartete, falls er aus war. Obwohl sie fand, es reichte weiß Gott, vormittags verdroschen zu werden. Zum Abschied sah sie ihn weise an, als wüsste sie, dass er sie unmöglich bitten konnte zu bleiben, so gerne er es täte, und dann sagte sie: »Bis bald, Onkel Christoph!«, es klang aber nach mehr als Onkel.

Er sagte dann: »Grüß deine Mutter. Lange nicht gesehen.«

Sie knickste und ab.

Sie begann sich zu wünschen, es wäre Frieden, die Väter der anderen Mädchen kämen zurück und die Frauen würden normal, und endlich gäbe es keine Polizisten mehr im Dorf, vor denen jedermann sich verstellte, weil er dunkle Geheimnisse hüten musste. Fremde und eigene. Und wenn es nur um die heimlich abgelauschte Radiosendung ging, aus verbotenen Ländern. Die Leute hätten keine Angst mehr vor Huthgang und seiner Denunziantentruppe. Die Fremdarbeiter würden gehen und die richtigen Arbeiter würden zurückkommen, und Vater würde nicht mehr herumkommandieren können, sondern er wäre so klein mit Hut, weil der Fink und sein Junior, Baldurs älterer Bruder, wieder das Sagen hätten. Oder Wietzerodt. Oder sogar Christoph, das wäre das Beste. Wenn keiner wiederkäme aus dem Krieg. Christoph könnte das bestimmt auch mit dem Sägewerk, aber als sie das einmal sagte, sprang er auf, schnaubte und ging. Marianne war ihm nicht gefolgt, aber sie zog den Schluss, ihn nicht wieder zu fragen.

So wie jetzt sollte man nicht leben müssen, nicht wenn die Sommerferien vor der Tür standen. Wenn der schwarze Mann nicht mehr umginge, dann würden die Leute wieder offen sprechen. Sie könne doch ihm berichten, erklärte sie Christoph, als kleine Detektivin. Zweimal, dreimal. Was sie wisse über Huthgang, der sie quälte, und über ihren Vater im Sägewerk, der sich selbst den Peitschen-Peters nannte und noch stolz darauf war. Und sie erzählte, dass die beiden Polizisten in seiner Hütte waren, aber sie hätten sie weggeschickt und verboten, darüber zu reden. Ob ihm das keine Hilfe sei, wenn er so was erführe? Aber Christoph sagte, er wisse das schon, und befahl ihr, sich in Acht zu nehmen.

Er müsse losziehen und den Ermittlern alles sagen, was er wisse, meinte sie noch. Christoph sagte nein.

Auch wer meint, alles Risiko zu verringern, wenn er sich nur auf sich alleine stellt, muss lernen, es kann ebenso den entscheidenden Fehler bedeuten, Hilfe abzulehnen. Aber Christoph schickte sie weg. Ohne zu merken, dass er dabei war, noch ein Herz zu brechen.

Albin ließ sich nicht blicken, was insofern ein gutes Zeichen war, als er seinen Kameraden dieses Gespräch hinterher deutlich hätte erklären müssen. Doch er verspürte keine Lust, sich einen Vorwand zu überlegen. Und das war bedenklich.

Christoph fing Forellen und briet sie auf einem Holzkohlenfeuer. Er brauchte länger dazu als sonst. Die Jungen hinter den Hagebuttensträuchern, seine Schatten, sie sahen nicht, wie nervös er war, und wenn er sich durchs Gesicht rieb, mussten sie annehmen, dass es der Rauch war, der ihm in die Augen stach.

Manchmal wünscht man sich, man würde nicht nur beobachtet, sondern einmal gesehen.

Ännchen fehlte. Verdammt. Ein bisschen hätte Christoph gewünscht, den Jungens hinter der Hagebutte von dem Fisch abgeben zu können. Aber Fraternisieren war nicht drin.

12. Kapitel

Neumann lauerte, so oft es ging, in der Kühle des Leinatals, Bonbons lutschend, Nägel kauend und mit bebendem Herzen, ob er wohl unbemerkte Blicke auf Evi werfen konnte. Meist saß er heimlich an dem Platz, den wir Felsenkanzel nennen. Mal enttäuscht und mal beglückt, stieg er ins Dorf hinauf, klopfte dankbar oder trostbedürftig an Dielenschneiders Kajütentür. Und was für einen Trost gab es dort zu finden! Mehr Fortune als bei der Beobachtung des schönsten Wesens, das die Frauenwelt hervorgebracht hatte, schien man bei der Gralssuche zu haben. Und der Zahnarzt heuerte Magnus Neumann gerne an für einige Entdeckungsreisen durch die Imagination auf der SMS Ätherdampf.

Münster unterdessen genoss das Gespräch mit Orelli, den er in der Kurhausstraße aufsuchte. Die Nachbarn registrierten das missgünstig. Weshalb nahmen sie ihn nicht fest? Aber solange die Polizei im Dorf war, konnten sie selbst nichts unternehmen. Das hatten sie gelernt.

»Sind Sie denn ein Wagner-Liebhaber, Herr Kommissar?«, fragte Orelli einmal, als es schon kühler wurde und die Wege des Kommissars wieder zu ihm geführt hatten. Sie saßen gemeinsam im Souterrain seiner Villa, wo der Professor töpferte, weil das nicht verboten war.

»Mehr Schein als Sein«, antwortete Münster. »Mir fehlt die Zeit für kulturelle Bildung. Dafür musste mich die Vorsehung erst nach Finsterbergen schicken.« Er verzog den Mundwinkel. »Hier habe ich nun schon mehr Wagner gehört, als die letzten zehn Jahre in Weimar. Es läuft der Tannhäuser rauf und runter.« Er war nicht der erste, der das Dorfleben unterschätzte. »Kalt den Rücken hinunter läuft es mir vor allem bei der Musik des Führers.« Münster nahm gegenüber Orelli keine Rücksicht mehr darauf, was man sagen durfte und was nicht.

»Wissen Sie, worum es da eigentlich geht? Also im Hintergrund – was der Sinn der Handlung ist?«, fragte der Professor.

»Im Tannhäuser?«

»Sicher. Das Dilemma des deutschen Helden. So lehrt es jedenfalls der hiesige Volksschullehrer.«

Orelli lachte; das könne er sich vorstellen, meinte er, dass Huthgang es so lehre. Es gehe aber um etwas anderes, und das sei der größte Witz des angebrochenen tausendjährigen Reiches, dass niemand es verstehe.

Die Töpferscheibe surrte, Orelli hielt sie mit den Füßen in Schwung.

»Außer Ihnen?«, fragte Münster. »Worum geht es denn?«

»Erotik«, sagte Orelli gedehnt, »Erotik und Vitalität.« Der Ton in den Händen des Professors forderte eine nützliche Formgebung ein, doch die Hände des kleinen Mannes durchwühlten ihn immerfort, ließen Türme entstehen und zerfallen, um die Klumpen immer neu zwischen den Fingern herumflutschen zu lassen.

»Geschlechtsverkehr?«

»Wenn Sie es darauf reduzieren wollen; meinetwegen auch das.«

»Muss ich mir demnächst mal so eine Oper ansehen?«

»Sie würden enttäuscht sein!« Orelli kicherte. »Viel sublimer steht das Thema dahinter, wem Sie in Ihrem Leben den Vorzug geben wollen: den heiligen Prinzipien und Ideen, früher einmal verkörpert in der katholischen Tradition, oder aber dem Prinzip des Lebens selbst, seiner Kraft, der Vitalität, die uns innewohnt und die uns einlädt, ihr zu folgen.«

»Was ist schlecht an heiligen Prinzipien: Treue, Ideale, Geisteskraft. Haben wir nicht unser Land darauf gebaut?«

»Und so reißen wir es auch wieder ein«, meinte Orelli, und selbst dabei fiel es ihm schwer, sich zu beherrschen. »Wenn der Geist zu hoch fliegt, fängt er Feuer! Und selig ist der Mann, der den Ruf des Lebens spürt, des Waldes, wenn alles blüht und der Kuckuck ruft! Selig, wenn er den Puls der Buchen fühlt und der Tannen, das Plätschern in den Bächen hört und seine Beeren schmeckt. Licht und Farben.«

Seine Finger flutschten durch den Ton, boten ein Schauspiel von Entstehen und Vergehen, das Orelli mehr zu bedeuten schien, als je mit irgendetwas fertig zu werden.

Kommissar Münster ließ sich hypnotisieren von der Gelehrsamkeit und dem rheinischen Singsang im Raume, der die Verlockungen des Lebens beschwor und ihm damit aus der Seele sprach; nicht weil jede Erfahrung des Polizistenlebens dagegen stand, sondern weil diese Welt nach irgendeinem Geheimnis schrie, das ihr in allen Erfahrungen des Polizistenlebens Sinn verhieß. Selbst wenn man diesen Sinn nur fühlen, aber nie verstehen würde.

Die Töpferscheibe verlangsamte ihren Gang, Orelli wischte mit einem Tuch über die Hände. Die Sehnsucht des Tons blieb unerfüllt. Münster wusste, er würde sich hassen dafür, wenn er ihn hopsnehmen müsste; viel schlimmer wäre es als bei manchem anderen, dem er nach Recht und Gesetz das Leben zur Hölle gemacht hatte. Er ließ sich sogar von Orelli die feuchte Hand auf die Schulter legen, die Nägel grau vom Ton.

»Es mag Ihnen naiv scheinen, Herr Kommissar, aber seit ich aus dem Elfenbeinturm meines Ordinariates in die vermeintliche Enge des Thüringer Waldes verbannt bin, hat sich mir Neues aufgetan. Ich habe eine Lektion über den Wert des Lebens gelernt, die im Reich der Ideen, der Mächte und Gewalten nicht gelesen wird und die alles übersteigt. Wenn die Ideen ihre Erdung verlieren, werden sie gefährlich. Die Erde aber kann heilen. Spüren Sie nicht den Ruf des Waldes? Verwirrt er Sie nicht mit seiner scheinbaren Naivität? Dabei ist sie die höhere Weisheit, höher, weil sie bereits tausend Jahre Bestand hat – und nicht erst nach den Sternen greifen muss.«

Tränen stiegen dem Kommissar in die Augen und leicht wog er den Kopf, damit die Augen nicht überliefen. »Vielleicht ist der Wald auch einfach ein Idiot«, sagte er. »Ich habe noch andere Fragen.«

»Eins noch: Ich glaube fest, einmal im Leben – mit Gnade noch öfter – wird ein jeder Mann vor die Entscheidung gestellt, wie im Tannhäuser. Wirst du den Ideen folgen, die man dir eingesetzt hat, den Visionen und Utopien – oder folgst du dem reinsten Ausdruck der Schöpfung, wenn sie dir entgegentritt?«

»Wenn Sie noch einmal malen könnten, Professor, was würden Sie malen?«

Der Professor sprang auf. »Nur noch Finsterbergen! Den Friedhof, wie der Wald seine Arme um ihn legt. Und die Sonne segnet die Verbindung. Der Tod findet zum Leben.«

»Und ein totes Mädchen in diesem Wald – wäre das nicht auch Kunst?« Er wagte es und schaute Orelli in die Augen. »Wäre das nicht genau Ihre Form der Erotik, werter Herr Professor?«

Orelli antwortete nicht, sondern blickte aus dem Kellerfenster auf den Stamm des gewaltigen Pflaumenbaumes, der sich hinter dem Haus erhob. Sein Singsang war verstummt, und das Schweigen nahm eine peinliche Kälte an. Seine Kiefer mahlten. Münster streckte die Hand aus und fühlte den feuchten Ton auf Orellis Arbeitsplatz. Er gab sich seine Antwort selbst. »Sie suchen nicht die Anerkennung von Frauen, Herr Professor.«

Christoph ahnte nichts von Mariannes Stolz und ihrem gekränkten Herzen, schon gar nicht, dass sie es ihm nun erst recht beweisen wollte, wie hilfreich sie sein könne.

Neumann lachte, als er sich umdrehte und sah, wer ihn gerufen hatte bei seinem Aufstieg ins Dorf. Denn zuerst hatte er sich erschreckt. Aber es war das Mädchen mit den beiden langen Zöpfen, die streckte ihren Kopf aus der Dachkammer am Wohnhaus neben dem Sägewerk, als er daran vorbeikam. Er überlegte, ob er sie zurechtweisen müsse, und schimpfen, weil sie noch immer nicht richtig grüßte. Doch er winkte lächelnd. Er rief ihr zurück, ob sie wieder Bonbons für irgendwelche Trotzköpfe ergattern wolle.

Marianne kam im Nu zu ihm herunter und ging an seine Seite. Er sah, dass sie geweint hatte. Er gab ihr ein Bonbon, und sie lutschte daran heftig. Es dauerte eine Weile, bis ein Gespräch begann. Sie hatten die ersten Häuser oben am Steiger erreicht.

Bestimmt interessiere sich der Obersturmführer dafür, was sie wisse, begann sie. Ihr Onkel Christoph meine jedenfalls, dass es ihn, den Obersturmführer, nichts angehe, was sie zu sagen habe.

»Ach«, sagte Neumann, und es klang wie eine Frage.

Christoph sei dabei ein lieber Mann und tüchtig, und sie sei es leid, dass alle was gegen ihn hätten. Das spüre sie.

»Weshalb könnte es mich etwas angehen, was du weißt?«, fragte Neumann.

Marianne wurde blass. Sie biss auf die Reste des Bonbons. Es knirschte zwischen den Zähnen.

»Ist er so unsicher, dass er Kinder vorschicken muss?«

Da merkte sie, dass er es gar nicht wusste; dass er rein gar nichts über Christoph wusste. Und ihr ging auf, dass das nur deshalb so war, weil Christoph es nicht gewollt haben konnte. Christoph wollte gar nicht zu Ehren kommen, er wollte gar nicht, dass der große blonde Mann von seiner Vergangenheit erfuhr, und warum er gar kein Mörder sein konnte. Er mit seinem lahmen Bein. Denn der starke Christoph hatte Angst. Zumindest das fühlte sie jetzt, in dem Moment, als ihr aufging, dass sie alles schlimmer gemacht hatte. Bevor sie wegrennen konnte, packte Neumann sie am Arm und stieß sie vor sich her, bis er einen Platz fand, wo er sich niederlassen konnte. Die kleine Mauer neben Villa Waldheim. Er legte Marianne über den Schoß. Sie heulte Rotz und Wasser, obwohl er noch nicht zuschlug. Eine alte Frau kam vorbei, die den Kopf über sie schüttelte und den SD-Mann mahnte, nicht zimperlich zu sein. Schließlich gab Marianne es heraus, Christoph und er seien sich gar nicht so unähnlich.

»Wieso?«, fragte Neumann.

Sie jammerte wie das kleine Mädchen, das sie war.

Er bohrte nach. Sie schwieg. Er schlug.

Sie lenkte ab, sie habe einen Hinweis: Den Hutmann, den alten, der sich immer so gerne mit den Kurgästen habe fotografieren lassen, den solle er mal befragen. »Bitte Sie ihn doch um ein Foto«, weinte sie. »Dann wissen Sie, was hier im Dorf los ist.«

Aber Neumann ließ sie nicht gehen. »Wir sind noch nicht fertig mit deinem Onkel Christoph«, sagte er. »Weshalb ich ihm ähnlich bin, möchte ich wissen.«

Und weil inzwischen mehr Leute schauten, was da los war mit der kratzbürstigen Marianne Peters und dem Offizier, da gab sie ihren Widerstand auf. Christoph habe es schon einmal geschafft, wegzukommen aus Finsterbergen, begann sie. Eine wunderschöne Verlobte habe er einmal besessen. In seinem anderen Leben.

Als Münster am Nachmittag in der Gaststube saß und trank, fragte er sich, ob es für oder gegen den Professor sprach, wessen Gesellschaft er suchte, und er kam zu dem Schluss, dass Orellis Neigung aus kriminalistischer Sicht eher für ihn spreche, egal wie abartig man sich das im Einzelnen alles ausmalen mochte. Im Grunde bleibe das doch jedem selbst überlassen. Renate stellte ihm Bier hin, so viel er wollte. Und sie behielt ihn im Auge, während sie auf und ab durch das Haus lief und den Staubwedel schwang. Im Haus Thule sollten die Lehrer einquartiert werden, wenn die neuen Verschickten kämen, aber Münster müsse keine Angst haben, sagte sie, die seien ihr zu alt. Dazu tätschelte sie seine Wange. Er fuhr ihr unter den Rock, aber fahrig, mehr wie um sich selbst zu testen, ob sich bei ihm etwas regen würde. Es regte sich. Münster war überrascht über sich selbst.

Da kam Neumann herein. Aber der Ausdruck der Enttäuschung, den er sonst von seinen Streifzügen mitbrachte und der seine Augenpartie immer fester besetzt hielt, schien sich gegen den

Anflug eines Lächelns – vielmehr eines Lächelgeschwaders – zu wehren, was ihm etwas Bübisches verlieh, da seine Kiefermuskulatur damit beschäftigt war, ein Bonbon zu vernichten.

»So gut gelaunt?«, fragte Münster.

»Raten Sie mal, warum!«

»Bei Kolonialwaren Kühmel ist eine neue Lieferung von Karamellbonbons eingetroffen?«

»Das ist es nicht.«

»Hm. Sie waren wieder bei Dr. Dielenschneider?«

»Ja.«

»Und konkretisiert sich die Gralssuche?«

»Jedenfalls habe ich genug, um einen entsprechendes Dossier zu verfassen. Seit meiner Kindheit hat mich diese Legende gefesselt – wie Heinrich Schliemann die *Ilias*. Mein Vater hat mich alles gelehrt.« Er schlürfte den Bonbonsabber zwischen den Zähnen. »Endlich greifen die Einzelteile ineinander wie in einem Uhrwerk.«

»Wenn man beim Seeteufel eines lernen kann, dann ist das die Kunst der Täuschung, nehmen Sie sich nur in Acht.«

Das Lächeln flackerte auf, und Neumanns Augen wurden darin undurchdringlich und der Aufenthalt in seinem Blick gefährlich wie das Spielen vor der Öffnung eines Eisenbahntunnels.

»Haben Sie etwa noch mehr?«, fragte Münster.

»So langsam«, antwortete der Offizier. »Ich habe eine Zeugin befragt – eine kleine, niedliche Zeugin. Sie werden nicht erraten, was sie mir geflüstert hat. Was sagen Sie dazu: Christoph Rudolf war nicht immer der Krüppel, der er heute ist?«

»Ach so?«

»Nein, nein. Er war ein Kollege. Polizist. Und einmal Jüngster bei Thüringens Kripo. Anscheinend musste er aber den Dienst quittieren.«

»Da sehen Sie, dass man niemanden als Krüppel beschimpfen sollte, wenn man nicht seine Geschichte kennt«, antwortete Münster. »Sind Sie mittlerweile alle möglichen Wege abgelaufen, die unser Opfer genommen haben könnte?«

»Ich bin erstaunt, dass Sie ihn nicht kannten, Kollege Münster. Ein verletzter Kamerad, für den sich keine weitere Verwendung finden lässt. Davon hört man doch.« Neumann schüttelte den Kopf, während er das sagte. »Immerhin war er auch in Weimar.«

»Daran könnte ich mich gewiss erinnern«, nuschelte Münster.

Der Führer konnte stolz sein: Sogar die Sonne befolgte seinen Haltebefehl und leistete dem nahenden Tiefdruckgebiet hartnäckigen Widerstand. Nur die Alten im Dorf unkten, lange halte der Sommer nicht mehr. Aber die Alten wollen am Ende so oder so Recht gehabt haben. Es ist wie immer, wenn die Alten sowas sagen, prüfen kannst du es nicht, und oft ist der Wunsch der Vater des Gedankens. Falls du selbst einmal alt wirst, merkst du es. Du wirst die Hitze verteufeln und den Frost. Schließlich genügt es, wenn man des Nachts verdunkeln muss, man will nicht noch am Tag die Fenster abhängen müssen, weil die Sonne noch besser trifft als die Tommys.

Am späten Nachmittag klirrte durch Finsterbergen geschäftiges Treiben. Die HJ durfte helfen, neue Quartiere für evakuierte Kindergruppen vorzubereiten, die in Scharen auftauchten, von strengen Gouvernanten geführt, als wäre ganz Westfalen den Rattenfängern den Sold schuldig geblieben.

Wobei, so ähnlich verhielt es sich ja.

Frauen zogen Handkarren über die Straßen. Greise spalteten ächzend Holz für den Winter. Nur Albin sah man scheinbar ziellos durch den Ort schlendern.

Wer stolz darauf ist, Augen und Ohren überall zu haben, rechnet nicht damit, selbst beschattet zu werden.

Ein Handtuch über der Schulter, hatte Albin das Haus verlassen. Wie er es sonst gerne abends tat, um herauszubekommen, wer Feindsender hörte. Wissen ist Macht. So schlich er seine Wege zwischen den Höfen entlang, stoppte da und dort. Albin linste in offene Fenster und legte das Ohr an Türen und hielt sich für unsichtbar, wie er sich etwa in den Schatten eines der konischen Gestelle kauerte, die die Finsterberger nutzten, um Kaninchenfelle darin aufzuspannen, zum Verkauf oder um einen Kragen zu nähen.

Ein ortsunkundiger Verfolger wäre ihm aufgefallen. Christoph aber kannte die Wege ebenso, hielt sich im Schatten der Hühnerställe und folgte humpelnd. Schließlich erreichte er die Hitler-Straße und ging bergab. Christoph wartete. Albin fand sein Ziel.

Siebzig Pfennige kostete ein Vollbad in der öffentlichen Badeanstalt neben der Fleischerei Dielenschneider, in der Zinkwanne nur fünfzig. Bei mäßiger Nachfrage. Über dem Eingang hing ein Transparent: Trotz Terror und Krieg mit dem Führer zum Sieg. Der Sohn eines hiesigen Wirtes (und Parteigenossen) durfte kostenlos hinein.

Vor dem Haus standen die Linden, an denen sie kurz vor Schluss die Deserteure aufhängen würden.

Albin grüßte deutsch und herzlich und verschwand im Gebäude.

Christoph rauchte seine Zigarette zu Ende und folgte. Ihn zwang man zu zahlen; Christoph wählte eine Brause. Handtuch und Seife kamen einen Groschen extra. Nach rechts ging es in die Männerabteilung. Er ging an den Duschen vorbei und erreichte den hinteren Teil, wo Damenumkleide und Herrenbad nur durch eine schmale Wand voneinander getrennt waren. Und was diesen Raum für Albin so interessant machte wie die Invasionspläne der Alliierten für das OKW, das war das Fehlen des Lückenschlusses am oberen Ende der Wand, wo die Rohre entlangliefen. Albin stand nackt auf einem Schemel und hielt einen Spiegel in die Öffnung. Dort starrte er hinein, ähnlich angestrengt, jedoch deutlich lustvoller als ein U-Bootfahrer in sein Periskop.

Christoph schlich heran und obwohl kein großer Fußballer an ihm verloren gegangen war, landete er einen effektvollen Tritt. Der

Schemel kippte und Albin landete in der Zinkwanne. Das Wasser erstickte seine Schreie. Christoph drückte ihn tief hinein. Drüben bei den Damen gellte ein erschreckter Ausruf. Doch dabei blieb es. Bald plätscherte und brauste es wie gehabt.

Es war lau. Ein heißes Bad war wenig gefragt in diesem Sommer. Christoph zog Albins Kopf hervor. Albin hustete.

»Und du willst mir erzählen, du bekämst nichts mit von dem, was hier im Dorf vorgeht?«

Albin räusperte sich. Christoph drückte ihn erneut unter Wasser. Am Haarschopf zog er ihn wieder hervor.

»Oder hattest du mich vergessen?«

»Gewiss habe ich dich nicht vergessen, Christoph. Ich bin auf der Spur. Ehrenwort.«

»Ich ahne, wie es um deine Ehre bestellt ist«, sagte Christoph und tauchte ihn erneut. Albin würgte.

»Das Heft! Wer hat es?«

»Baldur macht ein Geheimnis draus. Ich wollte es gerne einmal haben. Ich schwöre. Doch er hat es mir nie gegeben.« Im Prinzip war beides glaubhaft. Dass Albin sich nach dem Heft verzehrte, genauso wie das Verhalten Baldurs. Albin könnte zwar niemals sein Charisma, aber doch jederzeit sein Wissen als Waffe einsetzen. Baldur musste ein schlechter Anführer sein, wenn er das nicht bemerkte.

»Mir steigt eine Idee auf«, sagte Christoph. Er nahm das Handtuch und riss es in Streifen. Mit bangem Blick sah Albin, wie Christoph die Streifen verdrillte, bis ein notdürftiger Strick entstand. Zwei kleinere Seile verbanden sich zu einer Schlaufe, die Christoph über eines der Rohre warf. »Ich lasse dich gleich in Ruhe. Du darfst auf den Schemel steigen, und dein Vergnügen fortsetzen. Und du wärst nicht der erste, dem im letzten Moment noch was abgeht.«

»Nein«, sagte Albin, »nur das nicht.«

»Nun heule mal nicht. Jedermann wird Verständnis haben. Wer will schon für einen Größenwahnsinnigen das letzte Aufgebot geben? Klar hattest du Angst. Schade für deine Mutter. Ein Feigling in der Sippschaft rückt das Mutterkreuz in noch weitere Ferne.Da gilt man schnell als asozial.«

»Bitte nicht«, stammelte Albin, »Mutter würde mir nie verzeihen.«

»Sie macht sich also noch Hoffnung auf den Karnickelorden? Wie soll das gehen, da sie doch von keinem Manne weiß?«

Albin stammelte. Christoph starrte ihn an. »Wer?«

»Der Kommissar.«

Christoph prustete. »Mein Beileid.« Er zog an der Schlaufe. Er testete den Strick. »Das sollte dich halten.« Langsam näherte er sich, Albin plantschte und wollte sich wehren, aber der Ältere hatte Hände wie Schraubzwingen und hob ihn am Arm aus dem Wasser.

»Eine letzte Gelegenheit räume ich dir ein, Albin. Der Zahnarzt, Heinrich. Was hat er getrieben, am Tag, als Ännchen starb? Hast du ihn gesehen?«

Albins Augen verengten sich. Also ja, dachte Christoph. Doch Albin schwieg. Er legte ihm die Schlaufe um den Hals.

»Dielenschneider«, sagte Albin plötzlich, »Dielenschneider, hat auch so ein Buch.«

»Was für ein Buch?«

»Wie der Professor.«

»Heinrich zeichnet nicht.«

»Nein, aber er schreibt. Es ist sein Logbuch. Er hat öfter bei unseren Heimabenden in der HJ von seiner Zeit auf See berichtet. Er hat uns beigebracht, wie ein Logbuch zu führen ist. Falls wir zur Marine kämen. Daher weiß ich es. Grete kauft regelmäßig neue für ihn bei Blüthner.«

»Wo bewahrt er sie auf?«

»Auf der Brücke.« Albin legte noch eine Spur mehr Verachtung in seinen Blick.

»Welche Brücke?«

»Seine Kapitänsbrücke natürlich. Im Behandlungszimmer.«

Der einzige Raum, zu dem er keinen Zutritt hatte. »Was weißt du noch?«

Albin stand auf dem Schemel. Der Schemel kippelte. Christoph ließ ihn los. Sofort griff Albin sich an den Hals und steckte die Hände unter die Schlaufe.

»Mehr sage ich nicht«, sagte Albin.

»Denke daran! Ich kann dich überall finden. Und dann bringen wir das hier zu Ende.«

Albin fühlte sich wieder sicherer. Von der Schlinge befreit, kletterte er auf den Boden herab.

»Ich wusste, du würdest es nicht tun«, sagt er.

Christoph sprang auf Albin zu, wollte ihn schlagen. Im letzten Moment riss er sich zusammen, ging wieder in Richtung des Ausgangs; dort besann er sich erneut, kehrte um und stellte sich unter die Dusche.

Wasser läuft dir über das Gesicht, und auf einmal wird dir alles egal. Christoph rieb über die Bartstoppeln. Einmal hatte das Leben im Wasser begonnen. Kein Wunder, dass man es spüren konnte, wie das Wasser belebte. Staub und Schweiß flutete es fort. Aus Verzweiflung wuchs die Lust auf neue Taten. Jetzt war er schon auf der Jagd nach zwei Büchern. Er würde heute Abend hingehen, wenn Gertrud ihr Mahl gab. Entgegen seinem Vorsatz. Vielleicht ergab sich eine Gelegenheit, auf Heinrichs Kommandobrücke zu schleichen.

13. Kapitel

Christoph dachte, er müsse der erste sein, der nach Ende der Sprechstunde in das Haus des Zahnarztes fand. Aber man ließ ihn nicht vor. Gertrud gab ihm zu verstehen, dass er nicht wagen könne, auf der Kapitänsbrücke Einlass zu verlangen. Nicht, solange sich der Obersturmführer dort befinde und mit Heinrich über seine Zeit als Seefahrer rede. »Und über den beschissenen Gral.«

Ihre Zunge holperte öfter als beabsichtigt über derbe Wegstrecken. Das machte der Alkohol. So eine gebildete Frau.

Christoph schüttelte den Kopf, Gertrud schlug die Augen nieder. Still bedauerten sie beide, was aus ihnen geworden war. Das Mädchen brachte Christoph in den Salon, wo ein großer Esstisch eingedeckt war mit einer Pracht, die man zuletzt in den goldenen Zwanzigern zuwege gebracht hatte. Aber auf dem Land war die Versorgung gut, und die Menschen zeigten sich dankbar. Denn egal, wie schlecht du als Zahnarzt bist, Karies ist schlechter. Christoph hoffte, dass das Mädchen ihn anschauen würde, aber sie starrte nur an ihm vorbei. Christoph trug ein sauberes Hemd und lächelte. Aber Gretel drehte sich weg. Sie polierte stumm die Gläser. Fliehende Stirn und gar kein Kinn. Sie starrte ihn durchs Glas an wie ein Fisch. Ein ganz kalter. Aber mit einem runden Po.

Gertrud trat ein in einem knielangen Kleid. »Lass uns einen Moment allein, Grete«, bat sie.

Zorn schaute aus Gretels Äuglein heraus, als sie fortkommandiert wurde. Offenbar hätte sie doch gerne erlebt, wie es hier weiterging. Aber sie schluckte ihr Unbehagen herunter. Ihre Schritte entfernten sich. Gertrud kam auf Christoph zu.

»Wie findest du es?« Sie drehte sich in ihrem Kleid. Modehaus Frank, in der Schmiedsgasse.

»Du siehst gut aus, Tante.«

»Du lässt mich doch nicht allein, Christoph?«

»Ich bin doch hier.«

»Aber wie lange bleibst du mir noch? Ich fürchte mich.«

»Musst du nicht.«

»Was hast du mit dem Kommissar zu tun, Christoph? Hängt es mit der Zeit zusammen, als es dich« – es klang spöttisch – »in die weite Welt gezogen hat? Kennst du ihn von früher?«

»Nach der weiten Welt erkundige dich bei deinem Gatten. Ich war bloß in Weimar. Es war ein anderes Leben.«

Sie flüsterte. »Sag mir, was du weißt, bevor der Kommissar kommt. Und wenn sie da sind, halte dich zurück. Bleib einfach bei mir sitzen. Hörst du? An meiner Seite, Christoph. Und wenn ich unruhig werde, dann leg deine Hand auf mein Knie.« Sie nahm seine Hand und fühlte die Finger. O wie rau sie waren! Er ließ sie ihr.

»Als stummer Tröster?«

»Wäre das zu viel verlangt?«

»Ich darf schon nichts über den Führer sagen. Wenn Sie auf den idiotischen Gral kommen, werde ich schreien.«

Sie ließ die Hand los und wandte sich ab. »Immer der stolze Herr Außenseiter, allzeit gut informiert. Abends hört er heimlich BBC in seiner Werkstatt und meint, keiner bekäme es mit. Und immer hat er zu allem eine Meinung und wirkt so gut informiert, der feine Herr. Dabei raubt er uns nur den Mut.« Gertrud steckte sich eine Zigarette zwischen die Lippen. »Trag nur an deinem Schicksal, nimm dein Kreuz nur auf dich, wenn du meinst.«

»Bin ich ein Störenfried, bloß weil ich bei meiner Weltanschauung geblieben bin? Vor 33 hat ganz Finsterbergen SPD gewählt. Daran darf man bloß keinen erinnern. An jedem Hause weht die Hakenkreuzfahne.«

»Sie haben Angst, Christoph, wie wir alle. Die Leute haben am Fenster gestanden, als der Wietzerodt geholt wurde. Die meisten haben zwei Wochen lang sonntags auf den Braten verzichtet, um sich die Fahne kaufen zu können. Dass nur keiner meint, sie würden sich widersetzen. Sind sie deshalb gleich alle Nazis?«

»Und warum seid ihr alle durch den Forst gestiefelt, die Mädchen mit roten Lackschühchen, als es hieß, Hitler fährt durch Catterfeld? Haben sich die Eltern die auch vom Munde abgespart? Ich sage dir was: Andere Zeiten, andere Fahnen. Aber irgendwann wird die Polizei wieder Polizei sein und keine Kampftruppe irgendeiner Partei.«

»Was meinst du damit?«

»Weshalb ist denn dem Kriminalkommissar so ein Hündchen von der SS zugeordnet? Den muss er mit durchschleppen, obwohl er keine Ahnung hat. Sieht doch ein Blinder – abgesehen von dem Offiziersrang ist er nur ein Stift.«

Sie grinste. »Weiß du was, Christoph? Du bist eifersüchtig!« Sie zog an ihrer Zigarette und merkte erst dann, dass sie sie noch nicht angezündet hatte. »Wenn du dachtest, ich wüsste nicht, was du treibst mit deinen Liebschaften, mit unserem Gretchen und noch jüngeren! Und jetzt kommt ein schnittiger junger Mann von der SS in schnieker Uniform. Da schwimmen dir die Felle davon.« Sie riss ein Streichholz an.

»Ich hätte auch so eine Uniform anziehen können.«

»Hättest du es mal getan. Du sähest fantastisch aus.« Sie klopfte ihm auf die Brust.

»Onkel Heinrich war doch unten im Tale. Kurz vor Ännchens Tod.«

Sie ging darüber hinweg. »Wir wissen alles über dich. Kantor Stahl hat es mir berichtet. Dass sie die Proben vernachlässigt hat. Öfter in der letzten Zeit. Bestimmt bin ich nicht nur Heinrichs wegen ins Tal gestiegen, um ihn heimzuholen, zur Vernunft zu bringen. Ach, Christoph, ich weiß, wo Ännchen war, und was sie in diesem Tal zu tun hatte. Du hast sie eingereiht in deine Trophäensammlung.«

»Das ist nicht wahr!«

»Ich habe doch gespürt, dass du mich siehst.«

»Dich sehen?«

»Am Astloch, Christoph. Wäre deine Hütte mal so dicht wie deine Särge. Oder so blickdicht wie dein Herz. Sag, hast du nicht an mich gedacht dabei?«

Christoph wollte sie packen, sie schütteln. Da schellte die Türglocke. Das musste Münster sein. Oder Huthgang. Oder beide. Man konnte hören, wie das Mädchen sich auf den Weg machte, um die Gäste einzulassen.

»Daher weiß ich nun, warum du mich immer zurückgewiesen hast.« Gertrud flüsterte.

»Ännchen habe ich auch zurückgewiesen.«

»Dann möchte ich von dir mal genauso zurückgewiesen werden. Aber ordentlich von hinten.«

»Hat er uns gesehen? Heinrich?«

»Uns… Wie schön du das sagst«, säuselte Gertrud. »Heinrich war schockiert an dem Abend. Oder was denkst du, warum du nicht mehr auf die Brücke darfst? Und was würden die beiden Ermittler dazu sagen? Oh, es liegt wie eine Last auf meiner Seele!«

Christoph versuchte sich zu erklären. Huthgang und Münster unterhielten sich draußen. Der Lehrer wagte es, das Privatissimum auf dem Kapitänsdeck zu unterbrechen und entschuldigte sich ironisch dafür. Er ließ ein blechernes Gelächter hören, als er vorschlug, den Abend gemeinsam im Offizierssalon zu eröffnen. Jeden Moment mussten sie eintreten.

»Was willst du von mir?«

Gertrud legte einen Finger auf ihre Lippen und machte psst. Dann rückte sie leicht schwankend an ihn heran.

»Küss mich, Christoph.«

»Du bist besoffen.«

»Ich weiß alles über dich, Christoph«, sagte sie in leichtem Singsang. »Ich habe alles gesehen.«

»Sei ruhig, sie kommen.«

»Küss mich, Christoph, nur einmal.«

Die Tür schwang auf, Gertrud nahm ihre Hand von der Brust ihres Neffen und wandte sich zur Tür.

Münster und Neumann betraten den Raum.

Sie meinte, sie würde das neue Stöffchen vorführen. Sie reckte sich in ihrem blau geringelten Kleid, so dass sich ihre Brüste deutlich abzeichneten mitsamt ihrer Erregung. Summend wiegte sie sich in den Sonnenstrahlen, die durch die hohen Fenster in die Stube der Dielenschneiders schossen, und sie genoss die Blicke der Männer. Münster fluchte ebenso leise wie anerkennend, Huthgang mit zusammen gepressten Lippen.

»Na, Christoph, komme ich dir nicht vor wie ein strahlender Sonntag?«, fragte sie, als hätte sie die Herren noch nicht bemerkt. »Nimmst du mich so mit in die Kirche? Oder gehst du Sonntag mit Grete?«

»Wir sollten fragen, ob die Herren etwas zu trinken wünschen, Tante Gertrud.«

»Ein fantastischer Einfall! Mein Neffe ziert sich.« Sie tanzte leicht schwankend an Neumann heran und legte ihm ihre Hand auf die Schulter und drückte ihren Busen an seine Brust. Sie fuhr mit dem Finger an den Knöpfen der Uniform herab und klopfte bewundernd auf seinen Orden. Sie schlug die Augen auf.

»Würden Sie mich statt seiner am Sontag zum Kirchgang begleiten, Herr Obersturmführer?«

»Frau Doktor, ich stehe im Kampfe wider die Verweichlichung unseres Volkes durch die Lehre eines jüdischen Wanderpredigers, der nicht den Schneid hatte, seinen Henkern Widerstand zu leisten.«

Huthgang schaute, als hätte auch er gefragt werden wollen. Aber die Antwort des Offiziers gefiel ihm.

»Merkwürdig, wenn unser Herr Pfarrer anwesend ist, wagt es niemand, so was zu behaupten«, sagte Christoph. Gertrud starrte ihn finster an.

»Dann holen wir ihn her, den Herrn Pfarrer! Soll er hören!«, sagte Neumann.

»Das wird nicht gehen.«

»Weshalb, Rudolf, was spricht dagegen?«

Christoph wies auf Huthgang. »Erklären Sie es ihm, Herr Studienrat.«

Huthgang schluckte. »Der Mann steht im Felde, Herr Obersturmführer. Er dient als Major!«

Neumann focht das nicht an. »Es muss solche und solche geben. Sonst wäre das klerikale Gewäsch längst vergangen. Ich frage mich nur, warum Sie selbst zu Hause blieben, statt seinem Vorbild nachzueifern? Unlängst hat der Führer die älteren Semester aufgefordert, ebenfalls ihren Mann an der Front zu stehen und sich freiwillig zu melden.«

»Ich diene an der Heimatfront. Ich habe mich der Ertüchtigung der deutschen Jugend verschrieben!«

»Und Sie, Rudolf? Ach, ja, Sie sind ein Krüppel.«

Jeder andere Leichenschmaus wäre ein Hochzeitsfest dagegen, obwohl Dielenschneiders auftafeln ließen, was die Speisekammer hergab: Kassler mit Bohnen und Salzkartoffeln, dazu braune Tunke. Huthgang befahl, noch mehr aufzutragen. Gertrud schlug die Augen nieder. Gretel gehorchte. Offiziell ging es um Heinrichs Geburtstag. Aber niemand gratulierte. Christoph und Magnus fochten einen Sitzkrieg gegeneinander aus, Heinrich, als Gastgeber wirkte müde und unbeteiligt. Grete trug auf, fahrig und ohne Christoph oder die Herrin mit der geringsten Freundlichkeit zu bedenken. Bald zwanzig Minuten hatte Huthgang gebraucht, um Heinrich überhaupt aus seiner Kajüte in die Offiziersmesse zu locken. Gertrud schenkte nach; süßen Riesling von der Mosel. Sie hatte ihre verführerische Natur endgültig gegen die fahrigen Bewegungen einer Säuferin eingetauscht. Grete erinnerte die Gesellschaft daran, dass verdunkelt werden müsste. Und immer wieder Wagner. Es kratzte und knisterte durch endlose Streicherflächen, abwechslungsreich wie eine Fahrt mit der Transsibirischen Eisenbahn, aber abenteuerlich wie ein Wochenende Faltbootfahren im Spreewald. Neumann hob zu einer Eloge auf den Gastgeber an, was dessen vergangene Bedeutung für den Krieg und dessen zukünftige für das Dritte Reich betreffe. Hier drückte er sich absichtlich geschwollen aus, aber Dr. Dielenschneider nickte verstehend aus weiter Ferne.

»Vieles von meinem Wissen verdanke ich ihm«, sagte Dielenschneider und reichte das Lob weiter an Huthgang. »In ihm habe ich einen kongenialen Helfer gefunden, der mich in allem unterstützt.«

Huthgang tätschelte Dielenschneiders Hand. Heinrich ließ es einen Moment zu lange geschehen.

Christoph stieß unterm Tisch gegen Gertruds Schienbein. »Wie lange willst du dir das noch anhören, Gertrud? Der Heilige Gral steckt nicht in Finsterbergen. Er hat Heinrich völlig irre gemacht damit.«

»Heinrich«, begann sie müde, wurde aber vom Dorflehrer unterbrochen.

»Gerede ist dies keineswegs, der Herr. Wolfram von Eschenbach! In seiner Person haben wir die Verbindung, die wir suchen. Aber wir wollen den schönen Abend nicht mit der Belehrung eines Banausen zubringen. Damit habe ich des Tags genug zu tun.« Huthgang wartete auf eine Pause, damit das Publikum seinen geistreichen Konter würdigen könne und lächeln, aber in die Stille wurde Reinhold Münsters Stimme hörbar.

»Herr Rudolf ist nicht der einzige, dem der Zusammenhang verborgen geblieben ist, Herr Ortsgruppenführer«, sagte Münster.

»Ich möchte die Herren nicht mit einem detaillierten Vortrag ermüden. Die Dame schon gar nicht.«

Die Dame zog er unnötig in die Länge, spöttisch. Gertrud konnte sich kaum auf dem Stuhl halten.

»Was ist, wenn ich darauf bestehe?«, sagte Münster und Neumann echote, Huthgang richtete sich auf und seine Stimme bekam einen Hall, als spräche er in einen weiten Hörsaal.

»Wagner hat Wolfram von Eschenbach nicht zufällig im Tannhäuser eingeführt und damit vom historischen Ort Ansbach aus nach Thüringen versetzt. Überall, wo sein Name erscheint, dürfen wir mit gutem Grund einen Hinweis auf den Gral vermuten, hat er doch die Gralslegende ins Deutsche übertragen, im 13. Jahrhundert, und so – selbstverständlich in verschlüsselter Weise – erst bekannt gemacht.«

»Nun aber verliert sich die Spur des Grals schon im 12. Jahrhundert«, platzte Neumann gespannt dazwischen. Einmal konnte er mithalten!

Dielenschneider, der bisher mit funkelnden Augen der Erklärung Huthgangs gelauscht hatte wie ein Kind einer gut bekannten Geschichte, nahm den Faden auf. 1141, da sei der Name Finsterbergens zum ersten Mal erwähnt in einer Liste von Dörfern, die dem Kloster Reinhardsbrunn zugehörig gewesen seien.

»Dieses wiederum war verbunden mit dem berühmten Kloster von Cluny, Frankreich, geistliches Zentrum am Puls der damaligen Zeit – und von enormem Reichtum. Und diesen Reichtum erkläre ich mir nicht nur durch die verjudete Art der Mönche, ihre Ökonomie zu führen, sondern durch die Anwesenheit des Grals. Sie waren die letzten, die seine Kraft zu nutzen wussten! Ende des 11. Jahrhunderts weihten sie den Altar der damals größten Kirche der Christenheit, der Abteikirche – prachtvoller und größer als alles in Rom. Um Rom den Rang endgültig abzulaufen, fehlte nur noch die Überführung einer Reliquie von Format. Niemand sollte erfahren, dass es diese Reliquie schon gab!«

Huthgang nahm den Faden auf. Um durch die »Wiederentdeckung« die Macht des Ordens zu sichern, musste ein Zwischenlager gefunden werden. Ein Vorwerk des Friedrichrodaer Klosters schien ideal. Die dortigen Fuhrleute waren die perfekte Tarnung. Der Färberwaid wurde in Thüringen angebaut und gelangte durch die Finsterberger Fuhrleute nach ganz Europa. »Unsere Ahnen waren keine Hinterwäldler, Herr Kommissar, es waren weitgereiste und kampferprobte Männer. Doch als der Gral fort war, begann ein langsamer Niedergang. Äbte kamen, Äbte gingen. Wissen ging verloren. Der Gral wurde zum Mythos.«

»Blauer Farbstoff«, raunte Münster Neumann zu, dem es gelungen wäre, wissend dreinzuschauen, wenn ihm nicht die laut gedachte Frage nach dem Färberwaid entfahren wäre.

»So könnte es gewesen sein«, sagte Neumann schnell.

Huthgang wandte sich an Dr. Dielenschneider. »Willst du es verkünden, oder darf ich es tun?«

Heinrich Dielenschneider streckte die Hand aus und ließ Huthgang den Vortritt. Der räusperte sich nur kurz und tat dann kund, Heinrich habe ihm angeboten, sein 319er BMW-Kabriolett zu übernehmen, weniger für seine vielfältigen Aufgaben als Führer der hiesigen Lehrerschaft und Ortsgruppenleiter der NSDAP, als vielmehr, um die Suche und die Überwachung der Suche nach dem Gral voranzutreiben. Die Stunde sei günstig, die Jugend gut ausgebildet und tatendurstig. Ein neues Zeitalter ziehe herauf.

»Und darum muss der Dorflehrer mit dem BMW des Arztes umherfahren!«, sagte Christoph.

»Des Zahnarztes«, sagte Neumann.

»Gertrud, bitte, bereite dem Spuk ein Ende.« Christoph schaute verzweifelt.

Sie schreckte hoch, als sie ihren Namen hörte.

Heinrich löste die Spannung. Er stand auf, um sich zurückzuziehen. Der Äther rief. Er habe noch zu tun, behauptete er.

»Ferdinand bekommt alles, was er braucht«, erklärte er. »Ich würde alles tun, um den Gral in den Händen zu halten.«

»Sogar töten?«, fragte Münster.

»Für das Reich…«, entschuldigte ihn Neumann, bevor Dielenschneider antworten konnte.

Huthgang stand ebenfalls auf und legte seine Hände Gertrud in den Nacken. Nicht dass er sie streichelte. Sie hätte ein Einrichtungsgegenstand sein können. Eines von den Dingen, die Ferdinand ihm gerne überlassen würde, wenn er nur seinen Gral bekäme. Gertrud wagte nicht zu weinen. Messer und Gabel hielt sie so fest umklammert, dass die Knöchel einen weißen Hauch bekamen, wie der Inselsberg an einem Novembermorgen. »Ich denke, es ist Zeit zu gehen, Christoph. Gertrud wird doch ihren Mann nicht bloßstellen wollen in dieser Runde. Es ist doch alles mit dir abgesprochen, Gertrud?«

Sie nickte.

»Herr Obersturmführer, darf ich Sie um einen Gefallen bitten? Geleiten Sie doch diesen Herrn vor die Tür. Das ist ebenso in deinem Sinne, Gertrud, gehe ich recht?«

Wieder ein Nicken, aber ihre Augen flehten Richtung Christoph. Christoph wandte sich zur Tür.

Neumann streckte die Hand aus, um ihm den Weg zu weisen, aber als dieser vorbeiging, trat er ihm gegen das steife Bein. »Herr Kollege, den Vortritt.«

Christoph fiel der Länge nach hin.

Neumann beugte sich, packte ihn am Kragen und wollte ihn vor die Tür werfen wie einen räudigen Kater, doch Christoph zog an Neumanns Arm. Er trat ihm gegen das Knie und rollte sich weiter. Der Obersturmführer krachte neben ihm auf den Boden. Grete sprang hin und half ihm auf. An ihrer Seite Münster, der Neumann in die Ecke drängte, nur weg von Christoph. Neumann murmelte etwas von Satisfaktion, was zum Glück alle überhörten.

Gertrud fand zu sich, sie fasste nach Huthgangs Händen, hob sie von ihren Schultern ab. Sie stand auf, mit einem Ruck.

Huthgang stolperte rückwärts.

Sie rief: »Geh schon, Christoph!«

Christoph streckte seine Hand nach Grete aus. Grete half ihm nicht. Er konnte alleine aufstehen. Christoph erhob sich langsamer, als es seine Behinderung gebot. Neumann zückte die Pistole und löste die Sicherung. Münster schrie »Halt!«, Neumann hielt inne, aber mehr wie ein Kleinkind, ohne sich einer Schuld bewusst zu sein. Überrascht, dass Münster einmal schrie. »Stecken Sie die scheiß Knarre weg!«

»Ich finde heraus,« sagte Christoph. Gertrud warf ihm einen Teller hinterher. Ihr liefen die Tränen herunter.

»Komm nicht wieder«, schrie sie, »bleib weg!«

Sie musste mehrmals rufen, bis ihre Zunge fehlerfrei gehorchte. Grete wäre beinahe bei dem Versuch erstickt, ihr Lachen zu unterdrücken. Offenbar hatte er sie tatsächlich gekränkt. Neumann steckte die Pistole wieder ein.

Wenn er Christoph noch einmal sähe, wäre es aus mit ihm, sagte Neumann später, im Übrigen gebe es nur diesen einen im Dorf, dem er ein solch infames Verbrechen zutrauen würde, wie es Ännchen, Christophs eigener Nichte, widerfahren sei, und dabei redete er auf Gertrud ein, in der Meinung, ihre Erregung verdanke sich wie seine eigene der puren Empörung. Man werde den Dreckskerl schon stellen, weit könne er nicht gelaufen sein. Aber Gertrud liefen die Tränen.

»Für mich ist seit heute Abend endgültig klar, dass der Fall abgeschlossen werden kann. So hart Sie dieser Schlag treffen mag, Kollege Münster.«

Gertrud bibberte und heulte wie ein kleines Mädchen.

»Halten Sie Ihre blöde Klappe, Neumann«, sagte Münster. »Sie sind in fünfundzwanzig Jahren Polizeidienst das Dämlichste, was mir passiert ist. Man fragt sich, mit welchem Recht Sie schon so viele Leben weggeschmissen haben und sich aufschwingen zum Richter, zum Wegbereiter einer neuen Zukunft. Deutsche Biologie! Dass ich nicht lache.«

»Das«, sagte Neumann, »werden Sie bereuen. Ich lasse mir meine Ehre nicht rauben.«

Münster tat, als wäre ihm das herzlich egal.

Zu Gertrud gewandt, meinte Münster, sie habe gehört, was man ihrem Neffen vorwerfe. »Wenn Sie was wissen, was ihn belastet oder entlastet, dann müssen Sie uns das sagen. Einverstanden?«

»Er hat sie doch geliebt«, stammelte Gertrud.

»Heimliche Liebe, gefährliche Liebe«, sagte Huthgang. Er streckte die Hand aus, als ob er sie noch einmal auf Gertrud legen wollte. Doch er klappte den Arm wieder ein. Er wolle nach seinem Freund Heinrich sehen. Er schlich sich zur Tür und empfahl sich. Nach Hausherrenmanier rief er durch das Treppenhaus Grete zu, sie solle dem Besuch den Kaffee auftragen.

Münster gab Gertrud eine Zigarette und bot ihr Feuer. »Rauchen Sie erstmal.« Sie zog tief. Grete eilte mit dem Kaffee herbei, der gemeinsam mit dem Nikotin seine Wirkung erzielte, wiewohl er hauptsächlich aus gerösteten Eicheln bestand, das Bitteraroma steuerte die Wurzel der Wegwarte bei. Als hätte es hier noch mehr bitteres Aroma gebraucht. Gertrud brachte sich etwas unter Kontrolle. Grete verschwand.

»Mir sagte sie immer, sie gehe hoch zum Kurhaus.«

»Ännchen?«, fragte Neumann. Gertrud erzählte weiter.

»Jemand muss doch die Versehrten aufheitern. Im Lazarett. Gesang zur Zither mit dem Trachtenchor. Einmal bin ich ihr gefolgt. Da merke ich, dass sie die einzige ist, die den Berg hochläuft. Kein Chor, keine Trachten. Nichts. Sie ging auch nicht ins Kurhaus, sondern zum Professor. Er hat sie gezeichnet. Nackt vermutlich. Ich habe sie zur Rede gestellt, aber sie meinte, Orelli sei ein Künstler und gerade das Richtige für sie.«

»Dieser Halunke«, sagte Neumann.

»Schnauze«, sagte Münster.

Gertrud fuhr fort. »So ging es viele Tage. Heinrich hat immer gefragt, wie sein Täubchen sich mache. Ich habe gelogen. Sie singt wie ein Engel. Man muss aufpassen, was man ihm zumutet. Leider kam Kantor Stahl. Ännchen vernachlässige den Unterricht, sagte er. Heinrich wollte sofort los, sie zu suchen. Er solle im Tale suchen, sagte ich, ich ginge derweil in Richtung des Lazaretts. Ins Tal ging Heinrich früher gerne, dort begegnet man nach Feierabend niemandem mehr, oder höchstens Franzosen, die machen später Feierabend. Dieses Wrack, das ich geheiratet habe für nichts und wieder nichts.« Sie sah in ihre Augen und wusste, dass sie die Geschichte kannten. »Später würde ich runter und ihn suchen, wie schon so oft. Aber erst würde ich Ännchen heimholen.« Gertrud trank einen Schluck Eichelaufguss. »Ännchen trat aus Orellis Haus, als ich in die Straße einbog. Sie knöpfte noch an ihrem Kleid, was heißt, ihr Kleid. Es war aus meinem Schrank. Ein viel zu weites Kleid für sie. Ich ging in Deckung.«

Sie habe sie zur Rede stellen wollen. Aber der Ausdruck in ihrem Gesicht: so siegessicher. Wie 1914. Mit Hurra. »So kam sie herab – und sah mich nicht. Sie schlich hinterm Schwimmbad entlang, den Schleichweg, nicht den Steiger. Klopfte dreimal bei Christophs Werkstatt.«

»Haben Sie die beiden hochgenommen?«

Sie habe sich zunächst Gewissheit schaffen wollen. Außerdem waren noch Franzosen im Sägewerk. Denen wollte sie kein Schauspiel bieten. Den Christoph habe Ännchen, wie gesagt, schon immer attraktiv gefunden. Erst kindlich. Aber später mehr. Das habe sie ihr angesehen. Sie habe Ännchen sogar aufgezogen mit ihrer Schwärmerei. »Dann bin ich um die Hütte geschlichen. Da gibt es genug Möglichkeiten, einen Blick hineinzuwerfen.« So nah könne man sich kommen. So nah und doch so fern. »Und beide schauen in meine Richtung. Als sähen sie mich – und es wäre ihnen egal.« Sie ballte die Fäuste.

»Wie sie sich auf sein Sofa gesetzt hat, mit breiten Beinen, so dass sich das Kleid spannte. Da hätte eine Zirkusvorführung drunter stattfinden können. Aber Christoph hat nicht gewollt, war nicht zu haben für die Manege. Mich hat er auch nie gewollt, der Christoph. Ob er sie schön finde, hat sie gefragt und stand auf. Ja, hat er gemeint, schön sei sie. Aber sie sei seine Nichte, meinte er. Sie erwiderte, sie seien nicht blutsverwandt. Verschwägert. Und sie ein angenommenes Kind.«

»Und?«, fragte Neumann, den die Erzählung in ihren Bann gezogen hatte.

»Ob ihre Brüste zu klein seien, hat sie gefragt, sie sei ja noch jung, und dann hat sie ihr Kleid fallen lassen. Es glitt einfach so an ihr herab, mein Kleid, und da stand sie nackt vor ihm. Ännchen war schön, Herr Kommissar, aber sie hatte ein böses Herz. Erst hat er weggeschaut, hin zur Werkbank. Aber sie kam von hinten an ihn heran, flüsterte in sein Ohr. Er mit beiden Fäusten auf die Werkbank aufgestützt, sie die Linke auf seiner Schulter und die Rechte auf seiner Brust, ich sah es durch das Fenster, und Christoph beißt auf die Lippen, und ihre Rechte fährt tiefer und legt sich auf seinen Schritt. So ganz harmlos und kindisch.«

»Weiter«, keuchte Neumann, die Beine über Kreuz. Sein Grinsen wuchs über sich hinaus.

»Christoph schluckt. Ännchen steckt ihm die Zunge ins Ohr. Wo sie das gelernt hat, möchte ich wissen. Widerlich. So ein Miststück habe ich großgezogen. Und dann hat er gefühlt. Reichte wohl nicht, bloß mal zu schauen, musste prüfen, ob die Brüste nicht doch zu klein waren, was sie natürlich nicht waren, damit kennt er sich aus. Er drehte sich leicht zu mir. Sein Blick geht an mir vorbei, aber für einen Moment sah ich seine Augen, seine tiefen, undurchdringlichen Augen, und es war wie ein Blitz, der sie durchfuhr, während seine Hand schon mit Ännchens Brust spielte. Ein winziger Blitz, ein Gedanke, der ihm die Entscheidung eröffnete, ob er sich nun hingeben wollte oder nicht. Christoph zögerte. Bloß wer ihn sehr gut kennt, hätte diesen Blitz gesehen, Herr Kommissar. Ännchen kannte ihn nicht wirklich, hat ja nur geschwärmt. Er hat ihr gesagt, dass er der falsche Mann für sie sei, und dass er sie nur ins Unglück stürzen würde, und falls er sie anrührte, hätte er sein Leben verwirkt. Aber als es vorbei war, lagen seine Augen wieder da, schwarz und tief. Ännchen macht Ah und Oh leise in sein Ohr. »Verwirke es, Onkel…« Und wie hätte er dann noch anders gekonnt, Herr Kommissar? Nicht mehr nach links und nicht mehr nach rechts habe ich geschaut.« Sie habe davongemusst. Nein, bemerkt hätten sie die beiden wohl nicht. Sie habe es nur ihrem Mann erzählt, bei dem Christoph seitdem unten durch sei – mit Brückenverbot. Also auf seiner Kapitänsbrücke.

»Ich glaube, Sie müssen sich bei mir entschuldigen, Herr Kommissar«, sagte Neumann. »Sie sehen, er war es wirklich. Eine Beziehungstat. Sie wollte ihn verführen, und hinterher ist er ausgerastet. Ich lag richtig, und Sie lagen von Anfang an daneben. Wir hätten in zwei Tagen den Fall abschließen können. Dass man so blind sein kann. Ich lache über Sie! Jawohl. Wenn ich das zu Papier bringe, sind Sie die längste Zeit Mordermittler gewesen.«

»Jedenfalls müssten wir ihn dazu befragen«, sagte Münster kleinlaut und rief Huthgang erneut herein, der vorgab, er habe nicht gelauscht, sondern sich gerade von seinem Freunde Heinrich aus zum Gehen gewandt. Glücklich, ihnen zu Diensten sein zu dürfen, versprach Huthgang, den Ort nach Christoph durchkämmen zu lassen. Wie nach einer Laus, fügte er ungefragt hinzu. Seine Männer täten das mit Vergnügen gleich nach dem Morgenappell.

»Nur überlassen Sie es uns, die Laus zu zerquetschen«, sagte Neumann. Bei dessen deutscher Ehre ließ er Huthgang schwören, dass nicht der Volkszorn sein Werk an Christoph Rudolf verrichten werde.

»Eine Frage hätte ich noch«, sagte Münster zu Frau Dielenschneider, »wann ist denn Ihr Gatte an dem Abend heimgekehrt?«

»Wir schlafen selten gemeinsam«, antwortete sie.

Sie hatte keine Ahnung.

14. Kapitel

Ein Knacken weckte den Kommissar. Um ihn war es dunkel. Renate atmete pfeifend aus und dröhnend wieder ein. Man könnte einen Film damit synchronisieren, der fallende und detonierende Fliegerbomben zeigt.

Da an gesegnetes Wiedereintreten von Schlaf nicht zu denken war, schickte er seine Rechte auf Entdeckungsreise unter das Laken, mit dem sich Renate in der sommerlichen Schwüle zugedeckt hatte. Decken waren nicht vonnöten. Während sie weiter schnarchte, drehte er sie auf die Seite und entblößte ihren Hintern. Der Mondschein wies ihm den Weg, vertraulich wie in früheren Jahren, als noch nicht so keusch und puritanisch alles verdunkelt werden musste. Dass in diesem Moment etwas mit der Verdunkelung nicht in Ordnung sein konnte, wollte ihm nicht in den Sinn. Renates Haut war weich, aber schlaff.

Gerade wollte er noch ein Stückchen an sie heranrücken, als ein Streichholz angerissen wurde. Hinter der Flamme erkannte er ein katzenäugiges Gesicht von einem, der schon eine Weile dabeistand und dessen Augen nichts entgangen sein konnte. Er führte das Streichholz zum Mund.

Eine Zigarette begann zu glimmen.

»Darin warst du immer gut«, sagte Münster.

»Licht ins Dunkle zu bringen?«

»Nein, dich heimlich von hinten anzunähern.«

»Das Kompliment muss ich zurückgeben.«

Renate lag immer noch unbedeckt neben Münster. Jetzt erst nahm Münster seine Hand von ihrer Hüfte.

»Was willst du?«

»Ihr ermittelt überraschend gründlich. Oder bummelt ihr eure Zeit ab? Wohl aus Angst, dass sie euch zu Sonderaufgaben an die Front schicken? Oder hinter die Front?«

Münster wusste sofort, was Christoph meinte, auch wenn er es nie gewagt hatte, anderen von dem weiterzugeben, was man sich in unbeobachteten Momenten auf den sauberen Verwaltungsfluren zuraunte.

Christoph wusste auch nichts von dem Brief, der zu Hause auf Reinhold warten würde. Nur ein Brief und sonst niemand mehr. Nur ein Brieflein, und ein weiterer ungesühnter Mord in diesem Land.

Fragte sich nur, was Christoph wusste. Und woher. In einer Zeit, in der keiner von irgendwas wissen wollte.

»Und du meinst, du könntest hier abtauchen? Keiner würde nach dir fragen. Irgendwann würdest du das Köpfchen wieder in die Höhe stecken. Chapeau. Der Kriegsverlauf gibt dir Recht.«

»Wenn es so wäre?«

»Du musst es wissen. Es ist dein Leben. Wenn man es Leben nennen kann. Besser gesagt: Es war dein Leben. Morgen bist du fällig.«

»Du bist nicht unschuldig daran.«

»Ich habe dir die Hand gereicht, Christoph. Vom Moment an, als ich hier eingetroffen bin. Mehr kann ich nicht tun. Du kannst sie ausschlagen. Pflege nur deine Kränkung, höre auf deinen Stolz. Wie du willst. Aber es liegt nicht länger bei mir.«

Renate räkelte sich. »Du sprichst im Schlaf! Was redest du für einen Unsinn, Reinhold.« Als Reinhold nicht antwortete, fuhr sie herum, Christoph räusperte sich. Renate sprang erst auf, riss dann ein Laken hoch, um ihre Blöße zu bedecken und stotterte, dies sei ein anständiges Haus, wie Christoph es sich erlauben könne, in das Schlafzimmer einer verheirateten Frau einzudringen. Ob sie dabei rot wurde oder nicht, blieb aufgrund des schummrigen Flackerns leider ungeklärt. Sie suchte denn auch das Weite.

Als wäre nichts geschehen, griff Münster zur Zigarettenschachtel und steckte sich eine an. »Ein kluger Mann hat gesagt, einmal im Leben wird ein Mann vor die Entscheidung gestellt. Wem willst du folgen? Blassen Ideen und Lehren – oder der Fülle des Lebens an sich mit seiner ganzen Kraft? Oder so ähnlich. Ich zweifle noch, wofür du dich entschieden hast.«

»Du denkst es also tatsächlich? Dass ich – wie du so geschwollen sagst – den Tod gewählt hätte? Ännchens Tod? Wäre ich dann hier? Ich bin gekommen, um zu helfen, Reinhold.«

»Und schleichst dich durch die Nacht wie ein Dieb. Das hättest du früher nicht getan. Möglicherweise bist du gekommen, weil dir die Felle davonschwimmen.«

»Was weiß er über uns? Neumann.«

»Gibt es das also doch wieder: Uns? Im Moment sieht es so aus, als deckte ich einen Mörder. Dazu einen, der den ermittelnden SD-Offizier tätlich angegriffen hat.«

»Er hat mich Kollege genannt.«

»Das hat die kleine Marianne Peters ihm gesteckt. Bald wird er noch mehr wissen.«

Renate steckte den Kopf ins Zimmer und drohte den Männern mit Schwierigkeiten, wenn sie mit den Zigaretten nicht in den Salon gingen, aber Christoph fragte nur kurz zurück, wem sie denn Bescheid geben wolle, um ihnen Schwierigkeiten zu bereiten. Renate sagte, es habe wohl keinen Zweck, sie schlafe auf der Bank in der Küche.

»Gehört sie auch dazu«, fragte Christoph, »zu deiner Entscheidung für das Leben? Und dann ist deine Entscheidung für das Leben keine Entscheidung für deine Isolde? So heißt sie doch, deine Frau, nicht wahr?«

Reinhold zog an seiner Zigarette. Er sagte nichts.

»Ach, darum trinkst du wieder«, sagte Christoph.

Aber Christoph, was wusste der schon. Münster starrte an ihm vorbei in Richtung des Mondes.

Es roch nach Karbol; dort, wo Isoldes Handgelenke an die Bettgestelle gefesselt werden mussten, mit nur wenig Spiel, so dass sie kaum die Hand zum Mund bringen konnte. Als Münster zuletzt da war, war alles noch anders. Da träumte Ännchen Dielenschneider noch von einer Zukunft bei der Ufa, und Münster hatte verdrängt, dass es einen Ort namens Finsterbergen gab.

»Sie müssen sich noch nicht gleich entscheiden«, hatte die Oberschwester gesagt.

Sie war als einzige übriggeblieben von den alten Diakonissen auf Isoldes Station. Mitleid lugte unter ihrer Haube hervor. Ihre Lippen bebten, als sie Reinhold das Formular gab. Isolde schaute zwar blöd, aber doch flehentlich, als ob sie zum ersten Mal seit vielen Jahren verstände, was vorging. Sicher bildete er sich das nur ein. Sie konnte nicht lesen, was auf dem Blatt stand, das die Oberschwester ihrem Mann hatte aushändigen müssen. Ihre Verlegung. An einen Ort, wo alles besser sei, wo man sich noch besser um sie kümmern könne … Ein hessisches Dorf mit Doppelnamen. »Doch«, sagte Münster, »sie wird es dort besser haben.« Das glaubte weder er noch die Diakonisse. Sie schauten einander an und schlugen die Augen nieder. Isolde bleckte die Zähne. Stöhnte. Reinhold unterschrieb. Er verließ das Zimmer rückwärts. Das letzte, was er sah, war die alte Diakonisse, die ihre Lippen spitzte, sich beugte und Isolde auf die wehrlose Stirn küsste, die linke Hand weit weggereckt, wie aus Angst, Isolde könnte nach dem Dokument haschen. Es wäre an ihm gewesen, sie zu küssen, dachte er.

Münster lehnte sich an das Kopfende und blickte in Christophs Richtung. Reinhold würde ihm seine Geschichte nicht erzählen. Unter dem Glimmen der Zigaretten leuchteten ihre Gesichter abwechselnd auf.

»Die Entscheidung kommt wie eine runzlige, alte Witwe auf das Polizeipräsidium«, sagte Reinhold. »Du weißt, es wäre ein Leichtes, ihre Sache zu verschleppen. Du denkst, es müssten noch andere, dringendere Entscheidungen gefällt werden; in dir schreit alles auf, weil du dich noch nicht bereit fühlst für ihre Sache. Und dein Stolz sagt dir: Das kann es doch unmöglich sein. Die Witwe wartet, zehn Minuten, vielleicht eine Stunde. Manchmal sitzt sie den ganzen Nachmittag da. Du weißt es nicht, aber du spürst, wenn du dich ihrer annähmest, wärest du nicht mehr derselbe. Aber eines Tages oder schon nach einem Augenblick ist sie verschwunden, und du weißt, dass du deine Berufung verfehlt hast. Ich bin zu alt, um Chancen auszulassen.«

»Vielleicht kommt die Entscheidung auch in Form einer schönen jungen Frau statt einer hässlichen Ziege.«

»Da hast du dir vermutlich nicht vorzuwerfen, irgendetwas verpasst zu haben. Ännchen fällt wohl auch darunter. Aber das Leben, Christoph, das Leben …« Münster stockte. »Hier reden alle vom Gral, Christoph, und ich weiß nicht mehr, was ich glauben soll. Fändest du das nicht schön: Wagner als Schlüssel. Das Geheimnis vor unserer Nase. Müsste man nicht die Möglichkeit beim Schopf packen?«

»Oder man sollte den Kopf einziehen und auf bessere Zeiten warten.«

Christoph merkte selbst, wie erbärmlich das klang.

»Orelli sagt, der Gral sei nur ein Symbol.« Münster seufzte. »Wäre das nicht schade?«

Alles sollte einen höheren Sinn bekommen. Wenn man bedachte, dass er vor wenigen Tagen die schützende Hand über seiner Frau abgezogen hatte, war der Wunsch verständlich. Warum leben wir in einer Welt, in der die Entscheidung für das eigene Leben so oft eine Entscheidung gegen das Leben anderer ist? Sag ruhig: Wie weit ist es her mit unserer sogenannten Zivilisation? Haben wir je den Wald verlassen, nachdem wir von den Bäumen geklettert sind und begonnen haben, unsere Scham zu bedecken?

Einige Minuten war nichts zu hören als die Geräusche der Nacht, fernes Bellen. Christoph stand am Fenster und rauchte. Der Schrei einer Eule. Nach einer Weile räusperte er sich. »Es gibt

Zeugen. Die haben Dielenschneider im Tale gesehen. Es war der Abend, als Ännchen verschwand.« Er hustete. Der Zauber schwand aus ihrem Gespräch.

»Du kommst als Denunziant? Das wird ja immer besser. Hast du ihn gesehen?«

»Nein.«

»Die Franzosen.«

»Neumann haben sie es nicht berichtet.«

»Du musst sie selbst befragen. Die Totenkopfuniform macht sie nicht gerade gesprächig. Aber es gibt noch was: Dielenschneider führt ein Tagebuch. In der Gestalt eines Schiffslogbuches. Wenn du das findest…«

»Marke Soennecken?«

»Ja. Wie deine eigenen.«

»Wo warst du, Christoph, als Ännchen starb? Wo bist du hin, nachdem ihr es getrieben hattet?«

»Wir haben es nicht miteinander getrieben. Ich hab sie sitzen lassen. Dann bin ich hoch zum Johannisberg. Da habe ich die ganze Nacht gesessen. Ob du es glaubst oder nicht, Reinhold, ich habe gebetet.«

Als Alibi nicht zu gebrauchen. Jedenfalls nicht, wenn du im tausendjährigen Reich vor Gericht stehst.

»Und wurden die Gebete erhört?«

»Ja. Aber besser, ich hätte die Schnauze gehalten. Gott dreht dir das Wort im Munde herum. Er löst die Probleme zu sehr auf seine Weise. Bedaure, dich gestört zu haben.«

Münster hatte theologisch nichts zu ergänzen. Das war ganz seine Erfahrung. Obwohl er sich in der Blaukreuzzeit die Bibel ziemlich eingebimst hatte, der fröhliche Kinderglaube von Isolde war doch etwas gewesen, das er zwar bestaunen, aber nie teilen konnte.

»Ich glaube, du weißt gar nicht, wie tief du in der Scheiße steckst. Ich tue, was ich kann. Aber wenn du tun willst, was du kannst, zumindest noch halbwegs, wie man sieht: Dann lauf, mein Junge. Lauf!«

Christoph, das musste er sich eingestehen, der wusste nicht, wie recht er manchmal hatte. Isolde war immer frommer gewesen. Wer weiß, sie hätte wirklich Diakonisse werden können.

Als Christoph weg war, schlich sich Reinhold in die Küche. Renate ließ mit sich reden. Er war Kommissar, er konnte es wieder gut machen. Mit einer Leibesvisitation und weiß der Geier. Sie kam wieder hoch. Doch als es darauf ankam, versagte er, weil er an Isolde denken musste.

Renate schlief. Er rauchte. Teufel, warum blieb Christoph unbelehrbar?

Morgens wusch sich Münster über der weißen Emailschüssel mit meeresblauem Rand, die ihm Renate gebracht hatte, und ging ins Speisezimmer. Neumann saß bereits am Tisch in der Gaststube vor einer Tasse Ersatzkaffee. Er schrieb und ließ dabei unwillkürlich die Zunge aus dem rechten Mundwinkel hängen. Wie es aussah, etwas Persönliches. Münster betrachtete ihn spöttisch.

»Manchmal braucht es Poesie für das, was in Soldatensprache so schwer zu sagen ist.«

Als Neumann nicht reagierte, fügte er hinzu, er sei gestern Abend ein wenig grob zu ihm gewesen, selbstverständlich vor allem der im Angesicht der Dame gezückten Waffe wegen. Der SD-Offizier nahm es zur Kenntnis. An diesem Morgen schienen die romantischen Regungen die gekränkte deutsche Ehre in Schach zu halten.

»Wie finden Sie das?«, fragte er. Kurzgefasst, hatte er gereimt, er hätt' sein Herz verloren, verliebt über die Ohren, abends täte er dann warten, in dem schönen, schönen Wald, genau, dort wo man Ännchen kalt und starr gefunden. (Hier stimmte der Umbruch nicht recht.) Es sei dennoch ein schöner Ort. Er warte gerne Stunden.

An Kritik war ihm eher nicht gelegen, Münster hatte statt einer ehrlichen Meinung nur das vergiftete Kompliment ausgereicht, es sei eines Wagners würdig, denn abseits seiner Fähigkeiten als Tonsetzer für faschistische Fantasien dichtete Wagner, wie du weißt, erbärmlich.

Sofort stellte Neumann fest, dass er den Brief gleich überbringen wolle, wenn er zu den Ermittlungen aufbräche, zur Observation der Kriegsgefangenen im Tale.

»Immer langsam mit den jungen Pferden«, mahnte Münster. »Für heute sehen meine Pläne anderes vor. Ich werde selbst ins Tal gehen – erneute Befragung der Fremdarbeiter. Sie brauche ich im Dorf. Bleiben Sie an der Seite von Huthgang, und koordinieren Sie die Suche nach Christoph Rudolf.«

»Mit Verlaub, war das nicht immer mein Operationsgebiet da unten? Wenn dort etwas zu klären war?«

»Bisher ist es Ihnen doch noch nicht einmal gelungen, mit Ihrer angehimmelten Franzosenbraut ins Gespräch zu kommen.«

»Das habe ich Ihnen von Mann zu Mann anvertraut. Damit muss ich mich nicht aufziehen lassen.«

»Für einen, der die Sowjetunion überfallen hat, sind Sie jedenfalls gehörig schüchtern.«

Neumann sprach laut vor sich hin, als nähme er gerade eine Notiz auf. »Äußert sich despektierlich über die Landgewinnung im Osten.«

Er möge nicht vergessen, doch einmal den anderen Kriegshelden aufzusuchen, den feinen Herrn Blüthner, sagte Münster, damit er sich ein vernünftiges Notizbuch anschaffen könne, da könne er notieren, wie er lustig sei. Doch sogleich biss er sich auf die Zunge und versuchte etwas Versöhnlicheres. »Ihnen gehört die Zukunft. Und Kompliment, Sie haben etwas herausgebracht. Sie haben mich überrascht. Aber noch leite ich die Ermittlungen. Und ich sage: Heute gehe ich zum Sägewerk. Ich gebe außerdem einen guten Briefträger ab.«

Neumann war nicht zu versöhnen. Er knallte den Brief auf den Tisch. »Bitte schön, Herr Briefträger.«

Er stand auf und nahm seine Mütze. Im Türrahmen drehte er sich um. »Etwas anderes als ein Briefträger werden Sie nicht mehr werden, wenn das hier vorbei ist!«

Fichtenholz, schnell wachsend, im Halbschatten zu Hause. Geschnitten, tot, zerlegt und bald zusammengefügt als verpichter Kasten für die letzte Überfahrt. Eine Arche Noah ins Nichts, wenn die Welt unterging. Wenigen der Unseren war in diesen Zeiten eine so luxuriöse Reise vergönnt. Tausende fanden ihren Platz in einer Grube, aneinander geschmiegt wie Teelöffel in der Schublade, nur halt von Kalk bedeckt. Wenn überhaupt. Christophs Kunden konnten sich nicht beschweren.

In aller Frühe fuhr er mit dem Kutscher mit bis Georgenthal, um ein halbes Dutzend Särge auszuliefern. Er hatte dort nichts Bestimmtes gewollt, doch er hatte den Kutscher ziehen lassen, die Taschen voll mit einem Großteil des Geldes, das Christoph praktischerweise gleich selbst kassiert hatte. Zwei Särge musste der Bestatter anschreiben lassen, einen für den Kutscher, drei für ihn. Unschlüssig war Christoph zum Bahnhof gegangen, hatte sich nach einer Fahrkarte erkundigt. In einer Stunde wäre er in Erfurt gewesen. In sechs Stunden in München. Zum Bodensee – und in die Schweiz. Die Schweizer starben auch, wie man hörte, nur halt langsamer natürlich. Sie würden Särge brauchen. Weniger. Aber sie zahlten. Der Tod als deutsches Qualitätsprodukt.

Hauptsache, du bist es nicht selbst, der bald einen Sarg braucht.

Das Ersparte war vergraben. Das könnte er in Jahrzehnten noch holen. Gold verrottet nicht.

Der Zug fuhr ein, und er fuhr wieder aus, entfernte sich seufzend und stampfend, und Christoph war stehengeblieben, blickte hinter sich auf die Höhen des Thüringer Waldes und trat den Heimweg an. Die Fahrkarte zerriss er in winzige Fetzen. Er wanderte über den Johannisberg, wo der steinerne Kandelaber vor ihm auftauchte. Da konnte man sich feiern: Im Glanze seiner vergoldeten Flammen sich sonnen, weil er von einer großen Geschichte zeugte. Das steinerne Zeugnis von Bonifatius' Wirken in Christophs Heimat. Hinterlassenschaft einer großen Geschichte; große Geschichte, die sich manchmal in dem abgespielt hat, was man für klein und unscheinbar hält; Zeugnis für Großes, das hinabsinkt zur Erinnerung und schließlich zur Legende, ganz wie der Gral, den Christoph, glaubte er nur an seine Existenz, am ehesten hier suchen würde. Er überlegte, wo einmal die Kapelle gestanden haben musste, sagenumwobener Taufort der Ludowinger.

Der Wald hat sie sich wieder genommen.

Christoph zog weiter.

Das Holz knackte. Ein Funke würde genügen, und alles ginge in Flammen auf. Sein Bein schmerzte. So stieg er hinab ins Leinatal. Die Tür seiner Hütte fand er nur leicht angelehnt. Christoph griff einen Knüppel und drückte sie nach innen. Als sich nichts regte, trat er ein. Albin saß auf der Couch. Er grinste.

»Sie suchen nach dir, Christoph.«

»So?«

»Ich bin dageblieben, um deine Hütte zu kontrollieren, falls du wiederkämst. Ein bequemes Sofa, muss ich sagen.« Albin hatte sich aus Christophs Tabaksdose bedient und sich ein dünnes Zigarettchen gewunden. »Und eine schöne Seekiste. Wie die, die Dr. Dielenschneider vermisst.«

Wie er so das Papierchen anleckte zwischen den Pfoten, sah er endgültig wie eine Ratte aus.

»Also, im Dorf kannst du dich nicht blicken lassen. Und du brauchst das Logbuch vom Alten. Kommen wir ins Geschäft.«

Christoph packte ihn am Kragen. Albin krächzte. »Ich könnte es für dich holen, Christoph. In die Villa Dielenschneider einzusteigen, schaffe ich mit links. Dr. Dielenschneider schläft zwar in seinem Behandlungsraum auf der Liege…«

»Gibt es jemanden im Orte, von dem du nicht weißt, wie er schläft?«

»Um Mitternacht liegt er im Koma.«

»Was willst du dafür haben?«

Albin, auf einmal erbleicht, stammelte, er könne Christoph dadurch immerhin etwas zurückzahlen.

»Spar dir die Mühe. Du könntest mir sonst was für ein Heft unterjubeln. Soll doch der Kommissar das Logbuch finden.«

»Weißt du, was er über dich geschrieben hat? Der Doktor hat merkwürdige Fantasien ...«

Er setzte Albin auf die Couch. In ihm arbeitete es.

»Weißt du es, Albin, was er geschrieben hat?«

Albin bleckte die Zähne. Christoph hätte sicher ebenso wenig einzuwenden, dass das andere Material gefunden würde, welches inzwischen beim Zahnarzt gelandet sei? Der Zahnarzt wäre daran interessiert gewesen, alles in die Finger zu bekommen, was ihn an seine Tochter erinnerte, und vor allem wollte er ihr Andenken bewahren und verhindern, dass eventuell unsittliche Darstellungen herumschwirrten. Da er sein Verhältnis zur HJ immer gepflegt hatte, hätte Baldur dem Zahnarzt versichert, er könne ihm das Heft besorgen. Und so sei es geschehen. Immerhin könnte dieses Material Christoph entlasten oder nicht? Er, Albin, habe auf ihn eingeredet, aber Baldur sei ein unheilbarer Ehrenmann. In jedem Falle wäre es besser, Christoph würde es einmal prüfen, bevor der Kommissar...

Als hätte die Familie Fink jemals einen Ehrenmann hervorgebracht.

Entlasten, murmelte Christoph, entlasten könnte es ihn, wenn das Buch verschwände, aber er könne sich denken, dann würde für ihn jemand bluten, dessen Unschuld kaum in Frage zu stellen sei, ein naiver Mann, der die Idiotie des Lebens zu seiner Kunst gemacht hatte. Seinen Namen sprach er nicht aus. Albin konnte ihn sich denken. Was ist besser: Wenn du verurteilst wird, damit ein Größerer als du leben darf? Oder wenn sie einen töten, weil du dich an deine Abmachung hältst? Orellis Heft darf nicht auftauchen. Um Orellis willen. Christoph hatte ihm die Hand gereicht. Und er hatte seine Bilder angenommen.

»Lass mich für dich gehen«, bettelte Albin. »Ich hole dir beides. Ich schaffe das.«

Christoph schwieg.

»Vertrau mir. Bitte«, sagte Albin.

Christoph schüttelte den Kopf. »Ich gehe allein.«

Er hob Albin aus dem Sofa, sanfter, als er ihn hineingesetzt hatte und führte ihn so sacht an die Tür, wie er Albin noch nie berührt hatte. Danke, meinte Christoph, er sei ihm zu Dank verpflichtet, und nun solle er gehen und sich wieder bei seiner Schar melden, damit niemand Verdacht schöpfe. Das Braunhemd legte die Hand an die Mütze, zwinkerte und lächelte so breit, der Führer hätte es noch blitzen sehen, wenn Albin auf dem Zeppelinfeld in der letzten Reihe gestanden hätte.

15. Kapitel

Als sie sich wiedertrafen, hatten beide es schwer, den Ausdruck der Verachtung zu verbergen, der durch ihre Mienen strahlte. Münster saß frustriert beim Bier in der Gaststube im Haus Thule, weil zum einen die Franzosen ihn nicht hatten verstehen wollen, und zum anderen, weil die schöne Evi, obwohl sie gestrahlt hatte über das Brieflein, aber durch ihn hindurchgestrahlt, ihn als den bloßen Überbringer, und keinen Ton gesagt hatte, sieht man von der Frage ab, warum er Neumann nicht längst den Henkelmann mitgegeben habe auf seinen Wegen ins Tal.

Da kam er sich alt vor. Den Eindruck verstärkte der zackig eintretende Neumann, hinter dessen Hass eine freudige Genugtuung loderte, als hätte ihm Dr. Theodor Morell persönlich ein Wundermittel injiziert. Immerhin, dachte Münster, einmal müsste er noch hinunter zu Evi, um des Henkelmanns willen. Den brächte er schon noch persönlich zurück.

»Wie schön, Sie zu sehen«, sagte er, »ich habe einiges recherchiert bezüglich Ihres ehemaligen Kollegen …«

Neben Münsters Gesicht hätten dreißig Zentimeter Neuschnee in der Morgensonne irgendwie grau und schmutzig gewirkt, nur dass noch lange nicht an heilsamen Schnee zu denken war. »Ich gebe Ihnen Ihre letzte Gelegenheit, Herr Kommissar. Sprechen Sie sich aus. Lassen Sie nur kein Detail aus.«

»Hat Blüthner also was erzählt, das wir noch nicht wussten?«

»Ich bin kein Idiot, Herr Kommissar. Von Anfang an habe ich mich gefragt, woher Sie hier im Ort die Pension Forsthaus kannten, in der Sie am liebsten Quartier genommen hätten. Mittlerweile haben Sie immerhin die Vorzüge unserer Unterbringung erfasst.« Er machte eine vulgäre Geste. »Nirgends erholt man sich so fein wie hier im Walde, nicht wahr? Sie haben sich nicht einmal gewundert, wie lange ich gestern nach Weimar telefoniert habe.«

Münster nahm noch einen Schluck.

»Sie sehen schon aus wie einer, der was zu beichten hat.« Neumann frohlockte.

Müde begann Reinhold zu erzählen. »1929 ist hier in Finsterbergen die große Mühle abgebrannt. Ich war eingeteilt zu den Ermittlungen, damals noch nicht Morddezernat. Es brannte viel in jenen Jahren. Durch die Deflation waren die Betriebe im Land verlockend überversichert. Ich stand allein mit meiner Arbeit. Und die Leute im Dorf waren keine große Hilfe bei der Aufklärung. Vermutlich spekulierten sie auf weitere heiße Geschäfte mit der Feuerversicherung. Die Besitzer der Mühle, die Herren Fink und Wietzerodt, vergossen Krokodilstränen. Fink versprach Wietzerodt, ihn auszukaufen mit der Versicherungssumme und nach seinen bescheidenen Möglichkeiten die Mühle in Betrieb zu nehmen. Dem Wietzerodt hat das nicht gereicht. So viel war klar. Er fühlte sich betrogen. Aber nach außen hielten sie trotzdem zusammen. Die wollten ihre Sache selbst klären. So viel war klar. Wir waren im Gasthof zur Linde, ich stellte die glücklichen Brandopfer zur Rede. Das ist eine staatliche Angelegenheit. Brandstiftung. Damals war das noch strafbar.«

»Was heißt damals?«, fragte Neumann dazwischen. Münster ging nicht darauf ein. »Da bauten sich Kerle um mich auf, packten mich am Kragen und hielten mir ein Rasiermesser an den Hals, und ich dachte, es geht zu Ende. Wäre nicht der junge Tischler reingekommen. Ein Kurzer. Aber der hatte einen rechten Haken! Wer weiß, wovor er mich bewahrt hat. Sie warfen ihm zornige Blicke zu, während er ihnen die Nasen brach. Als ob sie sagen wollten: Die Nasen kannst du uns brechen, aber das Recht, das wir gebrochen haben, das bleibt unser Bier, und das kriegst du mit aller Gewalt nicht wieder hin. Sie verlachten ihn noch, während ihnen das Blut über die Mäuler lief. Du kriegst hier kein Bein mehr auf die Erde, Christoph, wenn das vorbei ist, sagten sie.

Ich schuldete ihm was. So gab ich ihm den Rat, sich bei der Polizei zu bewerben, ich könne mich für ihn einsetzen. Und so kam es. Unter meinem Schutz beförderten sie ihn direkt nach der Schule zum Kriminalen. Ich war da schon Abteilungsleiter. Allzu eng waren wir danach nicht. An ihm blieb etwas Dörfisches. Ich löste meine Fälle lieber mit der Technik – und er, nun ja, mit seinem rechten Haken. Im Juni 1934 musste ich dann eine Liste machen. Schreiben Sie alle Sozialdemokraten auf, hieß es, alle, die bei uns Dienst tun. Mir war klar, das ist falsch.«

»Falsch? Weshalb?«

»Es gab keinen, der nicht mit Eifer seinen Dienst erfüllt hätte. Rudolf besonders. Unter meiner Führung hatte er sein dörfliches Schicksal hinter sich gelassen. Und Sozialdemokraten hatten wir einige, das wusste ich. Ob Sie es hören wollen oder nicht. Die Roten hatten oft eine starke Ader für Gerechtigkeit. Das ist nützlich bei der Polizei, beziehungsweise war es früher. Die meisten hatten schnell gelernt, ihre Überzeugungen für sich zu behalten. Sie waren dennoch gute Polizisten.«

»Da sieht man wieder, wie leicht sich der einfache Beamte von Äußerlichkeiten blenden lässt. Im Führerstaat kann nur derjenige für Recht sorgen, dessen Herz in Übereinstimmung mit dem Führer schlägt. Sagen Sie nichts, Sie haben selbst früher rot gewählt, was?«

Münster ruderte. »Wenn ich nicht in totaler Treue und Pflichterfüllung die Liste erstellte, sagten sie, dann würde sich die SA einmal ansehen, wie ich eingerichtet sei.«

»Was haben Sie getan?«

»Ich gab ihnen eine Liste. Mit nur einem Namen. Christoph Rudolf war jung und begabt. Aber er trug sein Herz auf der Zunge. Die anderen Männer hatten bereits Familie gegründet. Christoph stand noch allein.«

»Bis auf seine Verlobung. Aber Bernadette, die Sie auf der Fotografie in Rudolfs Hütte sofort erkannt haben, hat dann die Biege gemacht. Bis dahin haben Sie immerhin richtig geantwortet, Münster. Das deckt sich mit meinem Ermittlungsstand. Sie hat ihn sitzen lassen, als es mit der Karriere nichts mehr wurde, die Sie ihm erst versprochen und dann verhagelt haben.«

Münster konnte nichts erwidern.

Neumann streckte sich in seiner Uniform. »Ich kenne Rudolf mittlerweile genau! Sogar seine Blutgruppe wurde mir mitgeteilt, für den Fall, dass wir sie benötigen. Und mit achtzig Prozent Wahrscheinlichkeit werden wir das, wenn ich Sie einmal zitieren darf. Stichwort Biologie. Bloß eine Frage drängt sich noch auf: Warum machten Sie mich glauben, er sei wegen einer Verletzung aus dem Dienste geschieden? Kennen Sie die wahre Geschichte, weshalb er zum Krüppel wurde? Und wann?«

»Da gibt es keine Geschichte. Der Mann hatte Pech.«

Neumann rollte das R beim Krüppel, als wäre der Führer sein Logopäde.

Münster beteuerte, von nichts zu wissen.

»Da Sie es nun nicht wissen, brennen Sie sicher darauf, es zu erfahren? Wenigstens das Datum?«

»Sie werden es mir so oder so berichten.«

»1. September 1939.«

Münster hustete. Er hatte sich am Schnaps verschluckt. Immer noch hustend, ließ er sich von dem einarmigen Wirt nachschenken. Neumann bedankte sich grinsend für die Lehrstunde in Ermittlungstaktik. Er habe einen interessanten, weiteren Zeugen aufgetan.

»Dank Ihres guten Ratschlags mit dem Notizbuch! Ich habe hier die Aussage eines Enoch Witte, 82 Jahre, der damals in der Schneidemühle war, in unmittelbarer Nachbarschaft zu Christoph Rudolfs Tischlerbude.« Neumann dehnte es länger als nötig und zeigte sein neues, praktisches Cahier vor, das Blüthner ihm verkauft hatte. Blüthners Hilfsbereitschaft steige noch, wenn man bei ihm kaufe, meinte Neumann.

»Wer ist Enoch Witte?«

»Der alte Hirte, der uns begegnet ist.«

»Ach ja.«

»Ich hatte gerade mein Cahier erstanden und mich für einen schönen Tintenkuli entschieden, als er den Laden betrat. Ich sagte, ich hätte gehört, dass es Brauch sei, sich mit ihm ablichten zu lassen, und fragte, ob er bereit stehe für eine Fotografie, da fing er an zu stottern. Blüthner herrschte ihn an: Wenn er weiter jeden Nachmittag komme und seinen Cognac wolle, obwohl die Kurgäste eben nicht mehr kämen, dann solle er sich nicht so anstellen und klares Deutsch mit mir reden. Ohne wenn und aber. Bleich wurde er und nervös, wie ein Sextaner. Und dann habe ich ihn gelöchert. Blüthner hat ihn in die Seite gepufft und mit dem Schnaps gewinkt. Und siehe da: Er redet. Klares Deutsch.«

»Was hat er denn ausgesagt?«

Neumann las vor. »›Am 1. September habe er, Enoch Witte, wie so oft, seit er nicht mehr täglich mit den Tieren in den Wald müsse, Station bei den Arbeitern gemacht, wie immer zur Frühstückszeit. Die Kurgäste seien dann unterwegs, im Dorf sei es ruhig, und er schaue nach dem Rechten. Sie hätten längst wieder rangemusst, eine Fuhre Holz abladen. Allerdings saßen sie, statt zu arbeiten, vor dem Volksempfänger. Christoph Rudolf war da auch. Er kaufte seine Bretter in der Mühle. Wir hörten die Rede des Führers und freuten uns, dass er die Ehre unseres Vaterlandes persönlich garantierte und bereits mit regulären Truppen den polnischen Angriff zurückschlüge. Einige überlegten, wer aus dem Dorfe mit Einberufung zu rechnen habe, und wer bereits zu alt war. Vor allem Peters zitterte vor Angst. Da stand Christoph auf und teilte mit, sie seien alle Bummelanten! Wer dem Vaterlande dienen wolle, solle an den Arbeitsplatz zurückkehren; so wie er das sehe, hätten sie eine Fuhre Holz zu entladen. Sie lachten, zum Glück habe er nichts mehr zu sagen in der Mühle, worauf er meinte, er wolle dennoch ein gutes Vorbild abgeben, er werde ihnen zur Hand gehen und mit der Arbeit beginnen. Sie wunderten sich, weil ihm doch eigentlich die Mühle gehören müsste. Sie wussten, wie man mit ihm umgesprungen sei. Aber er: Wenn morgen die Welt unterginge, wolle er heute noch einige Särge zimmern. Für Deutschland. Die Männer zögerten, ihm zu folgen, weil sie auf neueste Nachrichten warteten. Da hörten wir einen Schmerzensschrei. Christoph hatte allein mit dem Abladen begonnen. Das konnte nicht gut gehen. Er hatte einen Fichtenstamm vom Gummiwagen gelöst. Das ist doch zu schwer für einen! Der Stamm war heruntergekracht und hatte ihm den Knöchel zermalmt. Das hätte noch viel schlimmer ausgehen können, damals.«

»Diese Zeugenaussage: Was wollen Sie damit andeuten, Neumann?«

»Dass Rudolf hätte wissen müssen, was er tat! Er gehörte als ehemaliger Polizist zu einer Personengruppe, die für eine militärische Verwendung geeignet war. Ihm muss das sonnenklar gewesen sein. Zum einen war er an der Waffe ausgebildet, zum anderen sollte gerade den ehemaligen Sozis die Möglichkeit gegeben werden, durch den Dienst für das Vaterland ihre einwandfreie Haltung zum Staat unter Beweis zu stellen. Seine Einberufung erreichte Finsterbergen am 4. September, da lag er im Krankenhaus. Sein Unfall hätte keine drei Tage später geschehen dürfen, sonst hätte man ihn angeklagt nach §5, Absatz 1, Satz 3 Kriegssonderstrafrechtsverordnung.«

»Wehrkraftzersetzung. Tod durch den Strang.«

»Anders wäre es Munitionsverschwendung. Morgen trifft ein Bote aus Weimar ein. Der Fall ist gelöst. Es ist mein fester Entschluss, ihm die gute Nachricht mitzugeben. Die HJ durchkämmt den Ort seit heute Morgen. Huthgang hat sie vollumfänglich zum Patrouillendienst eingeteilt. Weit kann er nicht sein. Ich schreibe die Berichte.« Wieder wedelte er mit dem Notizbuch. »Sie wollten einen Polizisten aus mir machen – indem Sie sich schützend vor dieses undeutsche Element gestellt haben?! Sie widern mich an. Ich übernehme die Leitung in diesem Fall, denn ab jetzt ist es mein Fall. Es wird mich wenig kosten, den Beweis zu führen, dass Sie ihn vorsätzlich gedeckt haben. Der Strang baumelt über Ihnen, Herr Oberpostbote. Bleibt Ihnen nur noch zu gehorchen.« Ach ja, den schwulen Schmierfinken, den gebe er dem SD noch als Dreingabe, mit rosa Schleifchen.

Nach Huthgang und dem Ehepaar Dielenschneider schienen sich auch Blüthner und der alte Hirte entschlossen zu haben, Christoph ans Messer zu liefern. Der Kreis schloss sich. Nicht ein Bein wollten sie ihn auf die Erde bringen lassen. Und er, Münster, er habe ihn gewarnt. Seine Dienstpflicht dadurch verletzt. Vielleicht wäre sein Leben anders verlaufen, wenn er das schon damals riskiert hätte. Rein logisch hatte er es wieder gut gemacht. Auch wenn es sich nicht so anfühlte: diesmal wäre es nicht seine Schuld, wenn es Christoph an den Kragen ging. Er müsste den Weg gehen, der einem nun einmal bestimmt ist, wenn man ein Mädchen tötet. Und er, Reinhold Münster, er müsste schlucken, was käme.

Und am Ende wieder den eigenen Kopf retten? Wieder sah er Isolde vor sich, wie sie die Zähne bleckte und ihn hilflos anschaute. Hilflos, aber dumm.

Dass sie den klaren Blick hatte, ganz am Ende, das hatte geschmerzt. Dass er ihr nicht einmal mehr den verfluchten Judaskuss geben konnte.

Mit ihrem Ende würde er einfach so davon kommen.

»Weshalb lachen Sie?«, fragte Reinhold.

»Weil ausgerechnet Sie mir von Gerechtigkeit erzählen wollten«, gab Neumann zurück.

Mond und Sterne zeigten sich als deutsche Patrioten und trieben ihre privaten Spielchen hinter einer kolossalen Verdunkelung aus Wolkenbrei. Ein schwarzer Druck lastete auf Finsterbergen, wie ihn sonst nur U-Bootfahrer vom Grunde des Mittelmeeres kennen, wenn es knackt und knirscht. Falls du einstmals in die Hölle kommst, so lass es dir dort von ihnen beschreiben. Frag einfach nach den beiden Dielenschneider-Söhnen. Oder komm einmal in unseren Wald in einer Neumondnacht. Niemand weiß, wer dort lauert, nicht einmal ob dort noch ein anderes Wesen ist in der unendlichen Finsternis, das irgendeine Hoffnung mit diesem Fleck verbindet und sei es nur der Wunsch, einen selbst zu fressen. Und dann schleich dich aus dem Schutz der Bäume aufs Dorf zu, über die Grummetswiese etwa, stapfen durch das Heu bis zur Villa Waldeslust. Und ihr, die ihr in der Villa liegt und Schlaf zu finden versucht trotz der Sommernachtshitze – werdet ihr es merken, wenn sich jemand nähert? Ein leises Scharren könnte vom Wind stammen; es könnte aber auch der hinkende Fuß von Christoph sein, wie er sich verräterisch hinter seinem schleichenden Herrn am Haus der Dielenschneiders herumdrückte.

Die Schwärze schluckte das Brechen des Holzes, als Christoph auf den Brennholzstoß unter dem Praxisfenster kletterte. Dort saß er und zählte leise mehrere Minuten Stille herunter. Dann schien es, als schreie ein Kind um Hilfe und weine bitterlich. Christoph ermahnte sich zur Ruhe. Was er hörte, war eine Katze. Und diesmal empfing er das fremde Gefühl der Dankbarkeit, dass er nicht alleine war, selbst wenn sich die Katze nicht für ihn interessierte, wie sich noch nie eine Katze dafür interessiert hat, was Menschen treiben, selbst wenn sie Weltkriege anzetteln. Da draußen war ein Wesen, das diesem Dasein irgendetwas abgewinnen konnte, selbst wenn es ein räudiger Kater war, der es bestieg. Das weckte Mut.

Langsam tastete Christoph sich an der Wand hoch zu dem Fensterrahmen.

Von außen waren die Fensterläden geschlossen, aber nicht verriegelt. Christoph öffnete eine Seite und befühlte das Fenster. Er drückte die Nase daran, ob hinter den Rollos irgendwo ein Lichtschein darauf schließen ließ, dass sich in dem Haus etwas regte.

Christoph drückte mit einem Messer den Kitt aus einer der Scheiben, nahm das Glas und stellte es von außen auf den Sims. Dann griff er nach innen, drehte das Fenster auf und stieg ein. Das Rollo wischte ihm über den Kopf. Einen Moment dachte er, das Kätzchen wäre ihm gefolgt, dann merkte er, dass es kein Schnurren war, sondern ein Schnarchen.

Heinrich Dielenschneider lag auf der Liege seines Behandlungszimmers und schnaufte.

Christoph zündete seine kleine Laterne an und betrachtete den Onkel. Mit der Rechten umklammerte Dr. Dielenschneider die Ätherflasche, die Linke musste verrutscht sein, als die Bewusstlosigkeit eingesetzt hatte, denn seltsam verkrampft hielt sie ein Tuch vor seinem Hals. Christoph überlegte, wo das »Logbuch« zu finden war. Es musste auf der Brücke eine Art Kartentisch geben. Nach Seefahrerart. Er stellte sich an das Ruder und blickte sich um. An der Rückwand stand ein Sekretär; Christoph gab Acht, nicht über den Hocker und die Utensilien des Zahnarztes zu stolpern, der jetzt ruhiger atmete.

Die Klappe ließ sich öffnen und Karten rollten auf den Boden. Doch das Heft lag hier nicht. Christoph tastete die Ecken ab und fand einen kleinen Schlüssel; er stopfte die Karten wieder hinein, schob die Klappe zurück nach oben und kniete sich hin, um den Schlüssel an der unteren Tür zu erproben. Das Schloss öffnete sich, leicht quietschend ging die Tür auf.

Heinrich schnarchte weiter.

Die Skizzen fand Christoph nicht. Dort lag gleichwohl ein einzelnes blaues Heft, wie es auch der Professor besessen hatte, Marke Friedrich Soennecken. Aber auf diesem hier stand »SMS Waldeslust« – Seiner Majestät Schiff. Und dieses Heft war unversehrt. Christoph klemmte sich den Haltegriff der Laterne in die Kauleiste und verfolgte die letzten Einträge. Zwischen wirren Koordinaten und Beobachtungen zu Wind und Wolken fanden sich Sätze, die Christoph schaudern ließen. Er rückte vor zum letztn Eintrag:

»Alberich hat mich beglückt. Mit Plan einverstanden. Alte Verbündetesind die treuesten. Angriff heute Nacht.«

Weiter nichts. Christoph ließ die Seiten über seinen Daumen gleiten. Offensichtlich hatte er eine Art Logbuch gefunden, das der Zahnarzt führte. Was für einen Plan meinte der Mann? Wer war Alberich?

Christoph grinste, als er den Zahnarzt schnaufen hörte und dachte, dass er auf den Angriff neugierig wäre, den dieser heute Nacht noch führen wollte. Dr. Dielenschneider hatte etwas mit dem Fall zu tun! Dabei blieb es. Christoph blätterte um und kauerte sich über die eng beschrifteten Seiten. Was unter dem gestrigen Datum stand, war noch schwerer zu entziffern.

»Gespräch mit Obersturmführer Neumann. Kluger Bursche! Vertrauenswürdig? Überlege, ihn noch tiefer einzuweihen, in das, was ich weiß. Mission Fins-ter-Bergen. Wagner der Schlüssel! Neumann könnte helfen. Fall Ännchen: Plan beginnt zu reifen. Alberich tüchtig.«

Christoph begann zu schwitzen. Wie tief reichte mittlerweile die Verbindung zwischen Neumann und Onkel Heinrich? Was planten sie? Er wischte sich mit dem Handrücken über die Stirn. Sein Kiefer begann sich zu verkrampfen. Also nahm er die Lampe in die Linke und blätterte mit der freien Hand weiter durch das Logbuch von SMS Waldeslust, und langsam schwand ihm das Bewusstsein dafür, wo er gerade war.

Ihr Todestag.

Im Walde hatte es vor sich hingezwitschert. Und erst hatte er sich gefreut, als Ännchen kam. Wie war es Dielenschneider gegangen?

Und dann: Der Morgen nach Ännchens Tod.

Tränen hinterließen böse Spuren in der Tinte. Christoph war nicht der erste, der über diesem Heft geweint hatte.

Wie Morgenröte war die erste Ahnung aufgestiegen. Unmerklich, wie ein Zug, der nach einer Weiche seinen Kurs verändert, und doch noch eine Weile parallel zum alten Gleis fährt, so hatte sein Leben eine andere Richtung genommen. Das süße Ding mit ihrer herrlich jugendlichen Arroganz, mit der sie ihre Unsicherheit überspielte. Ihr helles Lachen und ihre grünen Augen. Kaputt. Als die Sonne aufging – warum muss sie das immer tun, auch an solchen Tagen? – fand sich Christoph in einer Welt wieder, die endgültig durcheinander gekommen war.

»Ermittler hier, Gertrud betrunken. Verachtung im Blick. Sie fragen, wo Ännchen gestern war. Ännchen sei tot. Ich sage nichts. Ziehe mich auf Beobachtungsposten zurück. Christoph der Brücke verwiesen. Erfolgreich. Nehme Offizier Neumann zur Seite. Angenehm vertraut mit den Werken des Seeteufels. Offener Gesprächspartner. Die nächsten Tage bringen Klarheit.«

Christoph fröstelte.

Was Heinrich hier schrieb, schien verrückt, aber auf eine andere Weise, als er bisher dachte. Das waren nicht die Worte eines Idioten im Ätherrausch. Was aus diesen Zeilen aufstieg, roch nicht harmlos. Es wirkte nur so, wie eine Schlinge im Walde angerichtet an einem jungen Sprössling, von dem ein Reh knabbern würde, kurz bevor sich ein Knoten zuzöge und das Tier in die Luft geschleudert würde.

Er blätterte um. Auch durch die vorhergehende Seite hatten Tränen ihre Bahn gezogen, aber das Schriftbild wirkte mehr verzweifelt als traurig. Ännchens Todestag. Irgendwo hier musste ein Hinweis verborgen sein, was Heinrich mit dem Tod seiner Tochter zu tun hatte. Christophs Finger kratzten über wirre Zeilen von Gradbestimmungen und Wetterbeobachtungen.

»Stahl alarmiert. Verdacht bewahrheitet. Landgang. In geheimer Mission SMS Waldeslust verlassen. Ännchen schleicht am Lindesaal. Folge unbemerkt, verliere Kontakt. Auf einmal: Gertrud, verwirrt. Taumelt aus Richtung der Hütte des Neffen. Ich bücke mich hinter die Hecken. Gertrud läuft an mir vorbei. In Schleichfahrt zurück.«

Christoph spürte nur ein leichtes Wischen auf seiner Schulter, da riss ihn bereits etwas nach hinten. Es schepperte, und erst daran merkte er, dass es in den letzten Minuten zu still gewesen war. Da hatte keiner mehr geschnarcht.

Die Schlinge um seinen Hals zog sich zu, er ließ die Lampe fallen und versuchte, den Knoten zu lockern, während er mit den Beinen strampelte. Das Geschirr des Zahnarztes flog zu Boden, Spiegel, Zangen und metallene Stifte, mit denen er sonst seinen Patienten Qualen zufügte. Jetzt hatte er sich für das Hanfseil entschieden, das Christoph unerbittlich in den Hals schnitt. Christoph wollte etwas sagen, rufen, um Hilfe schreien, aber ein Krächzen war alles, was er zustande brachte, während ihm die Luft wegblieb.

Er hatte seine wichtigste Lektion vergessen: Unterschätze niemanden.

16. Kapitel

Ich leide, also bin ich. Es gibt Momente, in denen du dankbar sein musst für Bersten, Pochen und Reißen. Denn Schmerzen führen dir den Beweis, dass du noch am Leben bist. Wenn die Wangen brennen und einem erst nicht klar ist, warum; und dann rauscht der nächste Schlag heran und langsam räkelt sich unter dem Triumph des Lebens das Gefühl des Zornes. Wenn der Zorn wach ist, lernst du die zweite wichtige Erkenntnis, die der Schmerz lehrt: Da ist etwas in die Hose gegangen, aber du bist noch da.

Christophs Wangen brannten, und er trank das Blut aus den geplatzten Lippen. Als er das erste Mal die Augen öffnete, sah er einen Schatten, der sich schnell näherte. Als er die Augen das zweite Mal öffnete, Minuten später, tanzte der Schatten noch immer um ihn. Der Schatten kam von Albins Faust. Und die Faust warf solche Schatten, weil sie im Lichte einer Karbidlampe durch die Hütte zuckte.

»Du Hund!«, krächzte Christoph, aber die Jungen feixten. Mit einem Mal wusste er, wer sich von Dielenschneider Alberich nennen lassen musste. Ein hässlicher Zwerg, der sich bei Bedarf unsichtbar machen kann. Wie im Märchen. Nur dass Christoph Albin von Anfang an im Blick gehabt hatte. Christoph wollte sich an den Hals fassen, fand aber seine Hände gefesselt hinter dem Rücken und sich selbst sitzend auf einem Stuhl in einer Finsterberger Baracke.

»Die Lichter gehen an«, hörte er einen reden, nicht Albin, vermutlich Heinz. Die Karbidlampe blendete. Baldur baute sich vor ihm auf, schaute streng wie die Freiheitsstatue. Christoph sortierte langsam und begriff die Dinge in umgekehrter Abfolge: Zum einen, er war zornig, zum anderen, etwas war gewaltig schiefgelaufen und zum dritten, er lebte noch. Aber er sehnte sich nicht nach einem nüchternen Genuss seines Zorns, sondern nach einer schwelgerischen, barocken Spielart. Und er fasste den Entschluss, am Leben zu bleiben, selbst wenn es nur darum ginge, den Zorn zu stillen. So wie er vor vielen Jahren schon beschlossen hatte, dass es sich deshalb lohnt weiterzuleben. Um sich Gerechtigkeit zu suchen. Zu guter Letzt ging ihm auf: Er wusste, wo er war. Am Tag hätten sie kein Licht angezündet. So langsam, wie er denken konnte, zog er als Erstes den Schluss. Des Weiteren sträubte sich die HJ-Baracke im Ort gegen eine konsequente Verdunklung, und das Karbidlicht schien zu hell. Folglich befanden sie sich weiter hinten, wo der Weg abging Richtung Tambach, im Gartenhaus von Baldurs Vater Bertram Fink noch hinter der Besenfabrik Rhodius, Schmedding und Co. Die Hütte war so in den Abhang gebaut. Höchstens die Käuzchen im Hainfelsen oberhalb der Leina hätten einen Verstoß gegen die Verdunklung anzeigen können.

»Der Doktor hat ganze Arbeit geleistet, vaterlandsloser Geselle. Beinahe hätten wir nicht mehr viel Freude an dir gehabt.« Baldur wirkte zufrieden – einmal die ehrliche Empörung besänftigen.

Christoph hustete. Einer der Jungen, Manfred, erbarmte sich und hielt ihm eine Feldflasche mit Wasser an die Lippen.

»Was haben wir denn gesucht beim Herrn Doktor?«, höhnte Baldur. Er zog das Heft des Professors hervor. »Etwa das hier? Du beweist Kunstgeschmack. In unserem Salon herrscht einhellig die Meinung, dass dieses hier die künstlerisch anspruchsvollere Hälfte des Heftes war. Jedenfalls um einiges pikanter, als die Hälfte, die du uns gestohlen hast.«

Baldur trat nahe an Christoph heran und blätterte ihm vor Augen die Seiten des Heftes durch. Christoph sah Ännchen, unzweifelhaft Ännchen mit dem spöttischen Grübchen und der geschwungenen Unterlippe und dem gereckten Kinn, und er sah noch mehr von ihr, sah, dass sie nackt war, aber nicht schutzlos und geschändet, wie er sie zuletzt im Walde gesehen hatte, sondern lockend wie eine Braut vor dem Moment ihrer Hingabe, wenn jede Scheu weggespült wird im überschäumenden Vertrauen des gemeinsamen Spiels. War er nicht der einzige, dem sie sich so gezeigt hatte? Er muss wirklich ein großer Künstler gewesen sein, der Orelli, dass er das konnte. Schwul, wie er war.

Baldur beugte sich hinunter an Christophs Ohr. »Ich finde, Albin hat ganze Arbeit geleistet. Nächste Woche darf er das Heft mitnehmen…«

Christoph bäumte sich auf, wollte Baldur Finks arische Fresse ein wenig hässlicher gestalten, doch die Fesseln schnitten in seine Handgelenke, und er spürte, dass auch seine Füße gefesselt waren. Beinahe wäre er vornüber gefallen, doch in einem unerwarteten Moment der Gnade hielt einer der Jungen den kippenden Stuhl.

»Du weißt, ja, Wehrkraftzersetzer, Albin schaut gerne zu. Da hat er sich das Heft verdient. Er hat schon lange danach gefragt.«

Die Jungen lachten. Bis auf Albin, der tat oberflächlich gekränkt. Nach der Sprache sciner Augen aber zu urteilen, hätte er sich blind mit Marcus Iunius Brutus verstanden. Auch ohne Latein.

»Ich weiß nicht, was es Albin nutzt bei der Verdunklung?«, fragte Christoph. »Bestimmt suchen sie schon nach euch. Meint ihr nicht? Bald hallen Schritte durch Finsterbergen. Eure Mütter verzehren sich vor Sorge, weshalb ihr nachts ausbleibt…«

»Haha, Wehrkraftzersetzer, keineswegs! Nachts gehört uns das Dorf, Befehl des Ortsgruppenleiters. Wir sind seine Augen und Ohren. Uns entgeht nichts… Eigentlich müsstest du uns sogar dankbar sein.«

»Warum?«

»Wietzerodt! Hattest du nicht mit dem noch eine Rechnung offen? Er hat dich um dein Erbe gebracht!«

Christoph verkrampfte. Er rang um Fassung.

»Ich sehe, du verstehst. Der BBC-Hörer ist erledigt. So tun wir unseren Dienst. Nachdem Obersturmführer Neumann erkannt hat, dass hier ein Volksschädling herumläuft, hat Lehrer Huthgang mir persönlich befohlen, die Patrouille zu stellen. Du siehst – niemand wird uns suchen. Im Gegenteil. Wir sind auf der Suche – nach Volksschädlingen. Und sieh mal einer an: Wir sind fündig geworden … Ein Einbruch mitten in der Nacht, im Schutze der Verdunklung. Welch tiefer Fall für einen alten Polizisten …«

»Lehrer Huthgang? Ich dachte, das heißt Ortsgruppenführer.«

»Nicht mehr lange. Wenn mein Vater erst aus dem Krieg zurück ist, dann haben andere hier das sagen«, prahlte Baldur.

»Bringen wir ihn jetzt zur Polizei?«, fragte Manfred.

»Ihr wollt mich der Polizei übergeben? Heinrich hat mir eine Falle gestellt – mit eurer Hilfe! Albin hat mich gelockt. Aber Heinrich, er will es mir in die Schuhe schieben. Dabei, wisst ihr? Heinrich war selbst im Tale. Er war nicht einverstanden mit Ännchens Weg. Jeder weiß das. Jahrelang hat er missgünstig zugeschaut, wenn er nicht gerade in seinen Traumwelten war – er und der Gral. Und dann trifft er sie dort unten im Tal. Er hat sich da in etwas verrannt. Wir hatten keine Affäre. Und nun hat er euch missbraucht, für ihn die Drecksarbeit zu machen. Wusstest du, dass er dich Alberich nannte, Albin?«

»Papperlapapp. Spar dir dein Reden! Wer glaubt einem Wehrkraftzersetzer? Oder besser«, Baldur schaute sich beifallheischend um, wobei er die Karbidlampe schwenkte wie einen Flakstrahler, »wer glaubt schon einem toten Wehrkraftzersetzer!«

Die anderen mussten mit ihm lachen. Im Schein der Lampe kontrollierte er ihren Humor.

»Zwei tote Wehrkraftzersetzer …«, begann Albin und steigerte den Witz, zu Baldurs größtem Vergnügen, während Gerhard und Hatschi schief grinsten. Erst jetzt merkte Christoph, dass er nicht der einzige Gefangene war. Es gab einen zweiten Stuhl keine zwei Meter von seinem entfernt. Dort hing ein Mann in seinen Fesseln, den Kopf nach unten geneigt, so dass es aussah, als hätte er es bereits hinter sich.

»Schaut sie euch an!«, befahl Baldur. Manfred, Hatschi und Albin mussten Aufstellung nehmen. »So schön seht ihr sie nie wieder. Wenn wir mit ihnen fertig sind, werden nicht einmal ihre Mütter sie wiedererkennen.«

Sein Nachbar musste noch leben! Christoph bäumte sich auf, verrückte den Stuhl um wenige Grad und erkannte, an wem die Jungen weiter das Gericht vollstrecken wollten. Es war der Professor.

»Sollen wir sie nicht doch der SS übergeben?«, fragte Manfred.

»Du musst dich nicht wundern, wenn du die undankbaren Aufgaben übernehmen musst. Lerne zu gehorchen!«

»Jawohl, ich gehorche ja«, quakte Manfred.

»Dann schlag zu!«

Manfred trat auf Christoph zu.

Christoph blickte ihm in die Augen. Manfred hatte noch immer einen grüngelben Fleck an der Stirn, den er Christoph verdankte. Manfred war wehrlos gewesen, als Christoph ihn in die Leina geworfen hatte. Und nun saß Christoph wehrlos vor ihm.

Aber Manfred schlug nicht zu, noch nicht. Er trat von einem Bein auf das andere.

Seine Kameraden begannen ihn anzufeuern.

Er knöpfte sich das Hemd auf und krempelte die Ärmel hoch.

»Du schlägst als erster, Manne!«, befahl Baldur. »Wir werden ihm die Seele herausprügeln und bis der Hahn kräht, wird er wissen, warum es geschehen ist, und dass er den Tod eines Verräters sterben muss; und er wird uns anbetteln, dass er sterben darf.«

Albin gluckste. »Dann kräht kein Hahn mehr nach ihnen.«

»Entweder wir tun es flink oder wir tun es gründlich. Aber wir werden doch noch oben am Berg gebraucht, heute Nacht. Da hattest du selbst einen Einsatz geplant, und die Patrouille sollte zur Stelle sein, um zu helfen«, sagte Manfred, und es war Christoph, als zwinkere er ihm zu. »Besser wir nehmen ihn uns morgen beim Arbeitseinsatz vor. Je nachdem, wie sie hinterher aussehen, könnte es besser sein, wir begraben sie gleich selbst. Das sollten wir nicht im Dunkeln tun.«

Hatschi und Albin schienen zu nicken, worauf Baldur ins Nachdenken kam. »Aber meine nicht, du kommst um deinen Befehl herum! Morgen früh wirst du ihm die Haut abziehen!«

Ein weiteres Mal wandte er sich zu seinen Gefangenen, und mahnte sie, ihren letzten Sonnenaufgang zu genießen. Sie würden sich noch nach der Dunkelheit zurücksehnen. Er löschte die Karbidleuchte. Das Käuzchen bedankte sich aus Richtung des Hainfelsens. Die Tür fiel in den Rahmen und ein Schlüssel drehte sich im Schloss.

Christoph gelang es, mit seinem Stuhl näher an Orelli heranzurücken, bis sie Schulter an Schulter saßen. »Sind Sie wach, Herr Professor?«

»Ja, Christoph.«

»Ist es schlimm?«

»Ich markiere nur. Mein hervorstechendstes Talent. 1914 ausgemustert, wenn Sie verstehen.«

»Mehr Angst als Vaterlandsliebe.«

Orelli begann sich zu rechtfertigen, erzählte wieder von August Macke und seinem zu frühen Tod an der Front und dass ihm das nicht geschehen sollte, er sei zwar Patriot, aber auch ein Feigling.

»Darf ich Sie noch was fragen, Herr Professor?«

»Ich habe Zeit.«

Die Augen gewöhnten sich an die Hütte. Das unverdunkelte Fenster ließ Mondlicht ein.

»Wenn Sie so ein vorsichtiger Kerl sind: Was hat Sie geritten, dorthin zu kommen? An jenem Morgen?«

»Da war ein Junge, der hat mich geholt, er gehört mit zu ihrer Bande. Früh am Morgen läutet er und klopft. Er spricht, ich müsse mich beeilen, sie bräuchten meine Hilfe. Ich frage, weshalb sie unbedingt auf meine Hilfe angewiesen wären. Da hat er gegrinst, und gemeint, sie hätten einen Waldlauf machen sollen, aber nun ginge es um mein Model, ich würde schon verstehen. Ich hatte Angst, meinte, sie könnte irgendetwas verraten haben. Ich zog den Morgenrock aus, kleidete mich an und folgte ihm.«

»Lassen Sie mich raten: Albin?«

»Ja, woher wissen Sie das?«

Christoph biss sich auf die Lippe und rüttelte an den Fesseln. Aber das einzige, was er befreite, war ein heiserer Schmerzensschrei, der einen Weg durch den geschundenen Hals fand.

»Warum haben Sie das Zeichenheft mitgenommen?«

»Ich trage es stets bei mir.«

»Herr Professor!«

»Nein, halt. Albin hat mich dazu aufgefordert. Aber konnte ich wissen, dass man mich festhalten und durchsuchen würde?«

»Sie sind in die Falle gegangen. Wie die Sau auf die Schubkarre springt, weil sie nicht weiß, dass es zum Fleischer geht und nicht zum Decken.«

Der Professor seufzte verständnislos, und auch Christoph schnaufte tief durch und riss erneut an seinen Fesseln. Orelli beteuerte, das sei zwecklos, schon bei den Pimpfen würden die jungen Leute gute Knoten lernen, aber es dauerte eine Weile, bis Christoph den Kampf unterbrach. »Und darf ich Sie noch was fragen, Herr Professor?«

»Natürlich.«

»Ich kenne diese Jungen. Sie sind hier aufgewachsen. Ich bin Schlitten mit ihnen gefahren. Jeden Winter den Hang vom Kurhaus hinunter. Warum haben sie nichts im Sinne als zu töten, Herr Professor?«

Der Professor brauchte nicht lange für seine Antwort. »Weil sie Angst haben, Christoph.«

»Wovor haben sie Angst? Sie glauben an ihren Führer!«

»Mit dem Kopf glauben sie an ihn, und mit dem Munde sind sie schnell dabei, sich zu ihm zu bekennen, und für ihn einzutreten. Aber es ist das eine, sein Leben einer großen Sache zu verschreiben.

Doch es ist etwas anderes, wenn man ins Ungewisse geht und man nie weiß, was aus einem hätte geworden sein können …«

»Wie?«

»Schauen Sie, Christoph, ich habe mich der Kunst verschrieben. Doch wer weiß, ob man noch atmet, wenn die Frucht der Entscheidung geerntet werden kann? Die künstlerische Anerkennung. Oder der Endsieg? Wie viele Künstler sind tot, bis irgendwer Gefallen an ihren Bildern findet? Wie viele müssen fallen?«

»Vielleicht werden Sie nie ein berühmter Künstler. Man vergisst Sie wie die meisten anderen.«

»Einmal die Anerkennung genießen. Dass alle sagen: Orelli ist ein großer Künstler. Es war der Traum meines Lebens.«

»Aber ich weiß es. Dass Sie einer sein müssten.«

Orelli hob den Kopf und wandte sich Christoph zu, wobei sich seine Gestalt wandelte, als ob der Christus von Grünewald sich reckte und streckte an seinem Kreuz, bis er stolz in die Welt starrte wie ein germanischer Held.

»Danke. Sie ahnen nicht, wie glücklich es mich macht, so zu gehen, mit dem Lob des – Sie verzeihen – einfachen Mannes.« Was von seinem Gebiss übrig war, lächelte und trotz seiner offensichtlichen Beschädigung und all dem Blut wirkte es unschuldig und rein.

Orelli sank in sich zusammen. »Glauben Sie an Deutschlands Zukunft, Christoph? Den Endsieg?«

»Nein.«

»Ich auch nicht.« Sie sahen nicht, wie jeweils der andere still lächelte. Es lag aber nicht in der Natur des Rheinländers, das Schweigen auszuhalten. »Ich bin alt«, fuhr der Professor fort, trotz seiner Lage kokettierend, denn so alt war er auch wieder nicht, »das große Nichts verliert für mich seine Schrecken. Es ist mir nicht peinlich, schwach zu sein – und dass ich immer schon anders war als die anderen. Ja, es stecken noch ein paar großartige Bilder in mir – ich fühle sie und kann sie schon sehen, wenn ich die Augen schließe.

Doch vieles, was ich sagen konnte, habe ich gesagt. Aber was nur ist mit diesen Kindern?«

»Kinder?« Christoph empörte sich, während der Professor tatsächlich Mühe zu haben schien, einige Tränen zurückzuhalten. »Welche Kinder?«

»Sie kennen sie besser als ich: Manfred und Heinz, Baldur, Albin und Gerhard.«

»Was ist mit ihnen? Soll ich sie bemitleiden?«

»Division Hitlerjugend. Das letzte Aufgebot. Christoph, die Kinder würden es nie zugeben. Aber sie fühlen, dass sie sterben werden. Jeder fühlt das. Sie kennen doch selbst die Situationen, in denen man sich schweigend mehr sagt, als mit Worten, weil man die Wahrheit, die man gemeinsam fühlt, nicht aussprechen darf. Seit die Nazis herumschreien und alle nur noch in eine Richtung denken dürfen. Der Tod tanzt schon in ihrer Mitte wie ein peinlicher Verwandter bei einer Dorfhochzeit, ein Onkel, der sich anbiedert und ihnen an den Po fasst, gegen den aber nichts zu unternehmen ist…«

»Sie werden nie heiraten.«

»Leider nein. Alles, was sie noch haben, sind diese Sommertage. Bis der Brief kommt und sie holt. Und dann ein paar Wochen oder Monate, und es kommen wieder Briefe. Aber die Kinder bleiben fern.«

»Ich werde ihnen dennoch nicht gestatten, mich zu töten.«

»Nicht?« Der Professor klang enttäuscht.

»Fast hatten Sie mich soweit, Herr Professor. Aber ich bin nicht so romantisch.«

Das Gespräch verstummte. Das Ruckeln von Christophs Stuhl nahm zu, und der Professor konnte darauf schließen, dass sich Christophs Bewegungsspielraum tatsächlich bereits erweitert hatte. Noch aber waren die Finger zu steif, um den Knoten in den Griff zu bekommen, der Knoten selbst hing kurz unterhalb seiner Handgelenke. Die Finger zu krümmen, nach den Knoten zu recken, schmerzte, und je weniger es funktionierte, desto lauter tönte in seinem Herzen die Stimme der Verzweiflung. Füg dich in dein Schicksal, riet sie mit heiserem Lachen. Ein Schweißtropfen lief ihm ins Auge. Christoph hielt inne. Er merkte, wie still es war.

»Ihnen glaube ich es auch nicht, Herr Professor!«

»Was glauben Sie mir nicht?«

»Dass Sie einverstanden wären, für diese Bande Ihr Leben zu geben.«

»Nein ...?«

»Sie wollen kein Sündenbock sein. Sie sind Ihnen schon einmal davongerannt.«

»Ein Davonläufer erkennt den anderen, was?«

»Sie können mich mal.«

17. Kapitel

In derselben Nacht heulten die Sirenen in einem Ton, den man schon beinahe vergessen hatte. Nicht vor den Fliegerverbänden warnten sie, die sich am Himmel des Reiches tummeln durften wie die Mauersegler am Sommerabend. Diesmal hieß ihr Heulen die Finsterberger Männer – und was immer in diesen Stunden seinen Mann stehen konnte –, gegen Feuer zu kämpfen, statt in den Keller zu gehen. Wie so oft, wenn die Feuerwehr gerufen wird, relativiert das tatsächliche Geschehen den Schrecken der Sirenen: Es handelte sich bloß um das Haus des Fremden, die Sommervilla des Professors in der Kurhausstraße, die in Flammen stand, und nicht um ein Haus der Einheimischen oder gar einen Blitzschlag in Schule oder Kirche.

Das Gericht traf den Richtigen!

Die Hitlerjugend stand als erste da. Zackig führten sie Baldurs Befehle aus. Er machte die Älteren zu seinen Offizieren und ließ ein Rädchen ins andere greifen. Der junge Mühlenerbe. Vor fünfzehn Jahren hatte Fink noch das Vierfache zahlen wollen des Betrags, mit dem er Wietzerodt nun ausgekauft hatte. Wenn nur der Krieg ihm eine Chance gäbe, würde er noch sein Leben lang ein Rad ins andere greifen lassen in Finsterbergen. Die jüngeren Frauen und die älteren Männer hielten sich abseits, sogar diejenigen, die sich in Friedenszeiten zur Feuerwehr gezählt hatten, aber nicht mithalten konnten in der Disziplin und Geschwindigkeit, mit der die HJ-Feuerwehrschar auftrat. Sie alle bewunderten, was Studienrat Huthgang aus den Kindern gemacht hatte. Doch der größte Bewunderer der Kinder war Huthgang selbst, der zwischen Baldur und den versammelten Bürgern hin- und herpendelte. Die

Schläuche fuhren nur so durch die Gegend, verbanden sich und schwollen an. Eine Pumpverbindung bis hinunter zum Löschteich kam schneller zu Stande als ein Telefonat in die Reichshauptstadt. Sorgsam wässerte die HJ teils in Feuerwehrwesten, teils mit blankem Oberkörper die Umgebung des brennenden Hauses und löschte behutsam von den Seiten her. Die Flammen durften nicht auf die Häuser der Einheimischen übergreifen. Das musste man verhindern. Die Villa des Entarteten sollte zum Raub der Flammen werden. Das galt es zu befördern. Ganz, als ob sie eine Synagoge löschten.

Huthgang tätschelte ihre verschwitzten Oberarme. Einige der älteren Parteikameraden stimmten Lieder an und ein paar der jüngeren Burschen von der HJ trommelten.

Laßt brausen, was nur brausen kann,
in hellen, lichten Flammen!
Ihr Deutschen alle, Mann für Mann,
fürs Vaterland zusammen!
Und hebt die Herzen himmelan,
und himmelan die Hände!
Und rufet alle, Mann für Mann:
Die Knechtschaft hat ein Ende!

Die Lieder verstummten, als Münster und Neumann kamen, aber Neumann schürzte die Lippen und breitete die Hände aus, als ob er sagen wollte: »Lassen Sie sich nicht stören, meine Herren.«

Die älteren Nachbarn, die von Orelli ohnehin gelyncht sehen wollten, schickten Neumann triumphierende Blicke entgegen. Huthgang brachte ein Hoch auf die Jugend aus, und das Singen begann erneut, bloß zaghafter als zuvor, während Neumann und Münster das Rotieren der Hitlerjugend begutachteten.

»Niemand kann es ihr befohlen haben«, staunte Neumann, »aber instinktsicher weiß die deutsche Jugend, was das Richtige zu tun ist. Rücksichtslos gegenüber sich selbst.« Wenn jemand etwas rücksichtslos tat, dann galt ihm das als Kompliment.

Münster wollte erwidern, aber Neumann sah ihn mit einem Blick an, der zu fragen schien, er wolle doch sicher nichts darauf sagen. In Neumanns Augen spiegelten sich die blitzenden Flammen im Dachgeschoss der Villa. Den Jungen rann der Schweiß.

»Wir müssten wenigstens eruieren, wo sich Professor von Orelli aufhält.«

Münster bettelte, doch Neumann lehnte ab.

Da erschien, als der von allen am wenigsten erwartete Teilnehmer des Löscheinsatzes, Dr. Heinrich Dielenschneider, und das bisher ruhig verlaufene Manöver nahm eine Wende. Für einen Moment hörte man nichts als Knacken und Zischen aus der Villa. Dann schrie Dielenschneider auf.

»Mein Täubchen! Was haben sie dir angetan?«

Huthgang trat zu ihm und fasste ihn am Ärmel, aber Dielenschneider riss sich los. Neumann sprang herbei, doch auch seinem Griff entschlüpfte er.

»Ich hole mir alles heraus, was sie von Ännchen haben, es gehört mir allein.«

»Wer sie?«, fragte Neumann.

»Christoph und dieser jüdische Schmierfink«, stieß er aus und damit rannte er auf das Eingangsportal zu.

Es war Albin, der ihn besucht und aufgerüttelt hatte. Auf die gute Nachricht, dass sie mit Christoph fertig geworden waren, hatte ihm Alberich geflüstert, der Weg sei frei, sich um Ännchens Nachlass zu kümmern. Die Schweinereien, die noch bei Orelli in der Villa seien. Aber Dielenschneider bestand darauf mitzukommen.

»Wollen Sie nichts unternehmen?«, fragte Münster.

»Der Mann ist mit dem Teufel zur See gefahren. Er weiß, was er tut. Aber wenn es Sie beruhigt, befehle ich, dass einer nach ihm schaut.«

Huthgang wandte sich, um zu den löschenden Jungs zu gehen und streckte schon seine Rechte aus, um Manfred an der Schulter zu fassen, da tauchte Albin auf, der bisher gefehlt hatte. Huthgang packte Albin, wies ihn in Neumanns Richtung und gab ihm einen Klaps. Er bemühte sich sichtlich, die Fassung zu halten. Albin hatte Einwände, aber da war er an der falschen Adresse. Huthgang beugte sich vor und rief ihm etwas ins Ohr. Albin seufzte und trabte, wie befohlen, zu Neumann. Unterwegs zog er sich das Hemd über den Kopf.

Dielenschneider hatte derweil die Tür aufgerissen und verschwand im Rauch.

»Herr Obersturmführer, lassen Sie mich nach ihm sehen«, bat Albin, und nur einen kurzen Moment lang sprachen seine Augen Bände. Möglicherweise war es ihm nicht egal, in die Flammen gesandt zu werden. Neumann gestattete es ihm. Albin grüßte deutsch und rannte Dielenschneider hinterher, obwohl ihm sichtlich unwohl war. Seine Mäusefresse trug Schweißperlen, aber sein blanker Körper wog kein Gramm Fett zuviel. Er glänzte im Flammenschein.

»Wie konnte Dielenschneider hineingelangen?«, fragte Münster. »Schauen Sie, der Brandherd liegt in dieser Seite des Gebäudes. Der Eingangsbereich ist noch völlig unversehrt. Sie wissen, dass Orelli stets abgeschlossen hat.«

»Du bist ein Held«, sagte Magnus Neumann. »Lauf.«

Albin lief und betrat das Haus. Neumann merkte an, dass er Schneid habe. Münster ließ nicht locker. »Hören Sie, Herr Obersturmführer, wer hat die Tür aufgebrochen? Wer war im Haus, bevor das Feuer ausbrach?«

»Sie stellen die falschen Fragen, Münster. Freuen Sie sich lieber. Wir haben nunmehr einen Zeugen für die Schuld Ihres verkrüppelten Subjektes. Sie haben gehört, was Dr. Dielenschneider gesagt hat. Wenn er zurückkommt, können wir alles in Ruhe zu Papier bringen. Dieses Feuer ist ein Geschenk der Vorsehung.«

Drinnen rumpelte es. Bange Minuten verstrichen, in denen die Zuschauerschaft so leise war wie das Oberkommando der Luftwaffe nach dem Versagen von Dünkirchen. Um Albin täte es ihnen irgendwo Leid. Die Flammen schlugen nun auch aus den Fenstern im zweiten Stock. Ein Dachbalken krachte herab und brach durch die Decken. Eine Lawine aus mitgerissenem Mobiliar ging brennend nieder. Schreie. Mit bangen Blicken verfolgten die Finsterberger, was aus Albin würde, und ob der Zahnarzt wieder herauskäme. Wer weiß, wann man wieder zu einem Zahnarzt käme. Man hörte das Brummen der Motorspritze und das Knistern des Feuers.

»Und wenn er nicht zurückkommt?«, fragte Münster.

»Das entscheidet die Vorsehung. Ich weiß, was ich wissen muss.«

»Dass Christoph Rudolf unser Mörder ist?«

»Viel mehr als das, Münster. Ich erkenne, dass mich die Vorsehung zu nichts Geringerem bestimmt hat, als zu dem Vollzieher von Dr. Heinrich Dielenschneiders Vermächtnis.«

»Mit Verlaub«, begann Huthgang, der sich von hinten angeschlichen hatte, »da hätte ich doch auch …«

Wieder Schreie. Von Angst und Schmerz tönte es aus der Villa. Frauen lehnten sich an Schultern, die nur in dieser Nacht und im Flackern der Orelli-Villa stark aussahen. Es wurde getuschelt. Wessen Stimme? Das Schreien hörte nicht auf. Die Älteren riefen Baldur zu, es reiche, nun müsse doch gelöscht werden, und der große Führer lenkte ein und befahl, die Villa aus vollem Rohr zu beschießen. Dampf stieg auf, von Flammen durchzittert, grau und weiß im Nachthimmel.

Endlich wankten zwei Gestalten aus der Villa, die größere auf die kleinere gestützt. Albin hatte sich den Zahnarzt halb über die Schulter geworfen und schleppte hart an ihm, Dielenschneider versuchte mit Trippelschritten zu folgen, wobei seine rechte Schulter irritierend abstand, als hätte dort einmal ein Flügel wachsen sollen. Albin reckte seinen Hals in die Höhe, während der

Zahnarzt auf seiner Schulter noch lastete, was Albin etwas Geierhaftes gab.

Einige begannen zu klatschen. Dann brachen Hurrarufe los.

Dr. Heinrich Dielenschneider bekam davon nichts mehr mit. Münster kniete sich neben ihn und betrachtete seine zerschmetterte Seite. Er suchte nach dem Puls.

»Albin hat ihn unter einem Balken hervorgezogen«, meldete Neumann.

Das Hemd klebte auf verbrannter Haut.

»Nicht anfassen!«, befahl Münster, als einer der Burschen daran ziehen wollte. Er hatte schon Brandwunden gesehen. Dr. Dielenschneider wollte was sagen. Aber er war nicht bei Sinnen. »Morgen hole ich mir die Seekiste zurück«, sagte er. Ein guter Arzt könnte ihn versorgen, schätzte er, kritisch würde es in ein paar Tagen, wenn der Leib Blasen würfe und der Flüssigkeitsverlust den Kreislauf unangenehmer hinderte als die Wehrmacht die Versorgung von Leningrad. Neumann ließ ins Lazarett schicken, während Baldurs Schar ihn nach Hause transportieren sollte. Wenn auch sonst nichts, so habe er da zumindest genug Äther, um den Schmerz vorübergehend zu betäuben.

»Das Geschmiere von diesem jüdischen Wicht hat er haben wollen, womit er sich aufgegeilt hat an seiner Tochter«, sagte Albin.

Münster glaubte ihm kein Wort. »Wie kommen Sie darauf, dass er ein jüdischer Wicht ist, Albin? Meines Wissens ist Orelli katholisch.«

»Es gibt viele getaufte Juden.« Albin zuckte nur die Schultern. Neumann blickte anerkennend.

»Hören Sie zu, Münster, und lernen Sie.«

Nicht nur gegen Feuer wurde gekämpft in dieser Nacht. Fernab im Tal kämpfte Christoph gegen seine Fesseln, es brannte in den Striemen, die sie um seine Handgelenke gezogen hatten. Doch Christoph kämpfte umso mehr, als die Sirenen dumpf davon sangen, dass im Dorf etwas vorgefallen sein musste. Feuer! Blut lief an seinen Händen herab. Doch die Fesseln drohten, bis auf die Knochen einzuschneiden, wenn er ihnen keine Ruhe gönnte. Sie verbündeten sich mit einer bleiernen Müdigkeit, die Christoph befahl, sich zu fügen. Der Schlaf flüsterte zuckersüß und unwiderstehlich, so wie Ännchen einst an seinem Ohr; und Christoph gewährte ihm seine Aufmerksamkeit, weinte lange und stritt nur noch leise mit ihnen, gab ihnen allen schließlich Recht und nickte ein. Währenddessen bekam der Himmel ein graues Gesicht, als müsse er sich übergeben. Dann sah es so aus, als schäme er sich, er wurde rot, und schließlich strahlte er in wiedergewonnener Contenance über unser Finsterbergen und die, zugegeben, blöd-naiven Wälder, die so taten, als hätten sie mit allem nichts zu tun, den Menschen und ihren kurzen Geschichten. Aber so ist der Wald, und wenn man hier alt werden will, tut man gut daran, ihn so zu nehmen, so wie wir uns alle zu nehmen wissen hier oben.

»Guten Morgen allerseits«, grüßte Orelli.

»Sie sind wach, Professor?« Christoph versuchte den Hals zu recken. Sein Nacken war steif wie ein Empfang im britischen Königshaus.

»Natürlich.«

»Warum so vergnügt?«

»Ich fange die Stimmung ein. Aus der Schwärze steigen Bilder auf …«

»… die Sie nie malen werden!«

»Ist das nicht Grund genug, sie wenigstens zu genießen? Wir werden gleich sterben, Christoph. Nehmen Sie es hin.«

»Niemals.«

»Beten Sie wenigstens?«

Christoph antwortete nicht. Er hatte den Sonnenaufgang verpasst, der sein letzter werden sollte, er konnte sich aber des Verdachts nicht erwehren, dass der Professor anderes gesehen habe als den Sonnenaufgang, der tatsächlich geschehen war. Vielleicht wären seine Gebete andere als die von Christoph. Pries nicht der Herr selig die Kinder, die Träumer, die geistig Armen? Und das war eben nichts für unseren Christoph. Der brauchte einen zornigen Heiland, wenn er schon auf Schützenhilfe von oben angewiesen war. Mit dem Licht des Tages meldete sich seine Wut in alter Frische. Es pochte in Christophs Brust, und wenn auch seine Finger und seine Füße erkalteten, er konnte es schaffen! Sich befreien. Und wenn er selbst draufgehen würde, einen oder zwei der Jungen würde er mitnehmen, wenn sie kämen.

Er machte seinem Ärger Luft, aber die morgendliche Suada von Totschlag und Gewalt schien den Professor zu verstören.

»Sie verderben mir meine Bilder! Und ich muss nicht dazu sagen, dass es meine letzten sein werden.«

»Wenn ich etwas bedaure, nur eines. Ich werde nicht dazu kommen, es Heinrich heimzuzahlen.«

Christoph berichtete dem Professor, wie Heinrich im Tal gesehen worden war, und wie Albin ihn verführt hatte, nachts in Dielenschneiders Praxis einzusteigen.

»Er muss uns beobachtet haben. Ännchen und mich.«

»Wobei?«

»Wie wir allein waren!« Christoph stotterte wie der König der Inselaffen. »Es gibt Löcher im Schuppen. Aber was sollte er gegen uns unternehmen? Es war ein Missverständnis. Es gab uns nicht. Und wer nimmt ihn ernst? Er hat es gehasst, wie Ännchen sich aufhübschte, wie sie zu Proben ging und kokettierte oben im Lazarett an den Betten amputierter Offiziere. Sein Täubchen. Seine kleine Eisprinzessin. Das Geschenk seiner späten Jahre. Und nun: Er, der Held der kaiserlichen Marine – aber zu Hause gilt sein Wort rein gar nichts. Es entgleitet ihm, und er kann nichts tun. Und dann der Triumph: Sein ganzes Leben redet Onkel Heinrich von Tarnen und Täuschen. Und ich merke nichts, weil ich ihn für ein äthersaufendes Wrack halte. Als Ännchen tot war, hat er Albin auf uns angesetzt. Erst lockte er Sie in die Falle, damit Sie als Mörder festgenommen werden. Als ich ins Spiel kam und einen Teil des Heftes an mich brachte, wurde der Plan geändert. Mit einem Mal wusste Heinrich, wie er mich loswerden könnte.«

Mit neuem Eifer kratzte Christoph an seinen Fesseln und rieb sie an der Rücklehne des Stuhles, doch der Hanf glitt an dem Holz ergebnisslos auf und nieder.

»Vergessen Sie es«, sagte Orelli. »Vergessen Sie Heinrich.«

Christoph stutzte, als ihm klar wurde, dass der Professor mehr meinte, als seine nutzlosen Entfesselungskünste. »Die Antwort, die Sie suchen, ist viel banaler, als Sie denken. Ich habe gehört, wie sie über Ännchen gesprochen haben an jenem Morgen.«

Christoph fragte, was sie erzählt hätten. »Haben sie von mir gesprochen? War nicht von Heinrich die Rede?«

»Kein Wort, Christoph. Von keinem von ihnen.« Orelli antwortete nach einer Kunstpause. »Sie sprachen über die Liebe. Und dass man sie nach Frankreich schicken würde, wo es Mädchen gäbe, die nicht optimal wären, aber immerhin. Bloß wenn sie nach Russland müssten, dann könnten sie die Liebe nicht kennenlernen. Dann müssten sie warten bis nach dem Kriege. Die Slawenweiber seien ihrer nicht würdig. Da seufzten sie im Chor. Und bei dem allen hatten sie mich am Kragen und versetzten mir Backpfeifen. Wie Dachdecker, die bei der Arbeit schwatzen. Einer von ihnen hat gesagt, sie müssten sich diesen Sommer nehmen; alles, was er zu bieten habe. Darauf beschworen sie sich. Und einer kam mit *Tannhäuser.* Sie seien jung. Da gebe es ein Anrecht auf die Venus, und jeder müsse es verstehen. Es habe keiner geplant, dass es so ausgehen muss. Die tote Venus hinter ihnen im Moos. Doch Venus sei, bei Licht betrachtet, erst der Anfang. Gerhard und Manfred mussten Albin ihre Messer vorzeigen. ›Halt‹, rief Baldur, ›nicht so schnell. Er soll sie uns doch erst malen.‹ Ich stotterte und wand mich und begriff, dass sie mich töten wollten.«

»Dann waren es die Kinder?«, fragte Christoph.

18. Kapitel

Setz dich hin‹, ruft einer von ihnen. ›Du sollst sie uns noch malen.‹ Und sie schubsen mich ins Gras. Fast wäre ich auf sie geplumpst. ›Wie soll ich sie malen?‹, frage ich. ›Wie sie ist‹, sagen sie. Und ich nehme das Heft und male Ännchen, wie sie nackt im Moos liegt. Doch in ihre Augen lege ich Liebe, denn die Jungs tun mir leid. Es musste schnell gehen – Huthgang war ja los, um die Polizei zu verständigen. Sie sagen sich, sie seien im Recht, und die Zukunft des Reiches erfordere Opfer. Ich verstehe erst nicht. Aber als ich mich langsam beruhige, höre ich hin und kapiere, über wen sie reden. Sie meinen Ännchen.«

»Womit meinten sie Ännchen?«

»Sie nannten sie Venus. Wie die Venus beim *Tannhäuser.* Die ganze Zeit. Es musste schon Wochen und Monate so gehen. Im Geheimen sprachen sie so von ihr; Jungen unter sich.«

Orellis Stimme war zu hoch für das, was folgte, und sein Mund war zu trocken, aber Christoph war kein Opernkenner und die Atmosphäre der Aufführung ohnehin einzigartig. So bekam er eine Gänsehaut, als Orelli sang. Er gab einen reichlich schwulen Tannhäuser.

Doch ohne Sehnsucht heiß zu fühlen
ich seinem Quell nicht nahen kann:
Des Durstes Brennen muß ich kühlen,
getrost leg' ich die Lippen an.

Christophs Augen füllten sich mit Tränen, aber er ließ sie nicht laufen. Stattdessen riss er an seinen Handgelenken. Solange sie im

Dunkeln gesessen hatten, schienen die Fesseln unüberwindlich. Jetzt, da das Licht zunahm, merkte er, wie viel Spiel seine Hände bereits besaßen, und er konnte sich in der Hütte umsehen, wie ihm zu helfen sei.

»Wenn der Führer wüsste, welche Sehnsucht man damit in den Jungen weckt, würde er den Lehrern verbieten, ihnen von früh bis spät nur Wagner vorzuspielen.«

»Sie sterben bald, Christoph. Verderben Sie sich diesen Moment nicht durch Zynismus.«

Christoph schüttelte den Kopf unter Schmerzen.

»Ich bin sicher«, sagte Orelli weiter, »dass nicht einmal Huthgang irgendetwas davon ahnt. Es widerspricht seiner Auslegung, die ich, ich betone das, für falsch halte. Und erst dieses Hirngespinst, diese Gralssuche. Aber eines erreichte er mit seinem Unterricht doch: Sie bekamen von ihm die Worte für ihre Sehnsucht. Sie fanden eine Sprache, für das, was sie umtrieb!«

Christoph hielt inne, wie ein Hase, der einen Moment überlegt, ob er sich dem Fuchs hingeben möchte.

»O Herr, lass mich nicht schuld sein an Ännchens Tod.«

»Wieso sollten Sie schuld sein, Christoph? Es war das Geheimnis der Jungen. Davor können Sie niemanden beschützen. Sie meinten, die Venus würde sie locken. Und irgendwann haben sie sich an ihr vergriffen.«

»Sie haben es die ganze Zeit über gewusst?«

»Geahnt.«

»Aber gesagt haben Sie nichts.«

»Sie haben doch gesagt, ich soll mit niemandem reden! Sie wollten doch selbst nichts wissen, Christoph.«

Christoph schüttelte den Kopf.

Im Lichte des anbrechenden Tages erkannte Christoph eine rostige Säge, die hinter einigen Brettern stand. Er wippte mit dem Oberkörper und bewegte langsam den Stuhl zu ihr hin.

»Wie sind Sie Ihnen eigentlich davongekommen?«

»Ich habe Ihnen weitere Bilder versprochen.«

Zu Hause, hatte der Professor beteuert, liege noch ein großer Stapel ähnlichen Materials, Aktstudien von Ännchen, aber auch älteres Material. Albin und Baldur hätten daraufhin beschlossen, sein Notizbuch als Pfand zu behalten. Sollte er nicht liefern, werde er sie zu spüren bekommen. Sie würden behaupten, das Notizbuch neben Ännchens Leiche gefunden zu haben, und dann sei er fällig. Wobei einer wie er, er habe ohnehin immer mit so was rechnen müssen. Das sei ihm bewusst gewesen. Nachdem Christoph ihm geholfen habe, sei ihm die Idee gekommen, ihn nach dem Buch zu schicken. So sei er aus dem Schneider gewesen. Die Jungen hätten ihn nicht mehr mit hineinziehen können. Deshalb sei er schockiert gewesen, als Christoph nicht das ganze Notizbuch gebracht hatte. »Alles ging gut, weil die Polizei kam. Bemerken Sie die Ironie? Sie unkten, die Polizei werde mich einkassieren. In Wirklichkeit wagten die Jungen nicht, mich anzurühren.«

Indem der Professor Christoph beichtete, wie er ihn benutzt habe, trieb er diesen an, kräftiger an der Rückseite des antiken Sägeblattes zu schmirgeln. Das stumpfe Reiben vermischte sich eine Weile mit morgendlichem Gezwitscher, doch schon bald krächzte ein Eichelhäher, und die Stimmen der affektiert lachenden Jungen sickerten durch die Ritzen der Hütte und füllten sie schließlich ganz.

Christoph schwitzte. Seine Schultern verkrampften sich. Jeden Augenblick konnten die Jungen bei ihnen sein, die durch die Wiesen polterten, als genössen sie einen unbeschwerten Sonnentag. Aber wer nicht merkte, dass das Lachen der Jungs gestellt klang, unsicher, der hielt auch den Angriff polnischer Truppen auf den Sender Gleiwitz für echt.

Christoph schaute unter sich und erblickte Hanffasern. Das Spiel wurde weiter. Die Handgelenke kribbelten und schmerzten, aber Christoph triumphierte, weil es der Schmerz des frischen Blutes war. Es floss wieder und füllte die Hände. Einen Augenblick später war er frei. Er löste die Knoten an seinen Füßen und griff nach einer Peitsche vom Regal. Wie viele Mähren hatten unter deren Schlägen den Weg ins Dorf bewältigt, Holz gerückt im uralten Hochwald in ihrem Takt. Heute dürfte die Peitsche ihren glücklichen Erinnerungen ein Kapitel hinzufügen.

Vor der Hütte angelangt, schwiegen die Jungen. Offensichtlich hatte der Instinkt gesiegt. Trau der ruhigen Lage nicht!

Christoph schob seinen Stuhl zu Orelli, der in seine Paraderolle verfiel und den Gekreuzigten gab. Auch Christoph markierte wieder den Gefesselten.

Etwas schlich um die Hütte und entfernte sich wieder einen Moment später.

Sie hielten die Luft für rein.

Baldur schritt stolz über die Schwelle wie vormals der Tambourmajor am Sedanstag. Er hatte sich daran gewöhnt, Macht durch bloße Befehlsworte auszuüben. Darin bestand sein Verhängnis. Er vertraute auf die Messer seiner Untergebenen, wie Ernst Röhm auf die Freundschaft des Führers. Beides rächte sich, nur dass SA-Chef Ernst Röhm etwas mehr Zeit blieb, darüber nachzudenken. Allerdings, für beide knallte das Schicksal mit der Peitsche. Baldur lächelte Christoph an, der seinem Blick standhielt. Dann sah er die Peitsche, Christoph stand auf, aber flüchten konnte Baldur nicht, denn hinter ihm drangen seine Männer in die Hütte. Ein Knall. Blut spritze über ihre braunen Hemden. Die Peitsche hatte Baldurs Ohr tief eingeschnitten. Es lief ihm in den Kragen, und Baldur wurde bleich. Hinter ihm bleckte Albin seine gelben Zähne.

Die rauchenden Trümmer von Orellis Haus erfüllten den Ort mit einem Gestank, den bei uns noch keiner kannte. Na gut, die verschickten Stadtkinder, die schon. Es mussten viele Bettlaken zum Trocknen gehängt werden an diesem Morgen aus den Quartieren der Landverschickten. Der halbe Ort übte für die Kapitulation, schien es.

Bei Lichte betrachtet, war von der Villa nichts mehr zu retten. Besser standen die Chancen des Zahnarztes. Die Jungen hatten aus dem Kurhaus einen Arzt herbeigepiffen, bevor sie sich empfahlen. Der war schon weit über sechzig und besaß Augenringe, als hätte er zuletzt vor Kriegsbeginn ein Nickerchen tun können. Münster musste assistieren. Der Arzt arbeitete präzise wie eine Nähmaschine und warf Münster zornige Blicke aus seinen geröteten Augen zu, wenn seine Hände ins Leere griffen und er auf sein Chirurgenwerkzeug warten musste.

Er rang um Dr. Dielenschneiders Leben.

Kriminalkommissar Münster gab einen eher mittelprächtigen Gehilfen ab.

»Ohnehin hätten Sie ihn besser zu uns bringen lassen«, wiederholte der Arzt und wies auf das Lazarett. »Wenn er eine Chance haben soll.«

In seinen wachen Momenten stöhnte Dielenschneider und stieß Verwünschungen aus gegen seine Schmerzen, aber vor allem gegen Christoph und den jüdisch-katholischen Pinselschwinger. Ob Christoph das Feuer gelegt habe, wollte Neumann wissen, aber Dielenschneider verzerrte den Mund ganz greisenhaft und orakelte, dass die Gerechtigkeit längst gesiegt habe. Und er lachte hustend. Münster bekam die Aufgabe, ihm das Äthertuch auf die Nase zu drücken.

»Äther!«, sagte der Doktor und spuckte das Wort aus mit einer Verachtung, als ob Mathilde Ludendorff über die Freimaurer spräche. »Morphium ist die Lösung all unserer Probleme.«

»Ich vermute, er schätzte den Äther als Tür in eine andere Welt«, sagte Münster.

»Morphium ist auch da überlegen. In allen Belangen. Bis auf die unweigerlichen Verstopfungen.«

Als Dielenschneider schlief, suchte Münster die Schränke des Behandlungszimmers nach dem Logbuch ab. Zuletzt fand er allerhand nautisches Material in dem Schränkchen, vor dem Christoph eine Nacht zuvor gekniet hatte. Da standen die Hefte, Marke Friedrich Soennecken. Nach Seemannsvorschrift waren sie tadellos geführt und beschriftet. Allein die Aufzeichnungen über die letzten Wochen suchte Münster vergeblich.

Neumann hatte sich Gertrud gegriffen und ihr den Arm um die Schulter gelegt, weil er meinte, sie bedürfe in dieser Situation eines männlichen Trostes. Ihre Augen blieben jedoch trocken, und als Neumann meinte, er könne sich nun schon vorstellen, sie auf dem Kirchgang zu begleiten, wenn es ihr Erleichterung verschaffe, da sagte sie, das sei ihr so was von egal, sie brauche erstmal ihren Schlaf, und wenn sie sich erholt habe, dann werde sie in den Sack hauen und die ganze Scheiße hinter sich lassen mit der Zahnarztpraxis und der Kirche und dem verwunschenen Fichtenwald, der wachsen werde auf dem Blut von Ännchen. Was aus ihrem Mann werden solle, fragte Münster, aber sie zuckte eine einzelne Schulter mit einer winzigen Bewegung, die so klein und gleichzeitig so endgültig war, wie es sonst nur Zyankalikapseln sind.

Als die Hähne krähten und die Handwagen der Finsterberger auf der Straße klapperten, meinte der Arzt, das Schlimmste sei geschafft, die Schulter gerichtet und die Brandwunden vorerst versorgt, nichtsdestoweniger bleibe unklar, ob Dr. Dielenschneider jemals wieder rechtsverbindliche Auskünfte erteilen könne. Es klang jedenfalls eher nach Mitleid, als er versprach, für den Kollegen noch von den Morphiumvorräten des Lazaretts abzuknapsen. Damit wünschte er einen guten Morgen und verschwand in Richtung Kurhaus.

Im selben Moment trat Huthgang ein, betrauerte den verletzten Freund und verwies die Beamten auf einen Kurier aus Weimar, der wegen des absoluten Verdunklungsgebotes erst in aller morgendlichen Frühe hatte aufbrechen können und sich in Finsterbergen durchgefragt hatte, um den Ermittlern einige Papiere abzugeben; er als Ortsgruppenleiter hätte sie gern entgegengenommen, aber der Mann – ein verkommener Etappenhase, so schien es ihm, habe sich pedantisch an den Dienstweg geklammert. Ob der Mann richtig gehandelt habe, werde Obersturmführer Neumann bald einschätzen können, und jener wisse wohl, welche Maßnahmen zu ergreifen seien.

Neumanns Sinn stand nicht nach Strafe. Gutgelaunt beschloss er, dass sie den Boten zum Frühstück mit ins Haus Thule nehmen wollten. Der alte Herr servierte Malzkaffee und stellte Brot mit Butter und Schinken bereit. Der Bote von Weimar legte schnell seine Zurückhaltung ab und soff einen ganzen Bottich saurer Milch dazu.

Albin schlafe sich nach seiner Heldentat noch aus, mutmaßte Münster, aber der Großvater bedeutete nicht ohne Stolz, dass der Junge schon wieder im Dienst sei und irgendwo seinen vaterländischen Pflichten Gehorsam leiste. Trotz leichter Rauchvergiftung. In der Villa, so erzählte der Wirt, sei nichts mehr zu machen. Alles verbrannt, und man müsse die Jungen belobigen. Sie hätten es doch gesehen.

Neumann wog den Umschlag aus Weimar und betrachtete das Dienstsiegel. Er befahl dem Kurier, sich vor dem Hotel für weitere Instruktionen bereitzuhalten. Der verstand richtig, dass er sich zurückziehen sollte.

Da traute sich noch ein kleiner Gast in die Stube, blaue Augen, aber bebende Lippen.

»Guten Morgen«, sagte Marianne.

»Heil Hitler. Möchtest du wieder einmal ein Bonbon?«, fragte Neumann.

Marianne nickte. Er hob den rechten Arm und starrte das Mädchen an. Sie zögerte, dann streckte auch sie die Hand in die Höhe; eine fahrige, verschämte Bewegung.

»Hat der Hutmann mit Ihnen gesprochen?«, fragte sie.

»Ja«, antwortete Neumann. »Vieles. Danke für den guten Hinweis. Der Führer wäre stolz auf dich.«

»Und?«, fragte Marianne, und die blauen Augen leuchteten erwartungsvoll, ob bei den Ermittlern der Groschen fallen würde.

»Weshalb?«, fragte Neumann. Münster aber fiel die Tasse herunter. Sie zersprang in viele Teile. Der Wirt war sauer, aber er durfte es nicht zeigen.

»Natürlich!«, sagte Münster.

»Eben«, sagte Marianne.

»Was denn?«, fragte Neumann.

»Wie konnten Sie ihn verstehen?«, fragte Münster.

»Ich habe mich wohl etwas hineingehört in den hiesigen Dialekt.«

Marianne verschluckte sich bald bei den Worten, die nun aus ihr heraussprudelten. »Wissen Sie, warum Sie ihn verstehen konnten? Das war so. An dem Tage, als Sie kamen, hat mich der Herr Lehrer zur Strafarbeit geschickt. Ich musste in den Klassenraum an die Tafel. ›Mein Leben ist gebunden an das Leben meines ganzen Volkes.‹ Zweidutzendmal.« Sie ließ sich von Neumanns ärgerlichen Blicken nicht mehr unterbrechen. »Ich war fast fertig, als ich die beiden auf dem Gang hörte, den Hirten und Herrn Huthgang. Sie haben nicht damit gerechnet, dass da noch jemand ist.«

»Und was haben sie geredet?«

»Denk daran, sagte der Herr Lehrer zu Enoch, zuerst ist das unsere Angelegenheit. Wir regeln das im Dorf. Du sprichst weiter platt mit ihnen! Wir reden alle platt. Sag es weiter von Haus zu Haus. Keiner redet, ohne dass ich dabei bin zum Übersetzen.«

»Für wen wollte er wohl die Dinge verschleiern?«, fragte der Kommissar.

»Der Studienrat Huthgang. Hat er nicht selbst die Polizei gerufen? Und uns den Hinweis auf die Fremdarbeiter gegeben?«

»Papperlapapp, das finden wir später heraus. Geh spielen, Kleine. Und sag deinem Vater, wenn er nach Buchenwald will, dann soll er dir beibringen, wie man vernünftig grüßt. Zucht und Ordnung fangen zu Hause an.«

Neumann zog einen Briefbogen aus dem Umschlag, den der Bote überreicht hatte. Er bewegte beim Lesen die Lippen, dann reichte er dem Kriminalkommissar das Schreiben. »Erklären Sie mir, was da steht.«

Münster nahm ihm den Brief ab. »Das ist der Bericht aus der Pathologie.«

»Kommen Sie mir nicht dumm. Das sehe ich selbst.«

Heil wünschte der Pathologe und listete danach auf, was er über Ännchens Untergang herausgefunden hatte. Münster schnappte nach Luft.

»Sagen Sie nur eins: Kann sich Rudolf warm anziehen?«

»Eher nicht.« Münsters Hände begannen zu zittern.

»Dann gehörte unser Mann zu denen, die ihre Blutgruppe nicht, ähm, verteilen? Und selbst wenn, das hieße doch längst nicht, dass Rudolf deshalb freizusprechen wäre. Denken Sie an die Beweise, die ich gesammelt habe.«

Reinhold Münster atmete tief durch. »Nein, nein, es ist viel schlimmer.«

»Was denn?«

»Es sind mehrere Blutgruppen nachweisbar«, gestand er und ließ sich gegen die Lehne seines Stuhles fallen.

»Das heißt ...«

»Es waren mindestens drei.«

Neumann ballte die Fäuste. »Also doch die Fremdarbeiter! Ich wusste es von Anfang an.«

»Nein, Neumann. Schlimmer. Oder denken Sie, der Herr Reichsobergralsucher Huthgang hätte gelogen, um die Franzacken zu schützen, die er selbst verpfeifen wollte?«

»Was könnte schlimmer ...«

Der Groschen fiel. Er sprang auf und ließ den Stuhl nach hinten krachen. »Und dieses Subjekt hat es vor uns gewusst. Christoph Rudolf. Er war uns voraus.«

»Man kann es drehen und wenden, er ist ein guter Polizist.«

Die Männer schwiegen, bis das Ticken der großen Standuhr sie daran erinnerte, dass die Zeit lauter zum Handeln rief, als ein hausierender Bürstenmacher auf der Hauptstraße.

»Meinen Sie, er ist noch am Leben?«, fragte der Obersturmführer.

Münster nickte. »Wenn es so ist, wie wir glauben, verspeist er in diesem Moment die Jungen zum Frühstück.«

Damit standen sie auf und liefen in Richtung des HJ-Heimes, sie fanden es leer. Wertvolle Minuten suchten sie, bis sie einen Nachbarn fanden, der nach ein paar Ohrfeigen des Deutschen mächtig wurde und ihnen den Weg zur Finkschen Hütte unterhalb des Hainfelsens beschrieb.

19. Kapitel

Albin schob sich nach hinten, während Hatschi und Gerhard die Ehre ihres Scharführers verteidigen wollten und nur nicht wussten, wie. Die Peitsche flog durch den Raum. Sie zog ihre Striemen in die Gesichter der Jungen. Manfred zerrte Baldur aus der Frontlinie, Hatschi und Gerhard warfen sich ins Feuer. Von den Seiten näherten sie sich Christoph, der sie nicht gleichzeitig erwischen konnte und Rücksicht auf den Professor nehmen musste. So endete der Überraschungsangriff immerhin mit Baldurs Entstellung, aber auch damit, dass Heinz zu seiner Linken und Gerhard zu seiner Rechten Christoph die Hände auf den Rücken bogen und Albin auf ihn zulief, mit einem Knüppel in der Hand. Dabei kam Albin zu nahe an Orelli vorbei, der ein Bein ausstreckte, stracks in seinen Weg hinein.

Albin setzte zum Sturzflug an, unbeholfen wie eine Heinkel 177, und stolperte in das Knäuel aus Christoph, Gerhard und Hatschi gerade hinein. Christoph bekam seine Arme frei. Seine Pranken krachten auf die Kinder wie bei Siegfried persönlich. Hoho, hohei. Schmiede mein Hammer! Schaut zu und lernt, ihr Wagner-Jünger!

Hatschi sank zu Boden und Gerhard wälzte sich bald neben ihm. Albin hatte den Knüppel aufgehoben, aber Christoph warf ihm erst den Stuhl entgegen und wappnete sich dann selbst mit einer Holzstange. Hatschi ahmte perfekt Gerhard nach, der eine Absetzbewegung eingeleitet hatte; sie krochen zur Seite und lehnten sich an die Hüttenwand. Gerhard legte den Arm um Hatschi wie Märchen-Hänsel um sein Schwesterchen Gretel. Beide weinten. Orelli bettelte die Jungen an, vernünftig zu sein.

»Ihr könnt leben!«, rief er, »Ihr habt so viel vor euch!«

Albin spuckte Blut, doch visierte er weiter Christoph an. Er trat nach hinten aus und stieß Orelli samt seinem Stuhl um. Der Professor stöhnte auf. Christoph ließ sich einen Augenblick gefangennehmen von dem Anblick des Künstlers, der sich mit einem auf den Rücken gefesselten Stuhl von der Front zurückziehen wollte, wie eine amputierte Schildkröte. Albin nutzte diese Schwäche und schlug auf Christoph ein. Es gelang ihm, diesen zu treffen und ins Wanken zu bringen, aber Christoph wusste, Albin schlug zu ungestüm. Früher oder später würde er dafür Albins Finger treffen.

Sie hielten ihre Knüppel wie Ritter und hieben aufeinander ein, wobei Albin hin und her sprang, um Christoph weiter in den Raum hinein zu locken, wo dieser durch sein Hinkebein im Nachteil wäre. Denn was Christoph an Kraft besaß, das waren für Albin Schnelligkeit und Beweglichkeit.

Der Treffer, mit dem Christoph schließlich Albins Finger zermalmte, war epochal. Mit Hoho und Hahei. Er erforderte keine Wiederholung. Albins Knüppel polterte zu Boden, und Tränen sprangen aus den Augenhöhlen. Christoph schlug weiter auf ihn ein. Rippen krachten. Schläge krachten auf Arme und Kopf. Albin sank zu Boden und blutete aus Mund und Ohren. Christoph blickte sich um und wollte sich als nächsten Baldur vornehmen. Doch der ließ sich vom eigenen Blutverlust nicht länger beeindrucken. Er nahm Manfred das Messer weg und kniete sich hinter den Professor. Orelli musste die Klinge an seinem unrasierten Hals kratzen spüren.

»Aufhören, Christoph! Sonst stirbt der Professor!«

»Das ist ihm egal«, gab Christoph zurück, gleichwohl innehaltend.

Manfred zog Albin zur Seite und richtete ihn auf, tupfte sein Blut ab, so gut es ging. Albin ächzte wie eine stürzende Fichte.

»Euch wird es genauso gehen. Welche Front wollt ihr stützen, Kinder? Der Ami rollt Italien auf. Der Iwan kommt so sicher wie der Winter. Oder wollt ihr euch dem wilden Fleisch anschließen, das in den Pariser Offizierscasinos wuchert? Einmal wird die Sonne im Westen aufgehen und das wilde Fleisch davon brennen.«

»Um das Reich stünde es besser, wenn es nicht so viele Feiglinge und Befehlsverweigerer gäbe wie dich. Die Vorsehung hat uns in große Zeiten zur Welt kommen lassen. Und wenn der Führer uns ruft, dann werden wir ihm zeigen, dass er sich auf uns verlassen kann.«

»Ich werde deine Mutter trösten, Baldur.«

»Du wirst um deinen Tod betteln!«

Christoph wagte einen Schritt auf Baldur zu. Baldur malte mit dem Messer einen feinen roten Strich auf Orellis Hals. Christoph stockte.

»Lass dich einfach töten, Wehrkraftzersetzer. Dann kehrt Frieden ein nach Finsterbergen.«

»Glaube mir, wenn mein Tod zu irgendwas sinnvoll wäre, dann würde ich dir meinen Hals zeigen wie eine Antilope dem Löwen. Und dabei seid ihr nicht mal Löwen. Hyänen vielleicht.«

»Bitte«, schaltete Manfred sich ein, »Albin müsste zum Herrn Doktor.«

»Wir auch«, sagten Gerhard und Heinz. Sie heulten.

»Er ist zu stark für uns, Baldur!«

Seine Schar war ein Bild des Jammers.

Christoph schwang zur Probe den Knüppel durch die Luft. »So einfach geht es nicht; hattet ihr mir nicht den ganzen Vormittag versprochen? Wer von euch noch einen Arzt sieht, das entscheide ich. Aber zuerst will ich hören, was Ihr mit Ännchen gemacht habt.«

»Erzähl ihm, dass du sie geliebt hast, Baldur«, riet Manfred, der einzige, der noch nicht blutete. »Wir alle haben sie doch geliebt.«

»Sie fehlte nie bei unseren Stunden. Ännchen liebte den Führer. Sie schwärmte davon, dass sie ihm begegnen würde, wenn sie es erst einmal nach Berlin geschafft hätte«, sagte Baldur.

»Sie wusste, dass ihr nie den Führer sehen würdet.«

»Aber wenn es so weit wäre, wäre sie der Schlüssel! Und sie käme aus unserem Dorf und wäre unsere Freundin.«

»Du hättest dich mit ihr verlobt!«, sagte Hatschi zu Baldur.

Christoph spottete. »Als hätte sie sich an euch erinnert. Mach Platz, Babelsberg, hier kommen meine Freunde aus dem Thüringer Wald! Und mein Verlobter aus dem Sägewerk.«

Endlich las man so etwas wie Scham aus ihren Gesichtern. Manfred schaltete sich wieder ein. Er und Baldur berichteten im Wechsel. Genauso. Er habe Recht. Für ihre Träume habe Ännchen sie ausgelacht. Und sie hätten begonnen, Ännchen zu beobachten. Sie hätten gelernt zu tarnen, zu beschatten. Ännchen habe trotzdem immer mitgekriegt, dass da wer sei. Sie müsse es einfach gemerkt haben. Zumindest konnte man nach jeder Mission stundenlang darüber debattieren, ob sie ihren Beschattern heimliche Signale gesandt habe, zunächst auf ihren Wegen durch Finsterbergen, wenn sie ihren Korb schwang und manchmal vor sich hin trällerte. Später, als das nicht mehr reichte, wenn sie sie beobachteten in der »Linde«, bei ihren Proben, wo sie nur für sie tanzte und sich streckte. War das schon subversiv? Dass sie Swing tanzte, scheinbar allein auf der Bühne im Linde-Saal? Woher sie nur diese Bewegungen kannte!

Wie stille Post wurden sie weitergereicht von einer männermordenden Dorfschönheit zur anderen, obwohl der Führer seit Jahren alle Tanzbeine national durchimpft hatte. Und woher die Jungen einschätzen konnten, wie Ännchen sich da bewegte? Handelte es sich um eine umstürzlerische Botschaft an ihre Spanner, deretwegen man sie sich einmal zur Brust nehmen müsste? Sie waren doch gemeint? Oh, diese Brüste, stramm wie die beiden einzeln stehenden Fichten auf der Wachtwiese. Und wie sie so zwinkerte, als sie sich umzog, völlig ungeniert, weil sie scheinbar, ja nur scheinbar, unbeobachtet, allein in der Kammer war, wo der Kostümfundus der Volksspieltruppe lagerte. Dabei zwinkerte sie doch? Eins stand fest, wenn Ännchen ihre Tracht überzog, tat sie das mit Raffinesse.

Nein, Ännchen hatte ihre Aufmerksamkeit genossen. Warum sonst hätte sie gelächelt, als sie nackt vor Orelli stand, dem Männchen mit dem schlackernden Malerkittel, diesem Entarteten? Albin hatte das herausgefunden. Und die Jungs hatten gerne zugesehen. Baldur hat beschlossen, dass er sie heiraten werde, und die anderen mussten zustimmen. Er war der schönste, größte und würde einmal die Schneidemühle erben. Alle hatten es eingesehen, seufzend natürlich und in der stillen Übereinkunft, dass der Krieg das letzte Wort haben würde. Neulich abends wollten sie sie abfangen. Sie kam von Orelli, für den sie sich geräkelt hatte, dass die Jungen draußen auf dem Pflaumenbaum ins Schwitzen kamen. Wie immer folgten sie ihr. Erst wussten sie nicht, wohin sie gehen würde. Dann sei sie, Christoph wüsste ja, zu ihm gekommen. Zuerst mussten sie sich zurückhalten, weil Ännchens Mutti geschaut hätte. Und als sie schon in Richtung der Hütte schlichen, knacksten noch einmal die Äste des Waldes und der Doktor stand vor der Hütte. Zum Glück warf er aber nur einen kurzen Blick hinein. Er habe sich aufgerichtet und sei verschwunden.

Schließlich war der Weg aber frei.

»Und ihr habt uns gesehen?«

Baldur nickte. »Jawohl, Onkel Christoph«, sagte Manfred, dessen Kopf roter war als das Zentralkomitee der KPDSU, weil er a) den geringsten Blutverlust erlitten hatte und b) über den größten Anstand verfügte. Sie hätten Ännchen gehört, wie sie kicherte und etwas stöhnte.

Er hatte längst das Messer sinken lassen, hockte nur noch locker hinter dem Professor auf dem Boden.

»Auf einmal fliegt die Tür auf und du bist raus. Wir hätten dich anfassen können, als du an uns vorbeiliefst.« Albin sei als erster rein, Baldur hinterher, dann die anderen. »Nackt saß sie da, aber sie verbarg ihre Scham nicht. Sie lachte uns aus.« Baldur bestand darauf, sie nach Hause zu bringen, bevor es gänzlich dunkel würde, weil man nie wisse, ob immer alle Fremdarbeiter ordentlich eingesperrt seien in der Nacht. Was die mit deutschen Mädchen machen, ist hinlänglich bekannt. Baldur fing an, ihr einen Vortrag zu halten über das richtige Benehmen deutscher Mädchen. Sie solle sich freuen, dass er und seine Männer sie gefunden hätten. Da hat das dumme Ding zu den Jungs gesagt, sie stehe auf richtige Männer.

»Wir wüssten nicht«, sagte Manfred, »was ein Mann sei, sie habe einen, der – wenn wir es so deutlich hören wollten – es ihr richtig besorgen könne.« Albin habe an ihrem Kleid gerochen und es wütend durch die Werkstatt geschleudert. Nein, sie könne es nicht wiederhaben, sie solle es sich eine Lehre sein lassen. Und ihr feiner Liebhaber habe sie offensichtlich sitzen lassen.

Unter den letzten Sätzen seines Neffen war Christoph immer mehr versteinert. Er hörte nicht mehr richtig zu, als Manfred berichtete, wie sie angefangen hätten, sie zu befühlen, und wie Ännchens Trotz in Verzweiflung umgeschlagen sei. Sie lief los, nackt wie sie war und suchte den Mann, der sie im Stich gelassen hatte, der jetzt flennend im Wald saß und selbstgerecht betete, wie der verschissene Franziskus von Assisi, der aber als einziger in der Lage war, ein Rudel Hyänen zu verprügeln. Die Hyänen waren schneller, und sie hetzten sie und machten sich über sie her.

Es polterte. Christophs Knüppel fiel zu Boden. Er hatte ihn losgelassen. Er setzte sich auf den Stuhl und streckte die Hände hinter sich. Baldur, der einen Moment brauchte, um zu begreifen, befahl Hatschi, der immer noch heulte, und Gerhard, der sich die Nase schneuzte, sie sollten aufhören zu flennen und sich benehmen wie Männer. Was er natürlich eigentlich meinte, waren Hyänen, die sich für Männer hielten. Baldur stand auf.

»Auf! Fesseln!«

Hatschi und Gerhard erhoben sich stöhnend und stützten sich auf Christoph, während Manfred die Fesseln anzog, aber er wehrte sich nicht mehr. Anschließend hoben sie Orelli auf und schoben ihn erneut neben Christoph. Dem Professor lief Blut über die Stirn. Baldur zog einige Zigaretten hervor und verteilte sie an seine Männer. Sogar Albin, der schwer atmete, schob er eine zwischen die blassen Lippen. Orelli bekam auch eine. Dann blieb er vor Christoph stehen.

»Es ist üblich, dem Verurteilten eine letzte Zigarette zu gewähren. Es sei also.«

Damit verbeugte er sich leicht und setzte den Glimmstengel mit spitzen Fingern in Christophs Mundwinkel. Schweigend rauchten sie. Christoph schloss die Lider, weil er die Jungen und die verfluchte Hütte nicht mehr sehen wollte, aber vor allem, der Rauch brennt dir natürlich in den Augen, wenn du gefesselt bist.

»Nun ist Schluss!«, dekretierte Baldur nach kaum drei Minuten und nahm ihm die Zigarette fort, während er selbst noch rauchte. Dem Professor schlug er die Kippe mit einer Ohrfeige davon. Er stopfte Christoph ein Tuch in den Mund. »Kaltmachen!«, sagte er und nickte in Richtung des Professors. Manfred kniete neben Albin und massierte ihm die Schläfen.

»Auch du, Manne. Das ist ein Befehl.«

Sie hatten keine Lust, das sah man, aber das Wort »Befehl« funktionierte als großes »Sesam-öffne-dich« für die Kammer der Unmenschlichkeit, die wir sonst alle so viel gründlicher verbergen als die gegenüberliegende Schatzkammer unserer seelischen Kleinodien; aus dem gutem Grund, weil die Kammer der Unmenschlichkeit ganz schön peinliche Scheiße enthält und keine Schätze.

Gerhard und Hatschi prügelten auf Orelli ein und Manfred trat zwar zaghaft zu, aber auch er trat. Der Stuhl zerbrach, die Fesseln verloren ihren Sinn. Orelli lag in einer Lache aus Blut und Kotze und allen anderen Körperflüssigkeiten, die man nicht mehr halten kann, wenn man gerade hops geht.

»So und jetzt zu dir, Feigling«, sagte Baldur. Er schob eine Kiste zur Seite, öffnete ein Brett aus dem Fußboden und entnahm dem Hohlraum eine Luger, 9mm Parabellum. Er fasste Manfred beim

Kragen, der sich zitternd vor Christoph aufstellen musste, und drückte ihm die Waffe in die Hand. »Er hat gut gekämpft. Er bekommt einen raschen Tod.«

»Und ich soll …?«, sagte Manfred zitternd.

»Jawohl, Einstein«, meinte Baldur, »es wird Zeit, dass du dich beweist.«

»Er ist mein Onkel.«

»Bist du also auch Befehlsverweigerer? Liegt das in eurem Blut?«

»Nein«, sagte Manne, »ich dachte nur … er sollte betteln?«

»Noch irgendwelche letzten Worte?«, fragte Baldur, dann fiel ihm ein, dass Christoph ein Tuch im Munde trug und fügte hinzu. »Ich sehe, das ist nicht der Fall.«

Manfred sollte schießen. Die anderen hielten sich schon die Ohren zu. Aber Manfred zitterte.

»Stell dich hinter ihn, Manne«, riet Hatschi, »dann ist es leichter.«

Manfred ging um den Stuhl herum. Kinn und Lippen waren weiß vor Aufregung. Sanft setzte er dem Onkel die Pistole an den Nacken. »Mach schon!«, zischte Baldur noch immer mit den Händen an den Ohren. Die anderen taten es ihm nach. Manfred entsicherte die Waffe. Etwas anderes als einen aufgesetzten Schuss hätte er nicht hinbekommen, so wie er zitterte.

20. Kapitel

Der Knall fiel deutlich geringer aus, als Baldur erwartet hatte. Ein plattes Krachen drang ihnen dumpf durch die Hände in die Ohrmuscheln.

Das Geräusch, das alle umfahren ließ, stammte nicht aus Manfreds Pistole. Es waren die Schuppentür, die aufflog, und der Riegel, der aus der Verankerung brach, als Obersturmführer Magnus Neumann seinen Stiefel mit ihr bekannt machte.

»Polizei!«

Das war Münsters Stimme.

Manfred schaute die beiden dankbar an, wie ein verirrtes Kind, das auf dem Jahrmarkt seine Eltern wiederfindet. Sofort ließ er die Pistole sinken und legte sie auf den Boden. Münster hielt seine Walter PP dennoch in Anschlag. Münster trat sie fort. Sie rutschte unter die Werkbank. Der Kriminalkommissar sah sich in der Hütte um, fand Spuren des Kampfes, den stöhnenden Albin und den leblosen Körper Orellis. Hinter ihm kam Neumann in die Hütte. Die Jungen hielten die Hände hoch.

»Wir wissen alles!«, blaffte Neumann.

Baldur zitterte. Der fronterfahrene Offizier rückte nah an ihn heran. Baldur bemühte sich, stramm zu stehen. Münster hielt ihm die Waffe vor. Er wollte irgendetwas sagen, erhielt aber den prompten Befehl zu schweigen. Aus seinem Ohr lief Blut den Hals hinab und durchweichte sein Hemd. Neumann fachsimpelte mit sich selbst über deutsche Tugenden und deutsche Ehre. Die Kinder nickten zu allem. Münster kniete sich zu Orelli. Mit den gefesselten Händen lag der Professor ziemlich unnatürlich da und regte sich nicht.

Neumann steigerte sich selbst zu rhetorischen Höhenflügen; seine Halsschlagadern verdienten Schwerarbeiterrationen. Die Hände hinter dem Rücken verschränkt, zog er Kreise in der Hütte. Was der Führer wohl dazu zu sagen hätte? Was würde aus seinem unerbittlichen, leidenschaftlichen Kampf für das Reich, wenn seine einzige Hoffnung, die deutsche Jugend, diesen Kampf nicht wert wäre? Ob sie es sich zum Ziel gesetzt hätten, den größten Feldherrn aller Zeiten zu desillusionieren? Und wie man einen solchen Versuch wohl zu nennen und zu beurteilen hätte? Von daher wäre klar, was mit ihnen zu geschehen habe. Die Jungen nickten traurig. Die Justiz liege in den Händen der Partei – und das sei gut so. Nur weil es im Walde ohnehin dunkel gewesen sei, als sie Ännchen … nur deshalb könnte man ihnen zugutehalten, nicht die Verdunklung ausgenutzt zu haben, um …

Nationalsozialistische Dialektik.

Baldur bat winselnd um eine Augenbinde, weil er meinte, er würde sogleich erschossen. Aber Neumann hielt inne, schmunzelte und fügte seiner Ansprache nur ein Wort hinzu.

»Frontbewährung.«

Hatschi und Gerhard sahen sich an, Manne, der zusammengesunken am Boden saß, richtete sich auf. Das Wort »Frontbewährung« stammelnd, verließen sie die Hütte, wie Katholiken ihren Beichtstuhl, erleichtert und ohne die Absicht, je wieder auf das zurückzukommen, was sie dort drin zurückgelassen hatten.

Neumann befahl ihnen, draußen Aufstellung zu nehmen, bis er mit dem Kollegen entschieden hätte, wie weiter zu verfahren sei.

»Frontbewährung?«, fragte Münster. »Geben Sie mir eine Viertelstunde im Verhör, und wir haben vier Geständnisse. Wir haben Ännchens Tod aufgeklärt. Und diesen Brand heute Nacht, es sollte mich wundern, wenn der nicht auch auf ihre Rechnung ginge.«

»Schnauze, Postbote. Ich schreibe in meinem Bericht, dass die Jungen sofort eingezogen werden sollen. Da bekommen sie ihre Strafe. Ich fordere ein Sonderkommando an, die werden die Jungen mitnehmen. Es sei denn … Was ist mit dem Mann dort?«

Er zeigte auf Orelli. Münster hatte den Professor umgedreht. Er legte zwei Finger dorthin, wo der Puls sein müsste. »Er ist tot, Herr Obersturmführer.«

Herausfordernd starrte der Kommissar Neumann an, der an seinen Nägeln zu kauen begann, als ob ihm die Bonbons ausgegangen wären.

»Das sollte sich doch nicht zu einem Problem entwickeln? In meinem Bericht dürfen keine Fragen offenbleiben.«

Der Kriminalkommissar blickte aus dem Fenster und betrachtete die Jungen, die in der Sonne standen und nicht wagten, sich zu rühren.

Münster tat den Mund auf. »Ein Vorschlag zur Güte: Wir schreiben in den Bericht, er sei in seinem Haus verbrannt, nachdem er es in selbstmörderischer Absicht selbst entzündet hatte. So verhindern wir die Infragestellung der Ehre von jungen Männern, die noch beim Löschen geholfen haben, durch missgünstige Gestalten.«

Neumann hielt inne.

»Guter Gedanke, Münster. Sie lernen.«

»Ich komme langsam auf den Trichter, was es heißt, deutsche Gerechtigkeit herstellen. Im Übrigen gibt es Zeugen …! Sie sollten die Jungen darüber belehren, Herr Obersturmführer!«

Doch Neumann umkreiste Christoph, und seine Stiefel knarrten auf den Dielen.

»Einen Schönheitsfehler hat der Plan immer noch, Herr Kommissar. Es gibt einen Zeugen zu viel.«

Viel langsamer, als es nötig gewesen wäre, zog er das Tuch aus Christophs Mund. Christoph ächzte und wollte etwas sagen, aber der Mund war zu trocken, und der Hals kratzte. Neumann packte ihn an den Schultern.

»Wollen wir die Jungen beenden lassen, was sie begonnen haben?«

»Mit Verlaub, Herr Obersturmführer!« Münster deutete auf Albin. »Dieser Bengel hier braucht einen Arzt. Und wir haben bereits einen anderen herumliegen, der verschwinden muss.«

»Wir haben fünf kräftige Männer, Sie eingeschlossen.«

»Ach, kommen Sie, denen fehlt noch alles, was es braucht, um Männer zu sein. Befehlen Sie, lieber Herrn Rudolf, uns zu helfen.«

»Ich werde selbst mitanpacken«, entfuhr es ihm. Doch musste ihm im selben Moment aufgegangen sein, dass er das ohnehin hätte tun müssen. Neumann atmete tief ein.

Münster unterbreitete seinen Vorschlag mit derselben gespielten Unterwürfigkeit, mit der sich ein Pfleger in der Nervenheilanstalt an Napoleon oder Jesus Christus wendet. »Herr Rudolf ist der Sargtischler in Finsterbergen. Er arbeitet außerdem auf dem Friedhof. Niemand kann unauffälliger jemanden verschwinden lassen als er. Sie könnten hinterher immer noch entscheiden, wie mit ihm zu verfahren ist. Zudem …«

Neumann sprang auf die Tonlage an und sagte mehrmals »Jaja. Ja.«

»Ich tue es nicht«, krächzte Christoph, »lieber sterbe ich!«

Jetzt war es Neumann, der ihm die Peitsche unter die Nase hielt. Keiner wandte die Augen vom anderen ab. Auf einmal grinste Neumann.

»Sprechen Sie mit ihm, Münster. Ich gehe hinaus und instruiere die Hitlerjugend. Wenn ich wieder hereinkomme, will ich eine Antwort.«

Neumann stolzierte los. Seine Anweisungen waren klar und deutlich in der Hütte zu vernehmen. Er erklärte den schlotternden Knaben, wie sie auf ihrer Patrouille Brandgeruch wahrgenommen hätten, wie sie versucht hätten zu löschen. Albin sei nach der Rettung Dr. Dielenschneiders noch einmal hin und dort selbst von herabfallenden Balken getroffen worden. Zuvor hatte er vergeblich versucht, den Professor zur Aufgabe seines vermeintlichen Kunstschatzes und zur Aufgabe des Hauses zu überreden. Leider sei Orelli jedoch völlig von Sinnen gewesen und habe sich geweigert das Haus mit Albin zu verlassen, wodurch er nicht nur seinen eigenen Tod, sondern auch Albins schwere Verletzungen mit verschuldet habe. Münster hingegen rückte an Christoph heran und flüsterte.

»Vertrau mir, Christoph. Ich weiß, was ich tue.« Münster löste seine Fesseln.

»Ich weiß, was geschah, als ich dir zum letzten Mal vertraut habe.«

»Es ist jetzt anders, Christoph.«

»Alles ist anders. Ich habe mein Leben und meine Ehre verwirkt.«

»In diesen Tagen werden wir alle schuldig, und es gibt keinen, der ohne Sünde bleibt, nicht einen. Ich brauche dich. Und wenn du tust, was ich sage, kannst du mindestens ein Leben retten. Wenn du schon dein eigenes verloren gibst.« Christoph kroch zu der Pistole und schob sie sich hinten in den Hosenbund.

Endlich erlaubte Neumann den Jungen, sich zu rühren. Manfred, der noch am gesündesten schien, wurde zum Kurier ernannt, mit der Aufgabe, den Ortsgruppenleiter einzuweihen, damit ein Grab für Orelli auf dem Finsterberger Friedhof geschaufelt werden könnte. »Sag ihm: Der Obersturmführer befiehlt die sofortige Aushebung. Abmarsch. Kantaper, kantaper.«

Der Junge rannte fort. Münster nickte Neumann zu, als er hereinkam. Neumann zweifelte. »Der Bote ist unterwegs. Die anderen Jungen bauen eine Trage zu bauen und bringen mit meiner Unterstützung Albin ins Lazarett. Was ist mit Rudolf? Ist er bereit?«

Münster nickte, und zeigte auf die große Schubkarre in der Ecke, womit sie den Professor transportieren wollten. Neumann aber beugte sich nieder und glotzte Christoph erneut von Nahem ins Gesicht.

»Unter einer Bedingung, Neumann«, sagte der leise.

»Das heißt immer noch: Herr Obersturmführer!«

Neumann richtete sich auf und trat Christoph auf die Füße. Christoph krähte vor Schmerz. Es kostete ihn alle Mühe, seinen Satz zu Ende zu bringen.

»Unter einer Bedingung, Herr Obersturmführer. Sie verlassen heute noch mein Dorf. Ansonsten werde ich Sie erwischen. Und wenn es auf dem stillen Örtchen ist. Sie finden hier ebenfalls Ihr Grab.«

Neumann lachte, aber ohne Christoph dabei anzusehen. Er konnte sich kaum bremsen. »Sie werden schon noch spüren, Rudolf, wie es ist, sich mit uns anzulegen. Falls Sie mir ein Duell anbieten wollen, dann überlasse ich Ihnen die Wahl von Zeit und Ort. Guten Tag!«

»Heil Hitler«, sagte Christoph. Neumann stockte kurz, dann scheuchte er die Jungen in das Dorf. Die Tür ließ er offen stehen. Licht stolperte hinein, als hätte es sich im Raum vertan.

Von hinten blökte Neumann: »Dass Sie sich bald in der ›Linde‹ einfinden, Postbote. Ich brauche einen, der mir den Schreibkram abnimmt!«

»Auf geht's«, sagte Münster zu Christoph.

Er schnitt Orelli die Fesseln durch, kniete sich nieder und bewegte vorsichtig Orellis Nacken. »Weißt du, Christoph, den Nazis fehlt nicht nur der Blick für das Schöne.«

»Sondern wofür noch?«

»Für das Leben.«

21. Kapitel

Orelli hatte es schwer erwischt. Sein Teint war blass wie der Mond und ebenso eine Trümmerlandschaft. Auch sein Bewusstsein spazierte dort oben entlang. Jedenfalls war es nicht in der Nähe, als Christoph mit Münsters Unterstützung Orellis Leib in die Schubkarre hievte. Trotzdem staunte Christoph, weil selbst robusteren Gesellen eine solche Tracht Prügel einen rumpligen Exitus verschafft hätte.

»Den wird seine eigene Mutter für einen Fremden halten«, sagte Christoph. »Falls er überlebt.«

»Wir wollen es hoffen«, sagte Münster.

Schwitzend liefen die beiden Männer an der Schubkarre. Wo es bergab ging, ging Münster vorweg, immer mit einem Buckel wie eine Katze. Orelli sollte nicht fallen. Christoph hielt die Holme der Karre.

»Warum hast du Neumann belogen? Dass der Professor tot wäre?«

»Sonst wärt ihr es beide.«

»Wüsste nicht, was dich das angeht.«

»Du wirst nie zu leben lernen, wenn du dich taub stellst für den, der Vergebung sucht.«

Über den Trampelpfad ging es hinab ins Leinatal und im Leinagrund entlang bis zu der Schneidemühle, wo sonnabends nur die Fremdarbeiter unter der Aufsicht des dicken Peters arbeiteten. Die Franzosen sahen sie zwar und kamen heraus, aber sie stellten keine Fragen. Von Evi war nichts zu sehen. Der Lothringer brachte Wasser. Sie tranken gierig, besonders Orelli, nachdem sie ihn mit einer Ladung Wasser geweckt hatten. Gleichwohl blieb seine Sprache im

Niemandsland zurück und auch über die Gabe der Orientierung in Zeit und Raum verfügte er noch nicht wieder. Aber das ist für einen Künstler ohnehin zweitrangig.

Die Franzosen lachten darüber, aber nur heimlich und verklemmt, wie welche, denen bei einer Beerdigung ein Witz einfällt. Sie rissen sich bei der Arbeit kein Bein aus, weil Peitschen-Peters verkatert eingeschlafen war. Was das anging, war auf Mariannes Vater Verlass.

Mit Hilfe der Karre ging es schneller vorwärts. So erreichte der Krankentransport die Tischlerwerkstatt. Orelli lag bald wieder auf dem roten Kanapee, Münster und Christoph rauchten.

»Ich wollte dir nie schaden, Christoph. Ich war ein Feigling. Das ist alles.«

»Ja, das war alles. Und damit war es das für mich.«

»Hast du Schnaps?«

Christoph stellte Münster eine Flasche mit Pflaumenbrand auf die Werkbank. Er holte zwei staubige Gläser hervor. Sie prosteten sich zu. Aber Münster bediente sich gleich ein zweites und drittes Mal. Er begann zu reden. Alles, seit Christoph fort war aus Weimar, wie es mit Isolde ging, bis zu dem Moment, wo sie ihn mit diesem Neumann gestraft hätten, der noch sein Untergang würde. Seine Feigheit hatte nicht nur Christophs Leben ruiniert, sondern auch sein eigenes. Er beendete die Beichte. Aber sie verharrten. Gemeinsam seufzten sie. Gemeinsam grinsten sie, als Münster von Neumanns Liebesbrief an Evi erzählte. Neumann hatte sich nicht mal getraut, Evi anzusprechen, er, Münster, aber schon, so dass er nun mehr über seine Angebetete wusste, als der deutsche Held.

»Was unternehmen wir mit dem hier?«, fragte Christoph und zeigte auf Orelli.

»Wer weiß, ob er durchkommt. Er braucht einen Arzt. Und bessere Pflege, als er von uns bekommen kann.«

Münster fragte, ob Christoph nicht einen Arzt kenne, der Vertrauen wert sei. Klar, antwortete Christoph, aber der wohne in Hohenkirchen und da könne man nicht mit der Schubkarre hin – zumal sich Münster zum Mittag in der »Linde« mit dem Obersturmführer verabredet habe und bald aufbrechen müsse. Der Zahnarzt hätte natürlich ein Auto gehabt, meinte Christoph, der Gatte seiner Tante. Aber das stehe bei Huthgang.

»Und meinst du, er würde dir den Wagen überlassen?«, fragte Reinhold.

»Wenn man lieb bittet.«

»Kann ich mich auf dich verlassen, Christoph? Wirst du alles tun, um von Orelli zu helfen?«

»Hast wohl dein Herz an ihn verloren.«

Münster reichte Christoph die Hand und dieser drückte zu.

»Danke«, sagte Münster.

Er nickte Christoph zu und ging den Steiger hoch in Richtung des Dorfes. Mädchen in bunten Röcken fuhren hier auf dem Fahrrad herunter und lachten dabei. Die haben ja keine Ahnung, dachte er. Dabei wussten die damals schon viel mehr, als du dir denken kannst.

In der »Linde« bestellte Münster sich ein Thüringer Waldbräu, indem er seine Bestellung durch die offene Küchentür rief. Neumann, arisch enthaltsam, saß über einer Essig-Natron-Limonade, wie sie sich die Frauen gönnten, wenn sie den Tag über Heu gemacht hatten. Gut gelaunt stand er auf und schob Münster den Stuhl zurecht.

»Ich übernehme Ihr Bier, Herr Oberpostmann!«, sagte er jovial. »Und dann schreiben Sie schön!«

Er stieß einen Stift und ein vorausgefülltes Formular über den Tisch. Münster fing sie mit knapper Not. »Siehe Anlagen!«, sollte er eintragen und dann den Bericht über das Ergebnis der Ermittlungen nach Neumanns Diktat niederbannen.

»Schreiben Sie, Münster!«

»Ich soll …«

»Nur zu!«

Münster zog die Kappe vom Stift und notierte Ort und Datum. Jedes Blatt bekam seine Zahl. Selbst wenn sie in der »Linde« saßen, einen Mord vertuschten und sich mit einem Bierchen darüber hinwegtäuschten, ging doch alles nach Art eines klar strukturierten Verwaltungshandelns vor sich. Irgendwann würde irgendjemand sagen, dass alles seine Ordnung gehabt hatte. Der Obersturmführer grinste und freute sich. Münster schrieb. Münster, dem der Auftrag zunächst einen Stich versetzt hatte, lächelte in sich hinein, und ließ den Obersturmführer nicht spüren, dass er sich ebenfalls freute, aber natürlich nicht darüber, dass er schrieb, oder besser: schreiben musste, sondern darüber, dass der Obersturmführer dachte, er habe ihn so weit, ihn zwingen zu können, alles zu schreiben, was er schreiben wolle. In Wirklichkeit aber hatte er eine Form der Freiheit wiederentdeckt, die ihm bereits im Mai 1933 verloren gegangen war, und zwar die Leck-mich-am-Arsch-Freiheit, mit der man zwar das Falsche sagen, aber das Richtige tun kann.

»Sie grinsen, weil unser kleiner Bericht hier den Formvorschriften nicht genügt?«, fragte Neumann misstrauisch. »Keine Sorge, das ist nur der Eile wegen. Irgendwann nächste Woche wird eine bessere Sekretärin das Ganze noch mal schön tippen, wie es sich gehört.«

»Selbstverständlich«, sagte Münster.

Neumann hatte einen großen Umschlag auf den Tisch gelegt und seinen Inhalt als dringlich und streng geheim gekennzeichnet. Den wollte er dem Kurier gleich mitgeben und sich dann selbst zur Feier des Tages ein Bier genehmigen. Aber vorher musste Münster noch einmal laut Korrektur lesen. Blass um die Nase las er mit einer Stimme, die so dick belegt war, wie man es von einem Pausenbrot seit 1928 nicht mehr hätte sagen können.

»Tötungsdelikt im Finsterbergen mit Aktenzeichen Weimar 27/1943. Status: ausermittelt.

Im Ergebnis der Ermittlungen präsentierten sich den Ermittlern Obersturmführer Magnus Neumann (SD) und Kriminalkommissar Reinhold Münster folgende Tatsachen:

Die tot aufgefundene Ännchen Dielenschneider wurde von dem perversen Volksschädling Professor Dr. phil. Anton Maria von Orelli im Schutze der Verdunklung erwürgt. Anstatt durch seinen Einsatz dem Deutschen Volk zu dienen, verbringt Prof. von Orelli einen unproduktiven Ruhestand in Finsterbergen, nachdem feststand, dass seine Rinnsteinkunst es nicht wert war, ihn in der Stellung eines Professors der Universität (Name einfügen) zu belassen (entartet!). Seiner Bestrafung versuchte er sich durch eine im höchsten Maße gemeingefährliche Brandstiftung zu entziehen, indem er, geistig umnachtet, sein Wohnhaus in Brand steckte. Kräfte der örtlichen HJ bemerkten den Brand und halfen beim Löschen, bevor das Feuer auf das Dorf übergreifen konnte, wobei sich der Kamerad Albin Geils verletzte. Er ist für das goldene HJ-Ehrenabzeichen vorzuschlagen. Aufgrund ihrer besonderen Eignung ist die HJ-Schar zur sofortigen Verwendung nach Gotha zur Aufnahme in die Waffen-SS abzuholen. Einberufen zur SS-Division Hitlerjugend, können sie schon bald ihre Tapferkeit und Wehrhaftigkeit im Ehrenkleid der Waffen-SS beweisen. Von einer weiteren Untersuchung sollte abgesehen werden, um die Moral und die Gesinnung an der Heimatfront nicht in Frage zu stellen.«

»Und der Bericht des Pathologen?«, fragte Münster.

Neumann deutete auf hellgraue Krümel im Aschenbecher. Man konnte eben noch erkennen, dass es mal Papier war.

»Ich glaube nicht, dass der Herr Doktor durch ungehörige Nachfragen den Ruf erlangen möchte, an der Rehabilitierung von Volksschädlingen beteiligt zu sein.«

Nein, dieser feige Schleimer, der nicht.

Neumann faltete das Papier und steckte es in den Umschlag. Zwei weitere Bögen hatte er selbst beschriftet. Den einen hielt er Münster unter die Nase.

Sonderbericht eins sprach eine Empfehlung, betreffend das Subjekt Christoph Rudolf, aus, dessen subversives Auftreten die Haltung an der Heimatfront gefährde. Es sei nicht auszuschließen, dass jener sich selbst verstümmelt habe, um sich dem Kriegsdienst zu entziehen. Daher soll ihm die Möglichkeit eingeräumt werden, die Tadellosigkeit seiner Einstellung zum Deutschen Volk durch den fleißigen Dienst im Konzentrationslager Buchenwald zu beweisen und so seine Ehre wieder herzustellen.

Neumann verzog den Mund zu einem breiten Lächeln, aber seine Augen blieben unbeteiligt. »Unterzeichnen Sie!«, befahl er.

Was kostete es in diesen Zeiten, ein Todesurteil zu unterschreiben? Wie lange hatte er sich damit getragen, ob es richtig sei, Isolde zu erlösen. Ob er es sich wert sein könne? Unbezahlbar ist immer nur ein Urteil, das zum Leben führt. Münster achtete darauf, nicht zu schnell zu signieren. Ganz so, wie er es mit der alten Diakonisse im Weimarer Sophienhaus geübt hatte.

Münster hätte sich wohl freuen sollen, wie sauber er alles gelöst hatte – ohne Reichsnährstandsopfer zu bringen, ganz wie gewünscht.

Neumann krakelte seinen Namen und ließ den Stift sinken, dann unterschrieb er.

Den zweiten Sonderbericht versteckte Neumann vor Münster. Er las nur, dass er ihn als streng geheime Kommandosache gekennzeichnet hatte. Münster fragte zwar, aber Neumann antwortete, das sei allein Sache der SS, und der Kommissar solle seine Nase nicht in Dinge hineinstecken, die ihn nichts angingen.

»Seien Sie ansonsten unbesorgt. Was Sie angeht, Herr Briefträger, Ihre Quittung stelle ich Ihnen später aus.« Sorgfältig bespeichelte er die Klebeseite des Umschlags. »Da! Bringen Sie es dem Kurier, er wartet bereits draußen beim Motorrad. Üben Sie schon für Ihre spätere Verwendung.«

Münster war klar, dass Neumanns zweiter Bericht das Wissen enthalten musste, das Dr. Heinrich Dielenschneider Neumann über das Geheimnis von Finister-Bergen und den Heiligen Gral mitgeteilt hatte. Das als Lazarett genutzte Kurhaus könne sich nach den Forschungen des örtlichen Zahnarztes, der ein persönlicher Freund von Graf Luckner sei, als Versteck jenes kriegswichtigen Gegenstandes erweisen.

Münster sah den Boten vor der »Linde« stehen und rauchen. Er machte ihm ordentlich Beine und befahl ihm, mit den Papieren einen persönlichen Gruß direkt beim Hauptsturmführer in Weimar zu überbringen – und nicht über den umständlichen Dienstweg, der durch die Konkurrenz zwischen Kriminalpolizei, SD und Gestapo manchmal zu einem unberechenbaren Pfade wurde.

Der Motorradfahrer empfahl sich deutsch.

In Weimar las man höchst anerkennend, was Obersturmführer Neumann mit der Unterstützung von Kriminalkommissar Münster im Thüringer Wald geleistet hatte. Man wusste, welche Maßnahmen einzuleiten waren.

22. Kapitel

Gertrud öffnete die Haustür und starrte nach draußen mit Augen, die zugleich überrascht und doch so voller Verachtung waren, als stände Winston Churchill mit einem Sortiment Strumpfhosen und Wurzelbürsten an der Tür.

Für einen Moment dachte Christoph, sie würde es sich anders überlegen und die Türe wieder zuschlagen, und er stellte seinen steifen Knöchel in den Türrahmen. »Hör mir zu«, sagte er.

»Was ist los?«

»Ich brauche dein Auto.«

»Ferdinand hat es geholt.«

»Ich weiß.«

»Hast du eine Waffe?«

Christoph nickte.

»Gib sie mir.«

Neben Christophs Lippen sähe ein Zeppelin wie Spielzeug aus, und die Veilchen blühten im Gesichte. Zögernd nahm er die Pistole heraus und legte sie ihr in die Hand. Sie wehrte ab, wollte sie nicht nehmen, aber er schloss ihre Finger um den Griff.

»Es sollte nur eine Probe sein, Christoph. Behalte die Waffe.«

»Probe wofür?«

»Ob es stimmt, was man über dich sagt.«

»Ich hätte Ännchen nichts tun können. Und die Pistole gehört dir. Ich schenke sie dir. Aber pass auf, sie ist geladen.«

Sie ließ ihn ein. Wohin er fahre, fragte sie, sie müsse selbst gerade fort. Aber sie sagte es fahrig, wie durch den Wind. Sie sahen sich an. Sie erkannten, dass sie Trost brauchten. Sie trösteten sich. Schnell und hart. Grete merkte als einzige, was geschah, und ihr stieß es bitter auf. Doch von draußen klang es lediglich, als jammere Frau Doktorin. Als würde sie Gott anrufen über ihrem Elend.

Kurz darauf half Christoph ihr zu packen. Da wusste sie bereits, was er wusste. Ob sie warten wolle, bis er den Wagen geholt habe, fragte Christoph, aber sie meinte: nein, sie wolle los, ihn begleiten, und ihm allein würde Huthgang den Wagen sicher nicht aushändigen. Christoph überlegte, ob er sich von Heinrich Dielenschneider verabschieden müsse, dessen Körper röchelnd auf dem Sofa lag. Die Verbrennungen begannen Blasen zu werfen. Sein Geist hatte abgelegt gen fernere Gefilde. Unklar, ob er je wieder hier einziehen würde bei diesen alten Mann in dem kleinen Dorfe im Thüringer Walde, wo die Bäume so idiotisch glotzten und die Bäche spöttisch gluckerten und seine schöne Tochter so tot dagelegen hatte. Der Motor stampfte durch raue See. Bald würde ein Wellenberg kommen, der zu hoch wäre. Er bräche über dem Schoner zusammen. Unten, tief unten am Meeresgrund, da findet man seine Ruhe in immerwährender Nacht.

»Urteile nicht zu hart über ihn, Gertrud«, sagte Christoph. »Sind wir nicht alles Schiffbrüchige, die irgendwie überleben wollen? Und wenn es zum Leben nötig ist, dass wir uns vorstellen, das Schiff führe noch?«

Gertrud zog Christoph am Ärmel. Sie machten sich auf den Weg zum Friedhof. Christoph trug ihren Koffer. Gertrud sah den Ortsgruppenleiter zuerst auf dem Friedhof hinter den hochgewachsenen Buchen, die den Ort vor den Blicken des gegenüberliegenden Dorfes abschirmen. Er bearbeitete mit einem Taschenmesser eine Haselgerte und mit der Haselgerte die Kinder, die vor ihm in der Erde schaufelten. Die innehalten wollten, um wenigstens zu bestaunen, was sie ans Tageslicht brachten, Knochen und Schädel. Echte Tote, aber unwirklich, weil sie nicht so stanken, wie sie gehört hatten, dass Tote stinken würden. Regelmäßig vergaßen sie darüber, dass sie einem Befehl gehorchten. Die Gerte brannte ihnen Striemen ein.

Geifer tropfte rechts und links aus Huthgangs Lefzen. Er bemerkte Gertrud erst, als sie neben ihm stand und richtete sich dann abrupt auf. Die Kinder schnauften.

»Befehl ist Befehl«, sagte er mit einem Gesicht, als hätten sie ihn beim Onanieren erwischt.

»Was für ein Befehl?«, fragte Christoph.

»Kommandosache. Grab schaufeln. In der Villa wurde eine männliche Leiche gefunden.«

»Der Professor?«, fragte Gertrud.

»Dienstgeheimnis. Darf ich nicht sagen. Aber Finsterbergen hat einen Schmierfink weniger. Wir verrichten hier deine Arbeit, Totengräber. Du solltest dich freuen und dankbar sein.«

Huthgang grinste Christoph an, die Froschaugen tanzten dazu. Neben dem Grab lag ein kleines Holzkreuz vorbereitet, auf dem Orellis Name stand. So ein Idiot, dass er aus dem offensichtlichen noch eine Geheimniskrämerei macht. Der Bulle in Christoph erkannte jedoch, dass Huthgang selbst überzeugt war, an Orellis Grab zu stehen. Fraglich, wie lange diese Gewissheit anhalten würde.

Die Kinder mussten in einer Reihe Aufstellung nehmen und die Ankömmlinge grüßen.

»Du siehst schlecht aus, Christoph!«, tadelte Huthgang. Verkrustete Wunden und Blutergüsse hatten ihn entstellt. Worauf Huthgang nicht achtete, war der Zorn in Gertruds Augen, dafür hätte er sich wegbewegen müssen von dem Schauspiel, das ihn so faszinierte. Da stand das Jungvolk nackt und glänzend vor Schweiß. Huthgang stieß einen langen Pfiff mit seiner Trillerpfeife aus. Die Jungen hatten rote Haut. Einer von ihnen musste Kommandos geben, auf jeden Pfiff ein neues, und dann präsentierten sie ihre Spaten und Schaufeln.

»Dich hätte ich einmal in meiner Klasse haben sollen. Dann hättest du gelernt, wie man das Vaterland liebt. Nicht wahr, Christoph?«

»Mir reicht, was ich über die Liebe weiß.«

Huthgang pfiff, die Kinder mussten sich auf den Bauch legen und den Stiel ihrer Spaten und Schaufeln nach vorne strecken und wieder zum Körper heranziehen. Immer wieder. Einige zitterten. Manche weinten.

»Auf jetzt! Wir haben zu tun!«

Die Kinder erhoben sich.

»Wollt ihr Männer werden?«, schrie Huthgang.

»Jawohl, Herr Lehrer!«

»Und wie sind Männer?«

»Flink wie die Windhunde, zäh wie Leder, hart wie Kruppstahl!« Die Stimmen der Kinder überschlugen sich und selbst die Mädchen beschworen, solche Männer werden zu wollen. Christoph dachte, er müsse in ihren Augen so etwas wie Verachtung für Huthgang finden, der sie zu solchen Übungen zwang, der vor ihnen herumstolzierte und befand, ihnen werde nichts geschenkt, sie müssten mit den Worten des Führers lernen, zu kämpfen, zu erobern und niemals zusammenzubrechen. Aber da war nichts. Nur Leere.

»Gelobt sei, was hart macht!«, rief Huthgang. Die Kinder wiederholten es.

Christoph schüttelte den Kopf. »Es wird sich noch zeigen, von welcher Art die Härte eurer Führer ist – und wer von ihnen bereit ist, für seine Sache zu sterben, wenn der Iwan da ist.«

»Der Iwan kämpft bereits mit seinem letzten Aufgebot. Liest du keine Zeitung? Schau dir diese jungen Männer an, Christoph.« Er kniff einen Jungen in den Oberarm. »Wenn sie Pech haben, werden sie nie die Gelegenheit bekommen, eine Waffe in die Hand zu nehmen, weil die ganze Internationale, der jüdische Bolschewismus und das Finanzjudentum auf der anderen Seite des Atlantiks nichts mehr sein werden als eine trübe Erinnerung. Das ist das Drama dieser Generation! Ich bräuchte es ihnen nur befehlen, und sie würden sich auf dich stürzen ...«

Huthgang pfiff und die Kinder richteten sich auf. Ihre Blicke verhärteten sich immer mehr, und sie bewegten sich rhythmisch wie ein Schiffsdiesel.

Gertrud ging das zu weit. »Rück das Auto raus, Ferdinand.«

»Warum sollte ich?«

»Wir müssen zum Arzt«, sagte Christoph.

»Du kannst laufen, Christoph. Jedenfalls noch immer ein bisschen! Den BMW hat Heinrich mir überlassen.«

»Heinrich stirbt, Ferdinand.«

Huthgang hielt inne, dann lächelte er und erklärte, dass Heinrich vom Arzt des hiesigen Lazaretts bestens versorgt worden sei und im Übrigen bezweifle er Heinrichs Transportfähigkeit. »Und du willst dich verdünnisieren, Gertrud? Gemeinsam mit dem Herrn Wehrkraftzersetzer, unserem Herrn Sargtischler, dem Aushilfsbestatter, dessen Arbeit ich hier vollbringen muss? Einem verkrüppelten, dienstentlassenen Landesverräter? Du, eine wunderschöne deutsche Frau?«

»Du findest mich schön?«

Ein peinlicher Moment der Stille verstrich.

»Einmal hätte es bei dir schon gefunkt«, sagte Huthgang. »Doch du rennst lieber in dein Verderben. Nein, das lasse ich nicht zu. Erst müsst ihr an mir vorbei – und an den Soldaten, die ich dem Führer schenke. Präsentiert das Gewehr.«

Durch die Kinderreihe lief ein Ruck. Spaten und Schaufeln wurden zu Waffen.

»Es passt immer noch einer mehr ins Grab …«

»Siehst du, Christoph, sie gestatten nicht, dass jemand Hand an mich legt.«

»Es reicht, Ferdinand«, rief Gertrud und zog die Pistole aus ihrer Handtasche.

»Aber, Gertrudchen …«, stotterte Huthgang, da ertönte schon das Klacken, als Gertrudchen die Waffe entsicherte und mit zwei ausgestreckten Armen ihm entgegenhielt. Er hatte in Rekordzeit seine Meinung geändert. Irgendetwas musste übriggeblieben sein von dem, was ihn in grauer Vorzeit einmal zum Lehrer qualifiziert hatte. Die meisten seiner Kollegen zeigten nach dem Krieg ähnliche Fähigkeiten.

»Der Wagen steht oben am Walde. Ich scherze doch nur. Gertrudchen. Es ist noch immer euer BMW.«

Aber etwas in Gertruds Blick sagte ihm, dass der Konflikt grundsätzlichere Züge angenommen hatte. Gertrud wischte sich mit der Linken den Schweiß von der Stirn, der Ortsgruppenleiter wagte einen Schritt auf sie zu. Christoph riss einem der Jungen seinen Spaten aus dem entkräfteten Arm. Aber noch musste er nicht eingreifen. Gertrud schoss in die Luft. Huthgang schreckte zurück in Richtung des Grabes. Die Kinder duckten sich, aber sie liefen nicht davon. Als sie merkten, dass niemand ihnen befahl, wieder Haltung anzunehmen, hockten sie sich in den Schatten der Buchen.

»Es war zu deinem Besten, Gertrud.« Der Lehrer verstieg sich.

Huthgang musste hören, was Gertrud zu sagen hatte: »Deine Soldaten waren es, Ferdinand. Die Männer, die du dem Führer schenken wolltest! Sie haben Ännchen getötet.«

Huthgang bebte. »Ich war zu weich mit ihnen. Ich dachte, ich hätte es ihnen abexerziert, dieses Verlangen, das Unsoldatische. Ich konnte doch auch warten. Jahr um Jahr. Und ihre Liebe, dachte ich, die sei Deutschland.«

»Du hast sie dazu fähig gemacht, Ferdinand. Ich verlange, dass du es wiedergutmachst.«

»O bitte, Gertrud, ich schäme mich doch. Weißt du nicht, wie ich dastehe, hier vor den Kindern, und du erniedrigst mich mit dieser Pistole. Sie sollten mich so nicht sehen. Ich bin hier der Führer. Leg sie beiseite. Es ist schwül heute. Man hält es im Freien nicht aus. Du solltest etwas trinken. Das beruhigt.«

»Du denkst noch immer nur an dich.«

»Und an die Kinder und das Vaterland. Aber wo zuletzt die Leidenschaften siegen, da musste die Venus sterben.«

»Wie bitte?« Christoph horchte auf.

»Die Venus«, stotterte Huthgang. »Die Jungen …«

Christoph richtete sich auf. »Du wusstest, dass sie Ännchen so nannten, und doch behieltest du es für dich? Du kanntest ihre Gier, und doch wolltest du zusehen, wie sie mich aus dem Weg schaffen, die beiden Ermittler, deine sauberen Parteigenossen? Und deine Jungen schützen? Du kanntest ihre Pläne. Gib es zu. Du wolltest dich selbst um alles kümmern. Deine Stellung war in Gefahr. Darum hast du die Arbeit der Polizisten erschwert. Du hast dem ganzen Dorf befohlen, Platt zu sprechen, damit du die Ermittlungen kontrollieren kannst.«

Huthgang schwieg.

»Pistole hochhalten, Gertrud!«

»Nimm du sie lieber!« Sie wirkte verzweifelt.

»Nein, Gertrud, der gehört dir.«

Gertrud fasste sich, Huthgang bat dringlichst um Gnade. »Die Division Hitlerjugend ruft sie. Soll ich dort eine Bande von Vergewaltigern hinschicken? Unbefleckt sollen sie sich das Ehrenkleid überstreifen. Als wüsstet ihr nicht, dass ich diese Kinder immer vor allem beschützt habe. Zuerst vor den Degenerationserscheinungen unserer Zeit. Man stelle sich nur vor, Ännchen hätte geredet. Dann würden sie in einer Bewährungseinheit versauern. Ich kenne doch unsere Jungen. Und ich kenne die Armee.«

»Du hast noch selbst die Polizei gerufen. Du wolltest erst die Fremdarbeiter ans Messer liefern und dann mich. Als Ortsgruppenleiter könntest du die Ermittlungen steuern, hast du gedacht. Darum musste sich das Dorf verstellen und Platt schwätzen.«

Huthgang nickte, als ob das irgendetwas bringen würde.

»Gib ihm eine Kugel in die Beine, Gertrud.«

Gertrud zielte, Huthgang sank auf die Knie; hinter ihm das offene Grab.

»Er hat es verdient. Mach schon.«

Beide zitterten, Huthgang und Gertrud.

Christophs Verhör war noch nicht zu Ende. »Wer hat den Ermittlern eingeredet, dass die Schuld bei mir liege? Oder bei Orelli? Wer hat Albin zum Judas erzogen? Einen Germanen wolltest du aus ihm machen? Dass ich nicht lache. Das hast du aus ihm gemacht: einen Judas, der andere in die Falle lockt. Schieß endlich, Gertrud.«

Auch die Kinder warteten wie elektrisiert auf den erlösenden Schuss. Gertrud schwitzte und biss sich auf die Lippe. »Es ist schwerer, als ich dachte. Ferdinand war unser Freund. Willst du nicht lieber?«

»Sag ihm, er soll das Jackett ausziehen. Es ist heiß.«

»Zieh das Jackett aus!«

Huthgang gehorchte.

»Er soll es zu mir werfen.«

»Wirf es zu Christoph!«

Der Wurf kam schlecht.

Christoph musste sich bücken und nach dem Jackett angeln. Er fuhr mit schwieligen Händen über den Stoff.

»Wie lange noch? Was habt ihr mit mir vor?«, fragte Huthgang.

»Es dauert nicht mehr lange. Bald habe ich sie soweit.«

»Wohin willst du sie bringen?«

»Dass sie schießt, Dummkopf. Das Grab hast du schon bereitet.«

»Ich kann es nicht, Christoph. Nimm du die Pistole.«

Christoph lächelte Huthgang an und sah ihm fest in die Augen. Einer der Knöpfe passe nicht recht zu seinem Jackett, bemerkte er. Ob ihm das Original wohl abhandengekommen sei? »Schau diesen Knopf an.« Christoph zog den Knopf aus der Tasche, den Münster ihm gegeben hatte.

Gertrud bedeutete ihm mit dem Lauf der Waffe, sich den Knopf anzusehen.

»Den hat die Polizei neben Ännchen gefunden.«

Die Fantasie war aufgebraucht. Eine neue Lüge gelang Huthgang nicht mehr.

»Den hast du verloren …« Huthgang atmete schwer. »Du warst am Morgen schon mal bei Ännchen im Wald. Vor allen anderen!«

Wieder beteuerte er, dass er nur helfen wolle. Baldur habe nachts noch an der Tür geklingelt, völlig aufgelöst, und habe ihm alles gestanden. Ihre Sehnsucht nach der Venus – und dass sie ihren Durst gestillt hätten. Den Quell berührt, mit frechem Mut. »›Wo?‹, fragte ich, er hat es mir erklärt, und da bin ich eben einmal hin, bevor ich den Jungen befohlen habe, zurückzugehen, die Leiche zu bewachen. Sie sollten die Geschichte vom Waldlauf erzählen.«

»Lass mich raten«, meinte Christoph. »Sie hat noch gelebt.«

»Ich habe sie gefragt, ob sie schweigen könne. Sie hat gesagt: ›Christoph bringt euch um.‹ Ich habe ihr befohlen zu schweigen. Da hat sie gegrinst. Und ich habe ihren Hals gepackt. ›Christoph bringt euch alle um‹, hat sie gesagt.«

»Hast du genug gehört, Gertrud?«

»Kinder!«, kreischte Huthgang, »tötet sie beide!« Wackelnd erhob er sich wieder.

Aber etwas in seiner Stimme sagte den Kindern, dass dies kein Befehl war, sondern ein Ruf nach Erbarmen. Seine Schüler kamen herbei. Doch sie taten nichts, um ihrem Führer aus der Patsche zu helfen. Im Gegenteil, die Schüler starrten Gertrud an, neugierig und lerneifrig wie Erstklässler, und ihre Augen wollten langsam wieder Kinderaugen werden. Es war ein schöner letzter Schultag.

Blut sprudelte, als die Kugel dem Ortsgruppenleiter das Schultergelenk spaltete. Er taumelte rückwärts und fiel in das Grab. Gertrud stellte sich über ihn und legte erneut an. Ein Schuss. Erde spritzte auf. Sie hatte ihn verfehlt. Er drehte sich auf den Rücken und bettelte. Man sollte meinen, die Kinder hätten Angst gehabt vor der hysterischen Frau mit der Waffe, aber sie rückten nur heran und grinsten. Sie warteten, was als nächstes geschehen würde. Huthgang sah seine halbe Klasse zu ihm herab ins Grab stieren, und bei den meisten sah er zum ersten Mal einen Ausdruck von wachem Interesse in den Gesichtszügen. Auch Rolfie stand da, der stille Junge aus Wuppertal. Er lächelte zum ersten Mal, seit ihn der schmutzige Transporter vom alten Weingarten in Finsterbergen ausgespuckt hatte. Unschuldig schaute er nicht mehr. Aber wenigstens konnte er lächeln.

Der nächste Schuss ging Huthgang direkt zwischen die Froschaugen. Es war noch, als füllten sie sich mit Tränen bevor sie brachen, aber die Erinnerung daran mag täuschen. Gertrud ließ die Waffe sinken und auf die Erde gleiten, Christoph nahm einen Stecken, angelte sie und schob sie sich hinten in den Hosenbund. Die Kinder rieben sich die Augen. Sie sahen sich an, als wären sie frisch erholt nach langem Schlaf erwacht und suchten nach neuen Beschäftigungen für ihren kindlichen Geist. Ohne dass Christoph es befehlen musste, nahmen sie ihre Schaufeln und bedeckten den Körper ihres Lehrers mit Erde, bis von ihm nichts mehr zu sehen war, bis die Erde wieder auf dem Grabe lag. Sie warfen die Schaufeln hinter die Friedhofskapelle, dann rannten sie bergauf Richtung Hüllrod oberhalb des Friedhofes, wo eine Wiese lag. Dort schnappten sie sich einen Ball, steckten Tore ab und spielten. Endlich Ferien.

»Der Götter Ende dämmert nun auf.« Gertrud nahm Christophs Hand.

»Fang du nicht auch mit dem Wagnerscheiß an.«

»Gehst du mit mir fort, Christoph?«

»Du musst lernen, dein Leben in die Hand zu nehmen, Tante Gertrud. Versprich mir das.«

Sie versprach es. Sie wolle sich einem guten Dienst widmen. Irgendwo. Den Kopf durchlüften. Und nicht mehr trinken. Sie rammten das Holzkreuz mit Orellis Namen in die Erde, Christoph nahm den Koffer. Sie gingen.

23. Kapitel

Die Finsterberger staunten nicht schlecht über Christoph und Gertrud, die mit dem Auto des Ortsgruppenführers in Richtung Leinatal hinabfuhren. Die Pimpfe reckten die Rechte zum Gruß und standen stramm, bis sie sahen, wer fuhr. Dann lachten sie.

Kommissar Münster unterbrach sein Gespräch mit dem alten Fotografen, um ihnen stumm zuzunicken. Nur zwei alte Männer nahmen die Mützen vom Kopf und schauten andächtig wie bei einem Trauerzug.

In Hohenkirchen beruhigte sie der Arzt, was Orellis Zustand anging. Gertrud gab an, sie wolle in den Norden. Sie müsse ans Meer, vielleicht komme sie außer Landes. Hauptsache, da wüchsen keine Fichten. Auf einem Briefbogen des Arztes entwarf sie ein Testament, wonach Christoph die Villa haben könne, sobald Heinrich verreckt sei. Sie selbst könne er dann ebenfalls für tot erklären lassen, sicherte sie ihm mündlich zu. Er könne die Mühle wieder kaufen.

»Was ist mit Heinrichs Söhnen?«, fragte Christoph. »Den U-Bootfahrern?«

»Sie rauschen herauf, sie rauschen nieder, den Jüngling bringt keines wieder.«

»Nüchtern steht dir gut, Gertrud. Deine Bildung kommt hoch.«

»Irgendwas muss wieder auftauchen.«

Sie lächelten einander an. Sie küsste ihn. Und verschwand.

Der Doktor persönlich kutschierte Christoph in seiner Wagonette bis Altenbergen, von wo er den Heimweg antreten konnte. Christoph fand seine Hütte offenstehend, wankte zum Kanapee und fiel in einen tiefen Schlaf.

Er wusste später nicht, wie lange er geschlafen hatte, doch war es heller Tag, als er erwachte. Im Tale war es noch kühl, und frische Luft drang durch die zerschlagene Scheibe des Fensters und füllte seine Lungen. Er griff sich den Pinsel, humpelte zum Regal, wo die Farbtöpfe standen, und trat vor die Tür. Die Sonne schien hell, es war später Vormittag, der Wald schien nicht so helle, also blöd wie immer. Die Vögel trieben ihren Spott mit ihm und mit Christoph und mit ganz Finsterbergen an diesem Sommertag.

Christoph strich den Türrahmen fertig: rot wie Blut.

Im unteren Bereich half Marianne ihm dabei, die durch den Wald gestromert kam. Das war gut von Marianne, ihm zu helfen, er konnte sich ja nicht so gut hocken mit dem lahmen Fußgelenk. Der Lehrer war tot, die Ferien hatten begonnen. Die Bäume leuchteten grün, der Himmel himmelblau.

Ein Motorengeräusch schwoll an.

Bald kämpfte sich ein Tatra Personenwagen von Engelsbach heran, dahinter zeigte sich ein LKW, Mercedes Mannschaftswagen, voll besetzt mit schwarzen Uniformen und demselben Ausdruck im Gesichte, wie der Wald ihn trug. Die passten hierher. Die freuten sich auf die Fahrt nach Finsterbergen; ein billiger Auftrag an der Heimatfront, der das Ticken der Todesuhr vergessen machte, so lange die Mission sich eben ausdehnen ließ. Der Tatra hielt und tuckerte im Leerlauf. Christoph steckt den Pinsel in die leere Farbdose.

»Heil Hitler!«, grüßten die Männer.

»Guten Tag«, sagte Christoph mit der Dose in der Hand.

Der Offizier auf dem Fahrersitz grinste maliziös. Seine Mütze mit dem Totenkopf saß schief. »Hauptsturmführer Krauss«, stellte er sich vor. »Kommt dahinten noch irgendwo das Dorf?«

Er war der Prototyp des kriegsversehrten Stabsoffiziers und seine Rechte war aus Holz.

Sicher, antwortete Christoph und sah dem Mann etwas zu lang in die Augen, sie befänden sich am Steiger, und der sei die einzige Straße dorthin. Von nun an gehe es mit ihnen bergauf.

»Das wird sich zeigen, mit wem es bergauf geht«, sagte Krauss nachdenklich, legte einen Gang ein und trat auf das Gas.

Oder bergab, dachte Christoph.

Der Mannschaftswagen rumpelte hinterher bergan und hüllte das Tal in dichten Staub. Christoph holte das Fahrrad und schob langsam in Richtung der Dorfmitte, wo er lange genug nach den Soldaten ankam, so dass der Staub sich gelegt haben konnte. Fink würde noch den letzten Sohn verlieren, wenn sie Baldur an die Front holten. So, wie er es sah, stand bald wieder eine Mühle zum Verkauf.

Christoph hielt Ausschau.

Das Dorf hatte sich vor der »Linde« versammelt, so dass Christoph zunächst nichts sehen konnte. Doch als man sein Kommen bemerkte, ließen sie ihn passieren, Frauen, Großväter und Kinder, alle, die Gerüchte gehört hatten, was passiert war, ja sie schoben ihn durch ihre Reihen weiter nach vorne, als forderten sie, dass auch seine Sache zum Abschluss käme – so wie die Sache der Hitlerjugend, die in der Mitte aufmarschiert war und stramm stehen musste.

Die Standarte wurde präsentiert.

Die Jungen hatten ihr nötigstes Gepäck in Seesäcke gestopft, ihre Wunden verbunden und eine letzte Nacht am Busen ihrer Mütter verbracht. Ein letztes Mal hatten zärtliche Mutterhände Zinksalbe auf die Wunden gecremt, und was Mütter noch alles fähig sind zu geben, bevor sie ihre Jungen senden, damit sie Männer werden. Die Todgeweihten salutierten samt der Einwohnerschaft vor Stabsoffizier Krauss, Obersturmführer Neumann und Kriminalkommissar Münster, welcher vergeblich so tat, als ginge ihn alles nichts an.

Niemand fragte, warum die Burschen diese Striemen im Gesicht trugen.

»Welche Wonne!«, rief Neumann. »Heute ist mein Glückstag. Das Subjekt Rudolf lässt sich von alleine blicken. Wir wollten schon danach rufen lassen. Herkommen, Rudolf, Wachtmeister a.D.! Parade abnehmen! Die Jungs fahren in den Krieg.«

Alle Augen wandten sich Christoph zu. Niemand sprach. Er schlich langsam zu Neumann und stellte sich in eine Reihe mit ihm. »Verschwinden Sie aus meinem Dorf, habe ich gesagt.« Christoph zischte es nur so herüber.

»Sie werden noch auf Ihre Kosten kommen«, gab Neumann zurück. »Und jetzt grüßen Sie schön.«

»Wofür diese ganzen Sturmmänner …?«, fragte Christoph.

»Auch das werden Sie schon noch merken.«

»Ein Lied!«, schrie Krauss.

Die Jugendlichen sangen.

Du kleiner Tambour, schlage ein,
zum Kampfe wollen wir marschieren!
Wir woll'n nicht länger Knechte sein!
Der Hitler soll uns führen.
Am Wege rote Röslein blühn,
wenn Hitlerleut' zum Kampfe ziehn.

»Dabei verstehen sie nichts von Rosen«, sagte Christoph, »so gar nichts.«

»Halt die Klappe«, sagte Münster.

Baldur lächelte, Gerhard, Manfred und Heinz ebenfalls, wenn auch weniger überzeugend, Albin hingegen grinste Christoph an. Die Gesichter seiner Kameraden hätten ausgereicht, um eine psychologische Dissertationsschrift zum Thema Erleichterung zu verfassen. Sie hielten Frontbewährung immer noch für ein anderes Wort für Freispruch.

Aus Albins Gesicht sprach der Spott.

»Es ist noch nicht zu spät«, murmelte Christoph, »ich schlage ihn tot.«

Aber Münster hatte sich bei ihm eingehakt und hielt ihn an seinem Platz. Neumann trat erwartungsvoll von einem Bein aufs andere, als erwarte er in der Sommerhitze Thüringens den heiligen Nikolaus, beziehungsweise, wie es sich für einen echten Arier gehört, Knecht Ruprecht und den Sunnwendmann.

Die Jungen nahmen im Mannschaftswagen Platz. Baldur Fink überragte sie noch immer. Selbst die Sturmmänner, die sich vor dem Wagen aufgebaut hatten, schienen glücklich, während ihnen die Sonne unter den feldgrauen Stahlhelmen den Brägen kochte. Sie nahmen Haltung an, Neumann verabschiedete die Rekruten, das Dorf begann zu applaudieren, erst zaghaft, dann immer lauter. Unter Hochrufen setzte sich der Mannschaftswagen in Bewegung. Winkend und johlend verließ Baldurs Truppe ihr Heimatdorf. Heil wünschte man ihnen, Heil ihrem Führer, Heil dem deutschen Vaterland. Sie hoben die Rechte zum Deutschen Gruß.

Krauss ließ die Sturmmänner antreten.

»Neumann!«, schrie er.

Magnus Neumann sprang herbei. »Jawohl, Herr Hauptsturmführer?«

»Ihnen verdanken wir die Hinweise zur Lage in diesem Dorf. Ich darf Ihnen bekunden, dass Ihr Bericht im Stab aufmerksam gelesen wurde. Ihren Namen kennt man bis hinauf ins Reichssicherheitshauptamt. Hiermit spreche ich Ihnen offiziell das Lob aus, welches zu Ihrer Akte genommen wird. Sie sind der Stolz Ihres Vaters. Geleiten Sie uns nun an unsere Einsatzstelle!«

Einerseits zeigte sich Neumann geschmeichelt, andererseits sah er verdutzt auf die SS-Leute.

»Die erste Einsatzstelle ist hier, würde ich meinen. Aber: So viele Männer, um einen Einbeinigen zu verhaften? Davon könnte die Hälfte an die Front.«

»Das ist die Front, Herr Obersturmführer! Wir kommen nicht wegen Ihres Krüppels, sondern wegen Ihres Sonderberichts. Sofort hoch ins Lazarett, auf diesen faszinierenden Berg!«

»Der Krüppel hätte meines Erachtens Vorrang!«

»Sie sollen nicht erachten, sondern gehorchen«, erinnerte Krauss. »Wenn auch nur die Hälfte von Ihrem Bericht stimmt, sind Sie morgen Sturmbannführer.«

Christoph Rudolf schwang sich auf sein Fahrrad, bevor das Blatt sich noch einmal wenden konnte. Neumann sah perplex, wie die Sturmmänner sich dem Berge zuwandten. Münster schubste ihn leicht an der Schulter in Richtung der Männer, die seiner Führung harrten. Später trafen sie sich im Gasthaus, wo er wieder zu sich kam. Krauss habe oben am Berge eine Wünschelrute ausgepackt und ziehe dort noch immer seine Kreise, bewacht von den Sturmmännern. Neumann habe sich erst nach Stunden entfernen dürfen. Wie lange das noch dauern solle, habe er Krauss gefragt, aber der habe geantwortet, solche Dinge dauerten solange, wie sie eben dauerten. Dieser Berg sei schwierig zu bearbeiten und vermutlich müssten sie noch Hacken und Spaten anfordern und hätten die nächsten Wochen hier zu tun. Wo Huthgang sei, wollte er noch wissen, er habe sich nicht vorstellen können, dass er sich den Abschied von seiner im Prinzip tadellos ausgebildeten Einheit entgehen ließe.

»Im Prinzip gut ausgebildet«, wiederholte Münster und wog bedächtig seinen Schädel. Neumann blieb der einzige, der Huthgang vermisste. Münster lächelte, weil er wissen konnte, dass Huthgangs Unpässlichkeit mit Christophs Abreise in Verbindung stand und dass es Hoffnung gab für den Professor, der bald den Bluthunden zum Opfer gefallen wäre, zu denen Huthgang seine HJ herangezogen hatte.

»Reisen wir noch heute ab?«, fragte er.

Neumann blickte auf. »Nein. Es sei denn, Sie haben noch dringende Verrichtungen anderswo. Dann würde ich Sie entlassen.«

»Und Sie?«

»Ich bleibe. Wissen Sie doch.«

»Dann wollen Sie tatsächlich noch einem Gottesdienst beiwohnen?«

Neumann sah auf. Endlich bemerkte er das Grinsen in Münsters Gesicht, wie eine Bremse, die man erst spürt, wenn sie sticht. »Das geht Sie nichts an.« Er hob den Zeigefinger.

Aber die Bremse bohrte weiter. »Doch nicht dieses serbische Slawenblut?«

»Diese Göttin? Meine Helena – ein Slawenweib? Wollen Sie mich herausfordern? Sie ist Französin. Sie kocht für die Fremdarbeiter in der Sägemühle.«

Münster schüttelte den Kopf.

»Woher wollen Sie das wissen, Postbote?« Neumann herrschte ihn an.

»Geahnt habe ich es gleich. Aber ich weiß es, seit ich ihr den Henkelmann zurückgebracht habe.«

Münster erklärte, dass die Franzosen alles Männer wären, und eine einzelne Frau, das wäre ihm spanisch vorgekommen und da habe er noch einmal genauer gefragt, und wenn Neumann normal wäre, hätte er selbst genauer nachgefragt, wie man normalerweise doch überall Erkundigungen einziehe, wenn man sich derart für ein Mädchen interessiere.

Darum hatte der Fotograf sie ein besonderes Exemplar genannt. Sie sprach auch gar kein Thüringer Platt. Das war serbokroatisch. Da beiße die Maus keinen Faden ab, sagte er, sie sei eine Fremdarbeiterin und Serbin. Bloß dass die serbischen Männer im Steinbruch seien. »Soweit ich weiß, rufen sie sie Evi. Herr Rudolf hat mir bestätigt, dass es sich hundertprozentig so verhält.«

Magnus Neumann zuckten die Lider.

Was er habe, fragte Münster, auch er selbst habe sich Evi betrachtet, und sie sei eine Klassefrau, biologisch garantiert nicht uninteressant, zumindest nach seinen Vorkriegskenntnissen in diesem Fach und Neumann sei ein belobigter Held; es gebe für jedes Problem eine Lösung.

Neumann stieß den Tisch von sich, so dass er Münster im Bauch traf, dessen Glas fiel um. Sein Bier tränkte ihm den Schoß. Neumann zog seine Pistole.

»Genug Kugeln«, sagte er. »Für dich, für die Slawin, für den Krüppel, für den alten Fotografen – für dieses ganze beschissene Nest!«

Damit stürmte er davon.

Jetzt war es Zeit, dass jeder seine Quittung bekam. Reinhold Münster wusste das. Ein wichtiger Grund, warum er nicht zurück nach Weimar wollte.

Sein Bett würde er leer finden. Meta, die seine Hauswirtschaft schmiss, der Kommissar war ja schon länger quasi Junggeselle, sie habe seine Post aufgestapelt. Darin sei ein grauer Umschlag mit einer Beileidsbekundung, ein Standardschreiben aus einem fernen, hessischen Ort mit Doppelnamen. Sehr geehrter Herr Münster, würde es heißen, wir bedauern, Ihnen mitteilen zu müssen, dass Ihre Frau am heutigen Tage unerwartet an einem Hirnschlag verstorben ist. Die Ortspolizeibehörde hat, um den Ausbruch und die Verschleppung übertragbarer Krankheiten zu verhindern, im Einvernehmen mit den beteiligten Stellen weitgehende Schutzmaßnahmen angeordnet und die sofortige Einäscherung der Leiche und Desinfektion des Nachlasses verfügt, gemäß § 22 der Verordnung zur Bekämpfung übertragbarer Krankheiten.

Und dann würden noch zwei Sterbeurkunden aus dem Umschlag purzeln.

Manche Spiele können wieder von vorne losgehen. Andere nie.

24. Kapitel

Neumann lief hinab durch das Dorf; der Kopf leuchtete rot. Aber es war nicht Scham, sondern Zorn, der hier so weithin sichtbar strahlte. Hühner und Kinder sprangen aus dem Weg, ein Ziegengespann kippte um; den Kühen war er egal, die trotteten über die Hauptstraße. Eine jede kannte ihren Stall und schwang vollen Euters und bimmelnder Glocke zum Feierabend. Der alte Hirte stand am Eingang seines Stammlokals. Der jüngere müsste gleich kommen, trottete hinter den schwingenden Eutern her.

Er werde ihm einen ausgeben. Wald macht durstig. Die Messingknöpfe auf seinem Gürtel blinkten in der Sonne. Er winkte dem SD-Mann einen krummen Hitlergruß zu, aber der schwarze Mann grüßte nicht zurück, sondern bahnte sich seinen Weg durch die Kühe hindurch hinab in den Leinagrund, querte die Totenbrücke und suchte sich die Lichtung, auf der seine Geschichte begann.

Dort setzte er sich auf einen Stein, baute seine Walther P38 auseinander und setzte sie zusammen, sah, dass tatsächlich genug Munition da sei, um Finsterbergen, wenn nicht auszulöschen, das nicht, so doch mindestens, um sich ganz, ganz tief in die Dorfchronik einzugraben. Darüber werde nicht so schnell Gras wachsen. Er zweifelte und wand sich, ob es nicht einen anderen ehrenhaften Rückzug geben könne (beziehungsweise einen noch ehrenhafteren), und er marterte sich, wie lange es wohl dauern würde, bis man ihn dann hier im Wald fände.

Falls sie nicht käme.

Und wie die Sonne des Zornes langsam sank und die Dämmerung ein kühles Selbstmitleid hinaufsteigen ließ, griffen tatsächlich die Schatten des Waldes nach der Lichtung, und die Stunde rückte näher, da die Göttin erscheinen sollte; die Göttin, die nicht die war, als die sie sich gezeigt hatte, bei der nicht Erlösung zu finden war, sondern Versuchung und Fall.

Die wahre Venus.

Neumann trug die Pistole wieder am Gürtel, stand auf, setzte sich, lauschte, da hörte er von oben ein Knacken, und ein leises Kichern. Sie war es.

Sie stieg herab, kam aus Richtung der Hainfelsen, nicht aus dem Tale von den Sägewerken, sondern von oben kam sie. Neumann drehte sich um und sah sie, wie sie aus den Fichten trat am oberen Ende der Lichtung. In ihm stürzte alles auf sie zu, doch sie hob die Hände und befahl ihm zu warten.

Die Grillen setzten ein mit ihrem Liede. Evi hatte sich schön gemacht. Sie trug ein Kleid, weiß und mit feinen, roten Blumen bedruckt; etwas zu groß war es. Ein schmaler Gürtel über der Hüfte. Wäre Neumann nicht gefangen von ihrem Anblick und dem Konzert des Waldes um ihn herum, er hätte sich gefragt, welche Finsterbergerin ihr zur Kumpanin geworden war und ihr, der Fremdarbeiterin, das Kleid geliehen hatte, und er hätte sich den Kopf zerbrochen über diesen neuen Verrat, doch jetzt war ihm, als öffne sich die Tür in eine andere Welt. In dem Lichte, das nun hereinbrach, strahlte der Wald, der ihm klein, provinziell, ja dumm vorgekommen war, eine andere, tiefere Weisheit aus, als die Märsche und die Vernünfteleien der Hauptstadt und ihrer Behörden, der geordneten Pflanzungen in den Alleen und der symmetrischen Stadtplanungen hin auf das große, tausendjährige Reich des Friedens.

Auf einmal war der Wald mehr als bloß Holz.

Ein menschliches Reich konnte nicht ewig sein, das begriff Neumann, als er ihre Brüste schaukeln sah in dem Kleid, welches eng gespannt war durch den Gürtel um die Hüfte, aber doch luftig. Glück ist in Bewegung. Aber es ist zu greifen.

Es musste nicht ewig sein – wenn es nur etwas davon enthielte. Wenn man es nur fassen könnte.

In all seiner offenkundigen Dummheit pfiff der Wald das Lied von der Vitalität und der Wahrheit, die im Leben selbst liegt, im Wachsen und Reifen und Zeugen und Gebären. Wo Finsterbergens schönste Blume gebrochen worden war und im Moos gedämmert hatte, blühte der Fingerhut. Und Neumann überflog tausend Jahre in einem Augenblick, sah, dass der Wald sich irgendwann zurückholen würde, was die Menschen ihm genommen haben, er würde Bunker und Hallen, Tribünen und Paläste überwuchern und wieder so naiv dreinschauen wie am ersten Tage, als die Germanen kamen, als die ersten Holzhauer nach Thüringen zogen in ein kleines Tal oberhalb der Leina und hier ihr Glück suchten, und eventuell ein Versteck für den Gral. Er sah den Wald, wie wir ihn sehen, wir, die wir von hier sind und nie wegwollen. Und was war schon der Gral anderes als nur eine Erinnerung an das Leben selbst, das sich doch immer weiter fort und fort drehen würde? Nur vielleicht würde man irgendwann etwas von ihm entdecken, wenn ein neues Volk sich hier ein neues Zu Hause schüfe. Aber wen würde es kümmern? Wer würde dessen Namen nennen? Der Wald ginge darüber hinweg wie eine Zweijährige, die vor dem zerbombten Elternhaus steht, mit dem Finger darauf zeigt und ganz harmlos über die Tränen der Eltern hinweg so dahinsagt: »Kuck! Putt!« – weil er einfach immer wieder ein neues Spiel beginnt.

Evis Brüste wogten durch das Kleid, als sie sich bückte, um die Riemen der Sandalen zu lösen. Barfuß kam sie ihm entgegen, die Linke ließ die Sandalen spöttisch kreisen. Das Herz rutschte Magnus Neumann in die Hose, zumindest einiges von dem Blut, welches das Herz zu transportieren pflegt. Er schluckte. Für einen Moment war es Neumann, als lüde der Wald ihn ein, zu bleiben und die Hauptstadt mit ihrem Zorn zu vergessen. Die Tür stand auf, durch die er hätte gehen können. Einen Wimperschlag später stand Evi vor ihm.

Sie legte ihm die rechte Hand auf die Brust, lächelte ihn an und sagte »Sieg Heil.«

Und es war zu spät.

Der schlichte Gruß ließ Neumann erbleichen; der Sirenengesang der Nachtigall brach aus. Das war der falsche Gruß gewesen und nicht nur, weil er aus ihrem Mund kam. Falsch, obwohl sie ihm hatte gefallen wollen. Die Tür fiel zu. Es gab kein Zurück. Diese Französin. Diese angebliche. Sie sprach die Worte, die nicht hierher gehörten, wollte nett sein zu ihm, ihn becircen, aber sie machte alles kaputt. Die Natur mochte stark sein, stärker als die Kraft eines Mannes, aber in ihm wohnte immer noch ein deutscher Geist, und der Geist stemmte sich hoch, und Neumann erzitterte. Der Geist stieß seine Befehle aus, und Neumann war klar, dass er beiden folgen müsse, dem Blut im Kopfe und dem im Schwanz.

Höre auf die Stimme deines Blutes.

»Wie heißt Du?«, fragte er.

Sie lächelte noch, schüttelte aber kaum merklich bereits den Kopf.

»Dein richtiger Name! Los! Du! Name! Ich will ihn hören.«

»Evgenja«, flüsterte sie.

»Und du dachtest wohl, Evgenja, du könntest hierher kommen und deutschen Männern schöne Augen machen? Hinter der Front einen Angriff auf die Reinheit deutschen Blutes führen ...?« Neumann höhnte.

Die Frau weinte.

Dass sie nicht verstünde, brachte sie irgendwie heraus. Evgenja zitterte. Neumann lachte ihr ins Gesicht. Noch immer standen sie so dicht beieinander, dass sie seinen Atem riechen konnte. Er roch nach Bonbons.

»Ja, ich kann es verstehen! Dass man auf dich hereinfallen kann. Eine wirkungsvolle Waffe bist du.«

Magnus hielt ihr die P38 an den Kopf und knöpfte mit der Linken ihr Kleid auf. Seine Hand verschwand hinter dem Stoff und wühlte herum wie ein Kater, der hinter der Gardine einen Schmetterling jagt. Schließlich riss er die Hand nach unten und zerrte an die Sonne, was er entdeckt hatte. Evgenja biss die Lippen zusammen, als Magnus ihre Brustwarzen drückte und darauf wartete, dass sich Zeichen der Erregung bei ihr einstellten.

»Es wirkt so echt«, sagte Magnus, »so arisch.«

Er sabberte. »Knie nieder, Slawenweib!«

Er stieß sie zu Boden, sie richtete sich auf die Knie und meinte nun zu wissen, was sie tun solle. Ihre Nase lief, sie schluchzte, aber sie schien bereit.

Neumann nestelte an seinem Koppelschloss. Er knöpfte den Hosenstall auf. Was er suchte, war nicht schwer zu finden. Sie hob langsam die Hände und wollte sich fügen, legte die Hände um seine Hüften, holte tief Luft wie ein Kind, das eine Tauchprüfung ablegen soll, und beugte sich langsam vor. Magnus biss die Lippen aufeinander. Sein Geist schrie und sprang vor Tobsucht durch seinen Schädel, und er biss dort vor Wut in den Teppich wie der Führer beim Eintreffen einer schlechten Nachricht.

Neumann kontrollierte den Hahn seiner P38 mit dem Daumen, erkannte, dass er gespannt war, sein Zeigefinger fühlte den Druck auf dem Abzugshebel. Mit der Mündung wühlte er in ihrem Haar.

»Nein, nein. Mich bekommst du nicht!«, sagte er und ließ damit die Welt eine Entscheidung wissen, die unwiderruflich sein sollte.

Das Echo des Schusses ist für denjenigen, den der Schuss trifft, stets unhörbar. So hätte auch Evgenja nach Obersturmführer Neumanns Vorsehung nie verstehen dürfen, was die Konsequenz aus Neumanns Entscheidung gewesen wäre. Dass sie dennoch verstand, lag an den Echos, die durch das Tal hallten. Sie waren zu zweit aufgebrochen und hüpften bis hoch hinauf in die Felsen unter der Hainfelshütte wie verliebte Mufflons.

Der eine Schuss, aus Neumanns Waffe, hatte aus kürzester Distanz darin gefehlt, einen Krater in Evgenjas Hinterkopf zu sprengen, vielmehr hatte er, komplett verrissen, höchstens einen Finken von der Fichte geholt. Das dürfte ausschließlich mit dem zweiten Schuss zu tun gehabt haben, mit dem Christoph getroffen hatte. Neumann fuhr herum, ließ die Waffe fallen und fiel dann selbst. Evgenja stand auf und nahm die Pistole an sich. Neumann stöhnte und hielt sich den linken Knöchel. Die Kugel steckte im Gelenk.

Christoph befahl ihm aufzustehen. Neumann schüttelte den Kopf. Evgenja schloss ihr Kleid.

»Hilf ihm«, sagte er zu ihr. Sie steckte die Waffe hinten in ihren Gürtel, holte einen Birkenast, packte Neumann am Arm, damit er sich auf den Ast stützen konnte. Sie besah sich mit kritischer Miene den wankenden Nationalsozialisten, dem sie sich zwar hatte hingeben wollen, aber nicht so, wie er es dann gewollt hatte, und dem sie ums Haar hätte einen blasen müssen. Der Mann, der sie fasziniert hatte von ihrer ersten stotternden Begegnung an. Und der sie hatte töten wollen. Neumann schwankte.

»Hier bin ich, Krüppel, siehst du mich?« Christoph zielte mit der Pistole auf ihn. »Pass auf! Stolpere nicht!« Christoph lachte.

Evgenja musste zumindest irgendwie erleichtert grinsen.

»Einen Arzt«, bettelte Neumann. »Schafft mich ins Lazarett.«

»Nicht so einfach«, sagte Christoph. »Du wolltest ein Duell. Zeit und Ort hast du mir überlassen. Und ich denke, jetzt wäre es günstig. Und dies ist ein schöner Platz. Findest du nicht auch? Kommissar Münster hat mir empfohlen, dich hier zu stellen.«

Neumann stöhnte. »Es soll dein Schaden nicht sein.«

»Ich wähle Pistolen. Wir teilen die Adjutantin.«

»Ich verblute.« Neumann konnte sich kaum auf den Beinen halten.

»Das kann man überleben.« Christoph schüttelte den Kopf. »Sieh es mal so. Wir haben gleiche Bedingungen.«

»Gib ihm die Waffe, Evgenja.« Neumann streckte die Hand aus, als ob er die Waffe greifen wollte, aber Evgenja wog sie in ihrer Hand. Bleich wie die Finger eines Toten, reckte sich Neumanns

Pfote ihr entgegen. Würde Christoph ihn über den Haufen schießen, sobald sie ihm die Waffe in die Hand drückte? Würde er warten, bis Neumann Aufstellung genommen hätte?

Wenn Christoph halb so ehrlos war, wie Neumann dachte, würde er ihn umnieten. Evgenja aber trat einen Schritt zurück und spannte den Hahn.

»Gib ihm die Waffe«, wiederholte Christoph. Evgenja legte an, die Pistole mit beiden Armen von sich gestreckt. Sie kniff ein Auge zu und zielte, wobei der Lauf ihrer Waffe bedenklich auf und nieder stieg, als wollte sie mit der Kimme einen Personenaufzug verfolgen.

»Er gehört mir«, sagte Christoph.

»Du meinst, ich bin eine Heilige?« Sie zog eine Augenbraue hoch.

Christoph beeilte sich zu beteuern, dass er sie keineswegs für eine Heilige halte, und sich selbst natürlich auch nicht, selbst wenn er das Gefühl habe, immer wieder die Last der Welt auf seinen Schultern zu tragen. Aber letztlich sei die Wahrheit größer als er und gehe über seine Kraft, die Hoffnung immerhin sei, dass sie sich auch ohne ihn eines Tages durchsetzen werde.

»Sie spricht deutsch«, murmelte Neumann. Niemand beachtete ihn.

»Warum dann Rache? Er ist es nicht wert! Das ist die Wahrheit.« Evgenja lachte Christoph aus.

»Wer zuletzt lacht, lacht am besten«, sagte er. »Das ist die Wahrheit.«

Sie sah das nicht so.

Er erklärte ihr, dass das Recht immer auf der Seite dessen liege, der überlebe. Neumann verfolgte mit flehenden Augen ihr Gespräch. Er hatte sich ausbalanciert mit der Birkenkrücke und dem zerschossenen Knöchel und deutete das Gespräch der beiden als ein zartes Hoffnungszeichen. Da hob Evgenja mit einem Ruck die Pistole an und schoss.

Zarter Schmauch stieg auf, und sein Duft überdeckte kurz die Frische des Waldes. Das Echo verhallte. Die Waldtauben ließen sich hören mit wildem Flügelschlag. Die Kugel hatte sie aufgeschreckt.

»Nein. Nein.« Sie schüttelte den Kopf. »Würde«, sagte sie. »Das Recht geht mit der Würde.«

Sie hatte Neumann um eine Winzigkeit verfehlt. Gleichwohl sackte er ohnmächtig zusammen und blieb liegen wie tot. Evgenja warf die Pistole weit ins Gehölz.

»Aber welche Ehre bleibt mir dann noch«, fragte Christoph und versuchte, sich irgendwie zu erklären. Er konnte doch keinen Ohnmächtigen abknallen.

»Trottel«, sagte sie mit starkem serbischen Akzent. »Ehre ist nicht Würde.«

Sie zog ein Kettchen heraus mit einem silbernen Anhänger. Das legte sie Christoph in die Hand und lächelte. Sie wolle bleiben.

Ob sie ihre Rache nähme, sobald er aufwachte, interessierte Christoph, aber Evgenja, die seine Gedanken riet, ließ es offen. Zunächst wolle sie sehen, ob ihm sein Leben nicht doch etwas wert sei und er beginne, darum zu flehen. »Und was geht es dich an, Deutscher?«

Christoph wandte sich ab und erreichte die Totenbrücke.

Der Weg bergauf ins Dorf, das war der Weg, den die Träger früher gingen, wenn sie ihre Arbeit getan hatten, wenn die Leiche vergraben war, drüben auf dem Johannisberg bei Altenbergen, wo der Kandelaber stand, ein steinernes Denkmal für Thüringens erste Kirche und den Gottesacker, der dort Jahrhunderte lang besät wurde – bisher ohne Frucht zu bringen. Der Anstieg fiel schwer; als er die Wiesen unterhalb des Dorfes erreichte, setzte sich Christoph, und seine Finger begannen mit dem Amulett zu spielen. Ein Mann war darauf zu sehen, der im Wasser stand. Er trug ein Kind auf seinen Schultern und stützte sein Gewicht auf einen schweren Stab. Ihm wurde klar, dass es eigentlich Neumann hätte gehören sollen.

25. Kapitel

Die Alten gleichen dem Wald, der sie umgibt. Die Sonne strahlt freundlich, der weiche Boden ist gut für die Gelenke, wenn du wandern gehst. Gewöhnung weckt den Schein von Harmlosigkeit. Ein paar Kleckser Blut von einer Taube. Nur ein paar Federn erinnern dich daran, dass hier jemand sein Leben verloren hat.

Oben am Possenröder Kreuz steht noch immer ein Sühnestein für einen alten Mord. Einer von wie vielen? Bäche haben sich ihren Lauf gegraben und Fichten haben ihre Wurzeln hineingetaucht. Der Wald sieht aus, als wäre er immer dagewesen. Und hinten am Neuen Haus, da liegen die Soldaten verscharrt; erschossen, weil sie aufgeben wollten. Alle liegen da, die man nicht mehr zum Friedhof schaffen konnte, weil die Kraft fehlte. Und ihre Gebeine schon zu weich waren, als man sie fand, und der Würmer waren viele. Wie kann einer denken, dem Wald oder den Alten wäre irgendetwas Menschliches fremd?

Während der Sommerferien kamen Tag für Tag Weingartens Busse mit landverschickten Kindern, die irgendwie Quartier beziehen mussten. Ganze Klassen mit oder ohne Lehrer belebten den Ort bis zum Ende des Krieges. Dass eine Schulklasse von Einheimischen nicht mehr zum Unterricht erschien, hat im letzten Kriegsjahr niemanden interessiert. Die Mütter nahmen dankbar zur Kenntnis, dass ihnen auf dem Feld jemand zur Hand ging, wenn ihre Männer auf dem Feld des Führers starben.

Die anderen Lehrer des Dorfes wurden nach und nach durch pensionierte Fremdlinge ersetzt. Nach Schulmeister Huthgang hat nie wieder irgendjemand gefragt. Überhaupt hat man später nur ungern über das Tausendjährige Reich gesprochen. Es war, als hätte es das alles nie gegeben. Neues Spiel, neues Glück.

Finsterbergen wurde erobert, und die ursprünglich freie, sozialdemokratische Haltung konnte wieder erblühen und ihren Teil leisten zum Aufbau eines freien, demokratischen Landes unter Führung der SED.

Wissen ging verloren. Der Gral wurde zur Legende.

Der Blutzoll des Krieges jedoch glich sich aus durch Massen an Vertriebenen, die den Ort erreichten aus Ostpreußen, Pommern, Schlesien und Böhmen. Ein neuer Zahnarzt war auch darunter. Das war prima, denn Dielenschneider, der sich verblüffend gut berappelt hatte, fand man liegend, dort wo man seine Tochter schon gefunden hatte. Er war nackt, bis auf die Spritze Morphium in seinem Arm und ein Büttenpapier auf seiner Brust, worauf geschrieben stand:

Nur eine Hoffnung soll mir bleiben,
nur eine unerschüttert stehn:
so lang der Erde Keime treiben,
so muss sie doch zugrunde gehen.
Tag des Gerichtes! Jüngster Tag!
Wann brichst du an in meiner Nacht?
Wann dröhnt er, der Vernichtungsschlag,
mit dem die Welt zusammenkracht?
Wann alle Toten auferstehn,
dann werde ich in Nichts vergehn,
Ihr Welten, endet euren Lauf!
Ew'ge Vernichtung, nimm mich auf!

Die schöne Evgenja schaffte es nach dem Kriege zurück nach Belgrad, bekam einen unehelichen Sohn von Tito und wurde anschließend entsorgt als Botschafterin der föderativen Volksrepublik Jugoslawien in Mexiko.

Weil Obersturmführer Neumann sich bei seiner SD-Stelle nicht zurückmeldete, stufte man ihn als Deserteur ein, zumal er zuletzt angedeutet hatte, über wichtiges Geheimwissen zu verfügen. Himmler zwang den Vater, die Verantwortung für den missratenen Sohn zu übernehmen, degradierte ihn und entließ ihn aus seinem Stab. Während der Seeteufel, Graf Luckner, sich als Held feiern ließ, weil er gegen klaren Führerbefehl die Stadt Halle den Amerikanern überließ, erlebte Neumann Senior den Endsieg als subalterner Verbindungsoffizier im Marinestützpunkt Plön. Nach dem Kriege gelang es ihm, seine Degradierung in Verbindung mit dem Widerstand zu bringen, und er erzählte die Geschichte so oft, bis er sie selbst glaubte. Beim Aufbau der Bundeswehr, wo man Mühe hatte, erfahrene und zugleich unbelastete Männer wie ihn zu finden, verschaffte ihm das eine gute Stellung. Aber seine zweite Karriere war irgendwie nicht dasselbe.

Kriminalkommissar Münster sollte später Polizeipräsident in Frankfurt werden, fiel aber bei seiner Ernennung dem amerikanischen General betrunken in den Arm. Der hatte Mitleid und beförderte ihn, wenn schon nicht in hohe Ämter, so zumindest zu den Alcoholics Anonymous, wo er jedoch nie wieder richtig lernte, Gott anzuflehen, dass er ihm die Gelassenheit gebe, Dinge hinzunehmen, die er nicht ändern könne. Zurück in der Zone, blieb er ein regelmäßiger Kurgast. Also Münster, nicht Gott.

2012 fand in Friedrichroda das erste internationale Orelli-Symposion statt, um den Schöpfer des eigenwilligen Thüringer Expressionismus zu ehren, dessen Grab bis heute im Ortsteil Finsterbergen gepflegt wird. Die Präsidentin des Landtages würdigte zu dieser Gelegenheit Orelli als einen mutigen Vorkämpfer für die Rechte der Schwulen und Lesben. Eine DNA-Probe, entnommen von einem Recherche-Team des MDR, bewies zweifelsfrei: Der in Finsterbergen bestattete Künstler konnte nicht verwandt sein mit dem Mann, der als angeblicher Bruder von Orelli bei Kriegsende in die Vereinigten Staaten ausgewandert war.

Dem in Kalifornien heimisch gewordenen »Bruder« Orellis, lediglich, wie der MDR in einem wahrhaften kunsthistorischen Krimi herausfand, ein wenig talentierter Geliebter mit vernarbtem Gesicht und gebrochener Nase, blieb aber das Verdienst, für den Erhalt der Werke Orellis gesorgt zu haben. Unter abenteuerlichen Bedingungen war es ihm gelungen, den Kunstschatz zu verschiffen, wobei mehrere Versionen dieser Geschichte in Umlauf kamen. Damals dementierte sogar die jugoslawische Botschafterin in Mexiko, eine geheimnisvolle und mehr als nur attraktive Frau, die Gerüchte nicht, sie könnte daran beteiligt gewesen sein. Der Aachener Kunsthistoriker Jan-Olaf Preißner hat jedoch in seiner Dissertation von 1993 aufgewiesen, dass es sich hierbei – nach aller Wahrscheinlichkeit – um eine Legende handle, die in den wilden 50er Jahren in einem völlig überhitzten Kunstmarkt habe Fuß fassen können: Jeder, der etwas auf sich hielt, bot Orellis Geliebtem Geld, um eines der letzten Bilder des von den Nazis in den Freitod getriebenen Künstlers in der Umgebung einer glänzenden Hollywood-Villa zu präsentieren. Und der Erbe ließ sich überzeugen. Seit 1951 verkaufte er nach und nach Werke aus dem Nachlass, um seinen aufwändigen Lebensstil zu finanzieren, und, wie er sagte, den Ruhm zu genießen, der seinem »Bruder« versagt geblieben sei. Bei seinem Tode 1968 wurde nur noch ein einziges, unvollendetes Werk mit dem typischen Farbspiel entdeckt.

»Friedhof in Finsterbergen« hat die Devisenabteilung der DDR bei der kleinen Marianne aufgestöbert, die inzwischen längst Mutter war und das zwischenzeitlich verstaatlichte Sägewerk hinter sich gelassen hatte. Gegen harte Währung wurde das Bild in den Westen verschachert. Deswegen schwieg Marianne über den Macke auf dem Dachboden, den ihre Tochter nach Mariannes Tod dem Heimatmuseum übergab, wo man aber nicht recht etwas damit anzufangen wusste.

2014 erlöste das Auktionshaus Sotheby's für das inzwischen bekannteste Werk Orellis, »Friedhof in Finsterbergen« rund 16

Millionen Britische Pfund. Im selben Jahr zerstörte ein Feuer im Heimatmuseum den unbeachtet gebliebenen Macke.

Die geheimen Berichte des Obersturmführers Neumann überlebten sowohl den Krieg als auch die Säuberungen durch die alten Genossen und die Plünderungen durch die Sowjetarmee; Ende der 60er Jahre gerieten sie, arg verstaubt, einem Archivar des Ministeriums des Inneren der DDR in die Hände. Hier machten die Unterlagen eine bemerkenswerte Karriere als vermeintlicher Beweis für den Lagerort einer weiteren Nazi-Wunderwaffe in Thüringen. Schließlich wurden sie dem Minister selbst vorgelegt. Der las sie mit einem breiten Lächeln. Endlich kam der Moment, den Befreiern von der ruhmreichen Roten Armee etwas zurückzugeben. Denn der Minister wusste: Drüben in der Sowjetunion saß Leonid Breschnew tüchtig in der Klemme. Einerseits sollte dieser den SALT-Vertrag ratifizieren, der eine Pattsituation zwischen NATO und Warschauer Pakt festschreiben würde. Andererseits wollte er nicht die kommunistische Weltrevolution bremsen, indem er Vorteile aus der Hand gab.

Darum dachte Breschnew »Gottseidank«, als ein DDR-Funktionär, der Referent des Innenministers, anrief und eine Lösung präsentierte. Leider verstand sich der Deutsche so schlecht auf das Russische wie Bob Dylan auf das Singen. Breschnew verstand aber die Hauptsache, man habe möglicherweise noch ein weiteres As im Ärmel. Stichwort Nazi-Wunderwaffe.

Kurz nach der daraufhin erfolgten Unterzeichnung des SALT-Vertrages durch Breschnew und Nixon rückten in Finsterbergen Bagger an, die das alte Kurhaus dem Erdboden gleichmachten und begannen, die Bergspitze abzutragen. Angeblich fand man jedoch nichts.

Um Nachfragen der Bürger zu begegnen, gab man vor, die Abtragung der Bergspitze und der Abriss des alten Kurhauses seien ohnehin geplant gewesen, da in Finsterbergen ein neues, weniger bourgeoises Hotel für die Arbeiter- und Bauernklasse entstehen solle. Sie stellten einen Plattenbau auf den Berg und nannten ihn Wilhelm-Pieck-Heim. Und wer tatsächlich einen Beweis für diese Geschichte braucht, der fahre nach Finsterbergen und schaue es sich an, denn es steht noch immer dort und verschandelt nach Kräften die Landschaft. Aber gewöhnlich will, wer nach Finsterbergen fährt, nicht auf das Hotel schauen, sondern er will oben hinauskucken auf die wogenden Wipfel und den endlosen Wald.

Eine Schule gibt es bereits nicht mehr, auch werden unsere Kinder nicht mehr zu kleinen Spartanern erzogen.

Nur der Wald, der bleibt. Irgendwann wird er den Ort wieder überspülen.

Ein Grandhotel und ein allwissender Concierge

Andreas Izquierdo / Paul Schaffrath (Hg.)

Zimmer mit Mord

Kriminelle Hotelgeschichten

254 Seiten, 13,5 × 21 cm, Paperback, ISBN 978-3-87062-329-6

Ein erstklassiges Hotel von 1913 bis 1969 in Köln: 16 deutsche Krimiautorinnen und -autoren verbreiten Hochspannung und Humor in ihren kriminellen Kapiteln um hektische Mörder, schwere Koffer und verstörte Reisende. Unter den Autoren sind Ingrid Noll, Gisa Klönne, Romy Fölck, Ralf Kramp, Brigitte Glaser, Carsten Sebastian Henn u.a.

cmz